IL CONSIGLIO D'EGITTO
IL CAVALIERE E LA MORTE
by Leonardo Sciascia

이집트 평의회
Il Consiglio d'Egitto

기사와 죽음
Il cavaliere e la morte

LEONARDO SCIASCIA

레오나르도 샤샤 소설들
주효숙 옮김

H
현대문학

레오나르도 샤샤

Leonardo Sciascia

　　　　　　　이탈리아 민족의 역사를 반영하는 이탈리아 문학은 시간의 흐름과 더불어 상당히 다양하고 풍부한 자취를 남겼다. 중세에 종교문학이 발달하고 12~13세기의 청신체淸新體 문학 이후 단테와 페트라르카, 보카치오의 작품이, 그리고 16세기의 바로크 문학과 18세기의 계몽주의 문학에 이어 진실주의 및 퇴폐주의 문학이 등장한다. 아울러 20세기에 들어서 성행한 이탈리아 소설 문학 중 이탈리아 남부 문학에서 황혼주의, 미래주의, 신비주의가 이 세기 내내 주목받을 정도로 유행한다. 특별한 서술 기법을 통해 이탈리아 남부의 사회 현실과 정치 현실에 관심을 보인 남부 작가들은 한편으로는 진실주의, 다른 한편으로는 신사실주의의 도덕적 정치적 역할을 계속하였다.

　　신사실주의 작가의 계보를 잇는 레오나르도 샤샤는 1921년 1월 8일 시칠리아의 라칼무토에서 출생하여 1989년 11월 20일 시칠리아의 팔레르모에서 사망할 때까지 방대한 양의 작품을 남겼다. 그는 전후 이탈리아 사회의 윤리와 사상을 이끌며 20세기 이탈리아 사회의 정신적 지도자로 불렸다. 페데리코 데로베르토나 주세페 토마시 디 람페두사가 이미 다룬 바 있는 지배 계층의 무관심과 냉소주의가 샤샤의 작품들에서는 상이하게 드러난다. 아무것도 바꾸지 않기 위해 모든 것을 바꾸어 버리는 부패한 권력 앞에서 절망에 의한 태만이 아닌 적극적인 태만을 선택하며 스스로 소외된 샤샤는, 세상의 평가에 연연하지 않고 사적으로 자행되던 물리적 폭력과 사법 횡포가 횡행하는 현실을 고발하는 데 전력하였다.

장인 집안 출신의 어머니와 유황 광산 직원이었던 아버지 사이에서 삼 형제 중 맏이로 태어난 샤샤는 어릴 적부터 유황 광산에서 많은 시간을 보내며 놀았고, 독서와 연필, 펜, 종이, 잉크 등 필기도구를 집착이라고 할 정도로 좋아했다. 1949년에 고향 마을의 초등학교 선생님이 되었으며, 그 한 해 전에 있었던 동생 주세페의 자살은 작가로서의 그의 영혼에 깊은 흔적을 남긴다.

1950년에 그의 첫 작품인 시집 『독재 정부의 우화 Favole della dittatura』와 1952년 에밀리오 그레코의 그림이 곁들여진 시집 『시칠리아, 그 마음 La Sicilia, il suo cuore』이 출판된다. 1953년의 비평집 『피란델로와 피란델로주의*Pirandello e il pirandellismo*』로 피란델로상을 수상했으며, 샤샤의 정치적 양심을 드러내는 연작단편집『시칠리아의 삼촌들*Gli zii di Sicilia*』(1958)에는 증여와 자유를 선물하는 엉클 샘의 신화를 우상화한「미국의 숙모*La zia d'America*」, 한 시칠리아인이 겪는 이탈리아 왕국의 통일 부흥 운동을 주제로 한「48*Il quarantotto*」, 공산주의의 신화적인 존재 스탈린의 죽음을 시칠리아 범부의 시각에서 바라본「스탈린의 죽음*La morte di Stalin*」, 그리고「안티몬*L'antimonio*」이 실려 있다.『올빼미의 하루*Il giorno della civetta*』(1961)는 샤샤에게 스트레가상을 안겨 주었고, 실제 역사적 사건과 실존 인물이 등장하는 역사소설인『이집트 평의회*Il Consiglio d'Egitto*』(1963),『이단심문관의 죽음*Morte dell'Inquisitore*』(1964), 진실에 대한 회의론을 담고 있는『남의 것을 탐내지 마라*A ciascuno il suo*』(1966) 등은 영화로도 만들어지며 큰 성공을 거두었다. 또한 당시의 충격적인 실제 사건을 다룬『레이몬드 러셀의 죽음 관련 진술서*Atti relativi alla morte di Raymond Roussel*』(1971)와『살인자*I Pugnalatori*』(1976), 진실이 실종된 그즈음의 이탈리아 상황을 고발한『어페어 모로*L'affaire Moro*』(1978) 같은 일종의 리포트 소설도 흥미롭다. 자신의 목소리를 더욱 효과적으로 전달하고자 입문했던 정계를 떠나 1974년에 쓴 『온갖 방법으로*Todo modo*』에서는 왜곡된 그리스도주의를 공격하면서 우파와 좌파 모두의 책임을 추궁하며 부패한 이탈리아 권력층을 고발한다. 이후 반마피아 전문가로서 이탈리아 사회에 만연한 마피아와 마피아화한 권력층의 위험성을 『열린 문*Porte aperte*』(1987), 『기사와 죽음*Il cavaliere e la morte*』(1988), 그리고 그가 세상을 뜨던 날 서점에 진열된 『간단한 이야기*Una storia semplice*』(1989) 등의 단편집을 통해서도 알린다. 이외에도 그가 세상을 뜨기 몇 달 전에 출판된 『미래의 기억에게*A futura memoria*』『문학사와 문화사의 다양한 사건들*Fatti diversi di storia letteraria e civile*』은 오랫동안 그가 탐구해 온 시칠리아인들의 독특한 성향에 관한 내용을 담고 있다. 일부만 나열해 본 어마어마한 양의 작품을 평생에 걸쳐 써 내려간 샤샤는 심지어 숨을 거두는 순간까지 이탈리아의 정의 회복을 위해, 부정의에 무감각해지지 말고 진실을 탐구할 것을 촉구하고 끊임없이 이상향을 향해 나아가도록 독자들을 독려한다. 샤샤는 문학으로 기록되는 객

관적인 상황을 외면할 수 있는 작가는 존재하지 않는다며, 억압자의 동조자이기를 거부하고 안정된 경계선 안에 남아 있기를 거부하였다. 그는 작가의 펜을 사회정의를 위한 검이라 여기고 권력에 대한 안타고니스트의 편에 서서, 이단심문관으로 나타나는 살인자나 정의 실현자를 소설 속에 등장시켜 정의와 진실에 대한 끝없는 탐구를 계속했다. 모든 과거 사건은 현재 상황의 전제 조건처럼 필수적으로 발생했다고 말한 루카치와 달리, 샤샤는 시칠리아에서 문학과 역사의 관계는 모순적이라고 여겼다. 소외된 약자들의 굶주림, 마피아에 의한 물리적 폭력의 사적 행사 그리고 이를 간과한 사법 횡포라는 당대 시칠리아의 문제를 자신의 소설에서 다루었다. 사회의 구성원이 자신을 억압한 사회 현실에서 벗어나 인간 권리를 획득하려는 모습을 담아내고자 했다.

샤샤 소설의 특징은 '추리소설 형식'이다. 추리소설의 효시로 평가되는 1841년 에드거 앨런 포의 『모르그 가의 살인*The Murders in the Rue Morgue*』을 떠올릴 때, 샤샤의 추리소설은 기존의 추리소설과 전혀 다르다. 범죄의 동기도 사건 발생도 독자가 추이를 쫓아갈 수 있도록 묘사되지 않는다. 범인의 정체도 밝혀지지 않고 혹 밝혀진다 해도 처벌받지 않고 유유히 사라지기까지 한다. 이런 플롯은 추리소설을 읽어 내려가며 범인을 잡아내려고 애쓰던 독자들이, 책을 다 읽고 난 뒤 현실에서도 진실 및 정의 탐구를 계속해 나갈 것을 독려하기 위한 메커니즘이다. 또한 빅토리아 시대 작가들이 즐겨 사용한 제사題詞를 통해 소설의 주제를 알레고리로 전하고 있고, 소설 제목 역시 주제와 관련된 의미를 담고 있다. 아울러 소설 속에 등장하는 실제 예술 작품이나 문학작품은 추리소설의 범인 내지 사건 동기 혹은 사건 발생 상황 등을 은유적이고 간접적으로 암시한다. 이처럼 다양한 그림 및 소설과의 상호텍스트성을 통해 추리소설 속 플롯을 이끌어 가는 그의 소설 읽기는 쉽지 않다. 고도의 지적 작업을 즐기는 독자라면 기꺼이 반길 것이다.

+

차 례

+

이집트 평의회

Il Consiglio d'Egitto

당신이 튈르리에서부터 포부르 생제르맹을 보듯이, 우리는 이곳을 봅니다. 운하는 없습니다. 제 생각에 지나갈 수 있을 정도로 넓지는 않습니다. 그래서 우리는 걱정합니다. 상상이 가세요? 우리가 간신히 있는 것이라면, 믿으시겠어요? 바람이 부는 게 필요하다면, 우리는 아가멤논처럼 할 겁니다. 우리는 소녀를 제물로 바칠 겁니다. 하느님 감사합니다, 저희가 쉴 수 있습니다. 그런데 배가 단 한 척이 아니어서 당황합니다. 사람들이 말하기를, 그들이 우리를 시샘한답니다. 제가 이 희망을 품고 있는 동안, 부인 저는 믿지 않아요, 저는 결코 살던 곳을 향해 시선을 돌리는 사람이 아닙니다, 저는 강한 걸 좋아합니다. 저는 페르세포네의 고향을 보고 싶습니다. 그리고 왜 악마가 자신의 나라로 여인들을 데려갔는지 그 이유를 조금 압니다.

폴 루이 쿠리에, 『프랑스와 이탈리아에서의 편지』에서

+++

제1부

1

베네딕트회 수사신부가 화려한 색상의 펜 꾸러미를 책 가
장자리에 올려놓았다. 그리고 둥그스름한 얼굴로 뱃길을 이
끄는 바람의 신처럼 입김을 불어 대며 종이 위의 검은 먼지
를 날려 버렸다. 그는 조심스럽게 두려운 듯 전율하며 책을
펼쳤다. 높이 달린 창문을 통해 비스듬히 들어오는 빛에, 모
래 빛깔 종이 위 글자들이 도드라져 보였다. 기괴한 검은 개
미 떼가 바짝 말라 짓이겨져 있었다. 압둘라 무함마드 벤 올
만 대사가 그 흔적을 보려고 몸을 굽혔다. 피곤한 듯 나른하
고 지루해 보이던 대사의 눈이 순간 생기로 넘치면서 반짝
거렸다. 잠시 후 대사는 오른손으로 프록코트를 뒤적거리며
몸을 세웠다. 가느다란 가지에 달린 꽃이나 과일처럼 보이도

록 금과 녹색 돌로 장식한 렌즈를 꺼냈다.

"얼어붙은 개울." 대사가 렌즈를 내보이며 말했다. 손님들을 위한 선물인 양 시칠리아 시인 이븐 함디스의 시구를 인용한 대사는 미소를 지었다. 그런데 주세페 벨라 신부를 제외하고 아무도 아랍어를 몰랐다. 그리고 주세페 신부는 대사가 인용하고 싶어 한 그 속뜻은커녕 시 한 구절을 인용했다는 것조차 알아채지 못했다. 그래서 그는 대사의 말 대신에 몸짓을 번역했다. "렌즈, 렌즈가 필요하답니다." 그 책을 보고 대사가 뭐라고 말할지 흥미진진하게 기다리던 몬시뇰✦ 아이롤디는 스스로 알아들었다.

대사가 다시 책 위로 몸을 굽히고 조심스레 타원을 그리듯 렌즈를 움직였다. 주세페 신부는 렌즈 안에 도드라지는 흔적들을 보았다. 그러나 한 글자를 채 읽어 내기도 전에, 희미한 글자 흔적들은 좀먹은 종이 위로 다시 사라졌다.

대사가 종이를 넘기고, 다시 신중하게 살펴보았다. 그가 뭐라고 중얼거렸다. 그는 렌즈로 들여다보고 미소를 지으며 빠르게 종이를 넘겼다. 빠르게 움직이던 렌즈가 좀으로 가득한 마지막 페이지에서 멈추었다.

그는 몸을 일으켜 세웠다. 책에서 뒤돌아섰다. 그의 시선

✦　로마 가톨릭교회의 고위 성직자에 대한 경칭. 호칭일 뿐, 그 자체가 지위는 아니다.

은 다시 빛을 잃었다.

"예언자의 삶에 대한 겁니다." 그가 말했다. "시칠리아랑 전혀 상관없어요. 예언자의 삶에 대한 이야기는 수두룩합니다."

주세페 벨라 신부는 환하게 밝은 얼굴로 몬시뇰 아이롤디를 향해 돌아섰다. "대사께서 값진 고서라고 말씀하시는군요. 대사님 본국에도 이와 비슷한 건 없답니다. 시칠리아 정복 및 지배에 관련된 이야기가 쓰여 있답니다……"

몬시뇰 아이롤디는 기뻐서 얼굴이 상기됐다. 그리고 흥분해서 말을 더듬거렸다. "질문하시오." 몬시뇰이 말했다. "대사께 그렇지, 『케임브리지 연대기』나 아니면, 그 뭐더라? 『시칠리아 사건』과 비슷한 형식인지 물어보시오……"

성당 미사 집전을 담당하는 주세페 신부는 그렇게 막연한 질문에 당황할 사람이 아니었다. 그는 다른 뭔가를 준비했다. 그가 대사에게 몸을 돌렸다. "이 고서가 시칠리아랑 상관없다니까 몬시뇰께서 실망하시는군요. 그런데 예언자의 삶에 대한 것이라고 했는데, 혹 이런 고서가 케임브리지나 유럽 다른 지역에도 있는지 몬시뇰께서 알고 싶어 하십니다."

"우리 나라 도서관에 많이 있긴 한데, 케임브리지나 다른 유럽 도시에도 있을시는 잘 모르겠습니다…… 몬시뇰께서 실망하셨다니 유감입니다. 그러나 보시다시피 상황이 이렇습니다."

'이런 아니죠, 보시다시피 상황이 이렇다니요!'라고 생각한 주세페 신부가 몬시뇰에게 말했다. "대사께서는 『시칠리아 사건』을 모르신답니다. 당연히……"

"당연히라, 그렇군……" 잠시 혼란스러워하며 몬시뇰이 말했다.

"그렇지만 『케임브리지 연대기』는 알고 계신답니다…… 이 고서는 뭔가 다르답니다. 서신과 보고서 묶음으로…… 한마디로 말해서 정부 관련 고서라고 말씀하십니다."

몬시뇰 아이롤디가 산마르티노 수도원을 방문하자고 제안하자마자, 미사 집전 신부는 사기를 쳐야겠다는 궁리를 했다. 산마르티노 수도원에는 1세기 전에 스페인 마드리드의 엘에스코리알 수도원 도서관 사서인 마르티노 라파리나 신부가 팔레르모에 가져온 아랍 고서가 있었다는 걸 몬시뇰이 기억했던 것이다. 그 고서가 무슨 내용을 담고 있는지 알 수 있는 최고의 기회였다. 아랍어와 아랍 역사를 잘 아는 아랍인과 주세페 벨라 신부 같은 통역관이 동시에 함께하고 있으니……

1782년 12월 폭풍우가 모로코로 향하던 선박을 시칠리아 해안에 난파하도록 밀어붙인 행운 덕분에, 나폴리 궁정의 압둘라 무함마드 벤 올만 모로코 대사는 팔레르모에 있었다.

나폴리 왕국이 아랍 해적단과 관계를 유지하고 있고 심지어 어떤 의미에서는 남모르게 조종하고 있음을 아는 시칠리아 총독 카라촐로는 난파 소식을 듣자마자, 바닷가에서 짐 꾸러미 사이에 버려져 있던 대사를 정중하게 모셔 오도록 화려한 마차와 호위 행렬을 보냈다. 그런데 대사가 총독 관저에 도착하자마자 총독은 대사와 의사소통이 불가능하다는 걸 알아차렸다. 그는 프랑스어도 그리고 나폴리어도 할 줄 몰랐다. 천우신조로 누군가 아랍어를 아는 몰타인 미사 집전 신부를 부르자고 총독에게 제안하였다. 늘 오만상을 찡그린 채 혼자 빈둥거리며 시내를 돌아다니는 그 신부가 어떤 운명의 화살을 맞고 **행복한** 도시 팔레르모에 오게 됐는지는 알 수 없다.

벨라 신부의 뒤를 쫓도록 급파된 **전령**들이 온 도시를 뒤지며 필사적으로 그를 찾았다. 그가 불편하게 묵고 있는 조카딸의 집도 찾아보았다. 그는 밤에 잠잘 때나 식사 때에만 그 집에 있을 뿐이고, 나머지 시간에는 몰타 수도회 소속의 미사 집전 신부 그리고 꿈 해몽으로 복권의 숫자를 알아맞히는 **숫자꾼**이라는 두 가지 일에 열중하며 온종일 밖에 있었다. 첫 번째 일이 필요한 활동이라면 두 번째 일은 쓸데없는 활동이었다. 그렇게 썩 나쁘지 않은 나날이었지만, 아직 조카딸의 집에서 신세 저야만 하는 상태를 벗어나지 못한 게 아쉬웠다. 지옥 입구에서 튀어나온 듯 야단법석을 떠는 반 다스나 되는 아이들과, 게으름뱅이고 술주정뱅이인 집안의 가장이자 조카딸의 남편 겸 아이들의 아버지와 함께 지내는 것이 여간 불편한 게 아니었다.

전령 중 한 명이 드디어 그를 찾아냈다. 그는 알베르가리아에 있는 푸줏간에 있었다. 그는 특히 복잡한 꿈을 해몽하여 복권 숫자를 알아맞히는 일에 열중하였다. 숫자 분석보다는 꿈 해몽을 통해 일관성 있는 요소들을 선별하고 그다음에 그 요소들이 암시하는 숫자들을 추려 내는 방식으로 복권의 숫자를 조합했다. 그의 주 활동 구역인 알베르가리아와 카포에서 사람들이 말하는 꿈 이야기를 듣고 다섯 개의 숫자로 추려 내는 건 쉬운 일이 아니었다. 프랑스 왕실의 이야기처럼 꿈 이야기는 끝이 없다. 게다가 복잡한 이미지들이 뒤섞여 이해하기 힘든 수많은 갈래 속에 길을 잃기 십상이다. **전령**이 그를 막 찾아냈을 때 푸주한이 그에게 이야기하고 있던 꿈에는 서로 전혀 어울리지 않는 웃는 돼지, 총독, 이웃집 여인, 쿠스쿠스 요리가 뒤죽박죽 등장했다. 그나마 그가 그 어마어마한 꿈에서 추려 낼 수 있었던 요소였다.

푸주한의 꿈에서 총독에 대한 부분을 숫자로 막 풀어내려는 참에 **전령**의 전갈을 들은 그는 총독의 부름이 좋은 징조로 여겨졌다.

그가 **전령**에게 말했다. "당장 가지요." 그리고 푸주한에게 물었다. "당신 꿈속의 총독 상황이 공적이었소, 아니면 사적이었소?"

"무슨 말씀이오?" 푸주한이 되물었다.

"말하자면 총독이 가두행렬 중이었소, 아니면 혼자였소?"

"총독과 나 딱 둘이서만 마주한 꿈이었소."

"총독은 11…… 쿠스쿠스는 31…… 돼지가 4니까……"

"아니 웃는 돼지였소." 푸주한이 분명히 했다. "아주 신나게 웃어 댔소."

"그럼 돼지가 웃는 걸 본 거요, 아니면 웃는 소리를 들은 거요?"

"가만 생각 좀 해 봅시다, 돼지가 웃기 시작했을 때 돼지가 더 이상 보이지 않았던 것 같소."

"그렇다면 77을 덧붙이고…… 그리고 이웃집 여인에 대해서는 45."

그는 **전령**에게 손짓을 하고 문으로 향했다.

"신부님!" 푸주한이 고함쳤다. "그걸 잊으셨소."

"만약에 80을 꼭 넣고 싶다면," 얼굴을 붉히며 신부가 말했다. "숫자는 다섯 개여야 하니 80이나 77 중 하나를 빼시오."

"80을 빼죠." 푸주한이 말했다.

신부는 푸주한에게 지옥에나 가라고 말하며 밖으로 나갔다.

총독은 신경이 예민해질 대로 예민해져 있었다. 미사 집전 신부는 무릎을 꿇을 시간조차 없었다. 그는 카라촐로의 팔 사이에 거의 억지로 붙잡혀 있는 모로코 대사를 보았다.

"아랍어를 모른다는 말은 하지 마시오." 총독이 살벌한 농담을 했다. "아니면 당신을 대법원에 보내 버릴 거요."

"솔직히 아랍어를 조금 알고 있습니다." 돈 주세페 신부가 말했다.

"아주 좋소…… 아무튼 이 양반을 데리고 바람 좀 쐬러 가시오. 뭐가 됐든 이 사람이 흡족하도록 청하는 건 전부 주시오. 매춘부나 신분 높은 귀부인을 포함해서."

"각하!" 돈 주세페가 가슴에 걸고 있던 예루살렘 십자가를 가리키며 항의했다.

"그건 떼어 버리시오, 그리고 당신도 여인들이랑 어울리시오. 뭐 새삼스러운 일은 아니잖소." 총독이 심술궂은 미소를 지으며 대답했다.

그 순간부터 대사는 맹인이 안내자에게 그러하듯 벨라에게 달라붙었다. 다행히도 그는 여인들에게 가자고 청하지는 않았다. 비록 끈적거리는 그의 시선이 여인들의 파인 옷에 꿀처럼 달라붙어 한참 동안 머물러 있었을지언정 말이다.

그런데 그는 팔레르모에서 아랍어가 적힌 모든 것을 보기를 청했다. 그리고 돈 주세페가 이러한 그의 요구 사항을 만족시키는 정도에 따라 그는 이따금 변덕을 부리거나 예민해지면서 그날의 기분이 달라졌다. 시칠리아 역사와 아랍 물건에 지대한 관심을 지닌 몬시뇰 아이롤디가 안내를 자청하며 끼어들었고, 돈 주세페는 여전히 대사의 통역관처럼 중간에 끼어 있었다. 몬시뇰은 흡족해했고, 그뿐만 아니라 돈 주세페에게도 상당한 이득이 되었다. 매우 아름다운 여인들, 황홀한 불빛, 비단, 거울, 감동적인 음악, 대단히 부드러운 노래, 테이블의 진미, 유명한 공연 단체 사이에서 달콤하게 보내는 저녁나절이었다.

그리고 모든 것이 압둘라 무함마드 벤 올만의 출발 이후에 더 이상 지속될 수 없으리라는 생각이 돈 주세페 벨라를 갉아먹기 시작했다. 녹록지 않은 일거리에 수입이 불확실한 복권 숫자 알아맞히기로 되돌아가야 하는 씁쓸한 운명이 절망적으로 다가왔다.

그래서 운명이 자신에게 제공하는 기회를 바로 움켜잡은 주세페 벨라는 이제 겨우 맛본 즐거움을 잃어버리게 되는 불안감으로, 타고난 탐욕으로, 자신과 비슷한 처지의 사람을 향한 어두운 경멸로 위험하기 짝이 없는 그러나 매우 독창적인 도박을 벌이며 엄청난 사기 사건의 주인공이 되었다.

2

1783년 1월 12일 압둘라 무함마드 벤 올만은 떠났다. 펠루카✦가 항해할 때 그의 마음 상태는 자신의 수행원이자 통역관의 영혼 상태와 매우 비슷했다. 자유롭고 행복했다. 대사가 귀머거리에 벙어리 같았던 게 사실이다. 그러나 돈 주세페는 불안한 나날을 보냈다. 몬시뇰 아이롤디와 다른 사람들이 아랍어 통역이 완벽하지 않다고 조바심 내는 몸짓과 실망스러운 기색을 드러낼까 두려워서, 말하자면 심장이 입으로 튀어나올 정도로 가슴이 벌렁벌렁했었다.

"젠장 빨리 꺼져라." 석양이 지는 수평선의 뜨겁고 누런 선

✦　삼각돛을 달고 바람의 힘을 이용해 움직이는 작은 배.

안으로 펠루카가 녹아들어 가는 동안 돈 주세페가 중얼거렸다. 그러다 갑자기 대사의 이름을 들어 본 적이 없기라도 한 듯 전혀 기억나지 않는다는 걸 알아챘다. 궁리 중인 사기에 적합하도록 대사의 이름을 무함메드 벤 오스만 마흐지아라고 다시 지은 돈 주세페는 몬시뇰의 반응을 바로 실험해 보았다.

"우리의 소중한 무함메드 벤 오스만 마흐지아"라고 말했다.

"참으로 소중하오." 몬시뇰 아이롤디가 말했다. "그리고 그렇게 빨리 떠나고 싶어 했다는 게 안타깝소. 그의 충고가 당신에게 소중할 텐데, 당신이 기대하는 일 때문에."

"저와 대사님은 서신을 주고받을 겁니다."

"그래, 하지만 어떤지 알지 않소, 그 같은 사람이 가까이에 있으면…… 일이 훨씬 더 신속하고 정확하게 진행될 수 있을 테지…… 사실 말 그대로 시칠리아가 왕국이라면, 우리는 팔레르모에 잡아 두기 위해 모든 걸 다 했을 거요. 우리 대사를…… 이름이 뭐더라?"

"무함메드 벤 오스만 마흐지아입니다."

"그렇지…… 하지만 당신은 그 없이도 잘할 거요. 내 확신하오…… 그리고 내가 얼마나 기대하고 애정을 가지고 있는지 생각하시오. 묻혀 있던 어둠 속에서 *끄집어내서* 지식의 빛으로 가지고 나온 수 세기에 걸친 역사와 문명이오. 이보시오, 타의 추종을 불허하는 엄청난 작업이오. 그리고 그 일에 당신의 이름이 길이 남을 거요, 나의 겸손한……"

"오, 몬시뇰이시여." 돈 주세페가 스스로 몸을 굽혔다.

"아니 그렇지, 원칙대로 하면 당신의 공이지. 난 아니오. 당신이 한 일이오…… 아 그런데, 당신이 어떤 환경에서 살고 있는지 알고 있소, 조카딸네에서, 시끄러운 동네의 불편한 집에서…… 내 비서가 당신과 당신 일에 적합한 집을 구해 줄 거요. 조용하고 괜찮은 집으로……"

"몬시뇰께 깊이 감사드립니다."

"나는 당신에게 선행을, 내 이해관계가 달려 있는 선행을 아낌없이 베풀 거요. 이해관계가 달려 있소, 잘 기억하시오, 이해관계가 달려 있다는 걸." 경의의 표시로 입맞춤 인사를 하도록 손을 내밀며 몬시뇰이 미소로 강조했다. 그러고는 가볍게 신음 소리를 내면서 약간 힘겹게, 황금빛의 의자식 가마 안으로 들어갔다. 시종이 문을 닫았다. 유리 창문 뒤에서 몬시뇰이 인사와 강복을 주는 손짓을 했다. 돈 주세페는 무릎을 굽힌 채 예루살렘 십자가 위에, 심장 위에 손을 얹고 한참을 그대로 있었다. 흥분을, 사기와 승리에 대한 격렬한 기쁨을 억누르려는 듯.

상념에 빠져 그는 사람들이 붐비는 칼사 지구를 가로질

러 집으로 향했다. 여인들은 그를 손으로 가리켰고 아이들은 그의 뒤에서 고함을 질러 댔다. "터키인과 함께 있던 신부다, 터키인의 신부!" 왜냐하면 그는 모로코인의 수행원으로 사람들 사이에 알려졌기 때문이다. 돈 주세페는 이 소리도 전혀 들리지 않았다. 큰 키와 단단한 몸집에 느릿느릿 진중한 발걸음으로, 누르스름한 얼굴과 생각에 잠긴 눈에 커다란 예루살렘 십자가를 가슴에 매단 그는 먼지처럼 자욱한 사람들 사이를 걸어갔다. 그의 마음속에는 주사위, 날짜, 이름 놀이가 있었다. 이슬람 원년에, 그리스도교 시대에, 칼사의 먼지처럼 자욱한 사람들의 어둡고 불변하는 시간 속에 굴러다니던 주사위. 날짜와 이름들이 나열되고 운명을 만들어 내려고 뒤섞였다. 그러다가 깜깜한 과거 속에서 다시 쿵쾅거리며 요동쳤다. 역사가 파첼로, 인베제스, 카루소, 『케임브리지 연대기』가 그의 놀잇거리이자 그의 도박의 주사위다. '나한테는 방법이 필요할 뿐이야.' 그는 속으로 말했다. '조심만 하면 돼.' 그렇지만 어쨌든 신비한 자비의 날개가 냉혹한 사기를 감싸고, 인간적 우울감은 먼지에 덮여 사라진다는 기분이 고조되는 것을 막을 수는 없었다.

3

"몬시뇰이시여," 제라치 후작이 말했다. "운 좋게 아랍 고서가 발견되었다고요. 그런데 말입니다, 내일 당장 시칠리아에서 종교재판소의 역사를 세우고 싶어 하는 학자들이 어디서부터 시작할지 의문스럽습니다."

"다른 집무실에, 다른 기록보관소에 서류들은 잘 있을 거요." 약간 당황한 몬시뇰 아이롤디가 말했다. "그리고 역사적 사건이 상세하게 적혀 있다더군요."

"몬시뇰께서 똑같은 게 아니라고 나에게 가르쳐 주시는군요. 종교재판소의 기록보관소가 불타는 건 복구할 수 없을 정도의 엄청난 손실이지요······ 게다가 사건 일지라면! 사람들은 주변 정리가 안된다고 느끼면 일기를 적어 정리하기도

하지요. 마치 빌라비안카 후작처럼 말입니다. 그는 모든 속 닥거리는 소문들을 모으고 다니지요. 지금으로부터 100년이 지난 뒤 그의 일기를 두고 웃을 거리가 있겠지요."

"그럼 뭘 하고 싶으신 게요, 친애하는 후작? 이미 벌어진 일이오. 우리 총독께서는 이 변덕스러운 물건을 치워 버리길 원하셨소."

"**시시한** 골칫덩이일 테죠. 왜냐하면 각하께서 변덕스러운 물건으로 취급하기를 원하시니 말입니다."

"쯧쯧." 몬시뇰이 입술 위에 검지를 대서 십자가 모양을 만들었다.

"나는…… 몬시뇰, 용서하십시오. 그, 그의 헌신, 그의 감시에 대해 나를 용서하십시오. 나는 그저 빵은 빵이고 포도주는 포도주라고 솔직히 말합니다. 각하께서 변덕스러운 물건이라고 부르는 걸 나는 범죄라고 말할 뿐입니다. 종교재판소의 기록 고서들을 불태우다니요! 아무것도 아닌 것처럼 그렇게 3세기를 불태우다니요, 겨우 한 번의 불꽃으로 그걸 지워 버리다니요. 그 문화유산은 우리 모두의 것이고, 그리고 우리의, 우리 계층의, 특히……"

"주여 저는 모르나이다." 시칠리아에서 종교재판을 열던 스테리 요새 궁전에 총독이 끌로 새겨 넣은 종교재판소의 모토를, 디블라시 변호사가 비꼬며 말했다.

후작이 그를 흘끔 쳐다보았다. "그런데 궁금해지네요." 그러고는 신랄하게 퍼부어 대듯 말을 이어 갔다. "어쩐 일로 대주교께서는 **광대극** 비슷한 걸 보도록 이끌게 내버려 두셨을까요."

"**광대극**은 아니었습니다. 카라촐로 후작은 모두에게 막 변하려고 하는 시간에 정확한 의미를 부여하고, 정확한 경고를 하고 싶어 했지요. 어떤 과거에 대해서는 화형시켜야 할 도덕적 부패처럼 다룰 필요가 있어요……" 디블라시가 말했다.

"그리고 대주교 은하恩下의 개입에 대해서…… 무슨 말씀을 드려야 할는지……? 시간은 변한다오, 변호사가 말한 대로." 몬시뇰 아이롤디가 말했다.

"달랑베르라는 사람이," 카톨리카 영주가 끼어들었다. "그것에 관해 우리 측 사람을 시켜서 그에게 쓰도록 한 편지 한 통이 잡지 《메르퀴르 드 프랑스》에 실렸습니다. 황당하고 웃기는 거죠…… 정부 서기관이 공개적으로 폐지 법령을 읽을 때 그가 울었다는 것을 상상해 보세요…… 그가 우는 걸 보셨습니까?"

"나는 거기에 없었습니다." 후작이 경멸하며 말했다.

"저는 있었습니다." 디블라시가 말했다. "그래서 총독이 정말로 감동받았다는 걸 확신합니다. 저 또한 감동받았고요."

"《메르퀴르 드 프랑스》를 빌려야겠어요." 디블라시를 경멸스럽게 쳐다보고, 제라치 후작에게 몸을 돌리며 카톨리카 영주가 말했다. "그래서 읽게 해 드리죠. 장담컨대 웃기는 겁니다……" 그는 웃으며 자리를 떠났다가, 바로 돌아와 후작의 팔을 잡았다. "한 말씀 드려도 될까요?"

후작은 참을 수 없다는 듯 콧방귀를 끼고, 도움을 청하듯 주변을 돌아보았다. 그러고는 그를 따라갔다.

"후작은 총독한테 앙금이 있소." 몬시뇰 아이롤디가 곁에 있던 돈 주세페 벨라에게 설명했다. "이탈리아에서 최고의 백작, 시칠리아 최고의 귀족, 신성 로마 제국의 영주라는 호칭은 사용하지 말라는 경고를 받은 걸 생각해 보시오…… 이런 호칭들 없이 계속 살아갈 수 있겠소?"

안락의자에서 반쯤 잠들어 있는 듯하던 조반니 멜리가 생생하게 오가는 험담에 잠에서 깼다. 동정하는 표정으로 카톨리카 영주의 문제에 실제로 끼어들 것처럼 말했다. "그 불쌍한 영주! 나폴리에서 채무 변제를 위해 6개월 연장을 받아 냈는데, 그래요, 총독은 당장 갚기를 원하거든요……! 일이 꼬였어요!" 그는 눈의 조롱하는 기색을 감추려 눈꺼풀을 내렸다가, 순진무구한 시선을 하고 다시 떴다. "아무것도 아닌 것 때문에, 정말 아무것도 아닌 아무것도 아닌 것 때문에 살인자만 환대하는 나폴리의 카스텔람마레에 있는…… 불쌍한 영주…… 그 불쌍한 피에트라페르치아 영주는 별도로 하고, 귀족이 감옥에 갇히는 비슷한 일이 언제 있었나요?”

“들어 본 적이 없습니다.” 마지막 문장을 주워듣고 심각하게 격노한 돈 빈첸초 디 피에트로가 말했다.

“귀족들은 시칠리아 땅의 소금 같은 존재들이죠.” 조반니 멜리가 말했다.

“정확히 말해서 권력자지요.” 돈 가스파레 팔레르모가 말했다.

“시칠리아의 특권, 자유입니다.” 돈 빈첸초가 부르짖듯 말했다.

“무슨 자유 말입니까?” 디블라시 변호사가 물었다.

“아마도 당신이 이해하는 자유일 거요.” 돈 가스파레가 건성으로 대답했다.

“평등일 거요!” 돈 빈첸초가 조롱하듯 말투를 따라 했다. 그리고 우스꽝스럽게 목소리를 바꾸어 덧붙였다. “**인간에게 불평등은 존엄한 이성에 적합하지 않소**…… 존엄한 이성, 미친 짓이오!”

디블라시 변호사는 침착함을 유지했다. 그러나 미개하게 조롱하는 어조로 5년 전에 출판된 자신의 논문이 언급되자 그는 상처를 받았다. 그 논문에 대한 더 많은 칭송을 듣지 못했기에 무난한, 부족한 아니 심지어 생무지의 글을 출판한 것은 실수였다고 여겨졌다.

"당신은 어쩌면 인간의 자연스러운 불균형에 대한 돈 안 토니오 페피의 논문이 훨씬 더 설득력 있다고 여기실 겁니 다." 그가 살짝 냉소적으로 말했다.

"만약에 돈 안토니오 페피가 인간은 평등하지 않다고 썼 다면, 나는 그의 의견에 동의합니다…… 그런데 우리끼리 하 는 말인데, 나는 이 모든 에세이와 이 모든 논문의 기초를 정 리할 겁니다."

"잘하실 겁니다!" 돈 빈첸초가 당황하고 의아해할 정도로 열광적으로 멜리가 소리쳤다. 그 열광 속에 악의를 담고 쏘 아붙이는 조롱이 숨겨져 있음에 틀림없었다. 종이를 더럽히 는 사람들을 전부 한통속으로 몰아붙이고 있었다.

다행히도 판을 벌일, 즉 카드놀이를 할 시간이었다. 시종 들은 이미 판을 차려 놓은 방으로 무리 지어 움직였다. 돈 가 스파레와 돈 빈첸초는 먼저 가 버렸다.

자신의 소명이 옆 사람의 반발을 이상하게 자극하는 것인 양 멜리가 화제를 바꾸었다. "돈 로사리오 그레고리오가," 그 는 벨라를 향해 말했다. "그야말로 이상한 소리를 하고 돌아 다니던데요. 당신이 아랍어를 한 마디도 모르고, 산마르티 노에 있는 아랍 고서의 내용을 전체적으로 지어내고 있다고 요……"

벨라는 놀랍다는 몸짓을 하고 그러나 바로 냉담하게 대꾸했다. "아니 왜 저에게 이런 말을 하시는 겁니까? 당신이 잘 못 알고 있는 거라고 제가 설득할 텐데요…… 게다가 저는 당신의 도움이, 당신의 가르침이 절실히 필요합니다. 험담으로 서로 헐뜯는 대신에 우리가 함께, 제가 얼마나 힘들고 얼마나 마음이 괴로운지 하느님만이 아시는 이 일에 함께 기여할 수 있을 겁니다……" 그는 감상적이고 눈물 나는 마지막 문장을 띄엄띄엄 뱉어 냈다.

"우리 미사 집전 신부님이 얼마나 마음이 여린 분인지 아시겠소?" 몬시뇰 아이롤디가 멜리에게 말했다. "훌륭한 분이오, 참을성 많고 겸손하고……"

벨라는 일어섰다. 그는 화를 내는 대신 상처받은 덕의 화신으로 순교자의 체념을 보여 주는 데 완벽하게 성공했다.

"만약 몬시뇰께서 허락하신다면, 잠시 마음을 추스르고 싶습니다만……"

"가시오, 가시오." 몬시뇰이 우려하며 그를 재촉했다.

돈 주세페는 카드놀이를 하는 방으로 향했다. 그는 카드놀이 중에 돈이 오가는 것을 구경하는 게 즐거웠다. 카드 한 장으로 숫자 하나로 한 방에 운이 터지는 걸 보는 게 즐거웠다. 그 신사들과 숙녀들의 다양한 반응을 지켜보는 게 즐거웠다. 카드놀이에 전혀 끼지 않고 지켜보기만 하는 건 무례하다고 여겨지는 것이 사실이다. 그러나 소득 때문에 그리고 적절성 때문에 카드놀이 테이블에 끼어드는 게 금지된 사제에게 규칙은 예외적이기 마련이다. 돈 주세페는 카드놀이가 더욱 치열하게 고조된 판을 찾아 이 테이블에서 저 테이블로 돌아다녔다. 게다가 그가 더욱 흥미 있어 하는 놀이가 있었다. 빙고와 비슷한 방식의 비리비시라는 것으로 승자에게 예순네 번에 걸쳐 판돈이 주어졌다. 알다시피 절대 금지된 놀이인데, 나라에서 금지할수록 카드놀이꾼들은 더욱 재미를 느꼈다. 달랑 종이 한 장에 적힌 숫자 하나 때문에 영지를 잃는 일도 심심찮게 발생했다. 상상력이 부족하지 않은 돈 주세페는 그 종이에서 그 숫자에서 영지의 작은 지도가 생생하게 드러나는 것을 보았다. 소설이나 목가에 등장하는 상상의 것이 아닌, 진짜 푸르고 단단한 들판을, 실물 소유지를 보았다. 그리고 그 영주들 중 누군가는 심지어 더 이상 카드놀이에 걸 만한 영지도 없었다. 그러면 그들은 안뜰에서 대기 중인 마차 혹은 특별히 머리를 잘 만지는 손재주가 있는 시종을 걸기도 했다. 경계 태세에 들어간 사람은 잃을 운명의 사람이다. 불운은 한 마리 뱀처럼 먼저 이 도박꾼에게서 저 도박꾼에게로 마구 기어 다니다가, 나중에 그 사람 앞에 똬리를 틀고 앉아 저녁 내내 더 이상 그를 놓아주지 않는다.

그리고 여인들도 있었다. 그녀들은 산만하게 열정 없이

대개 준비된 현금으로만, 여러 종류의 은화로 카드놀이를 했다. 돈 주세페의 느낌에 은화는 그 여인 세상의 본질 같았다. 풍부하고 환상적인 본질을 비추는 거울과 그녀들의 목소리, 웃음, 음악의 소용돌이 속에 그는 혼란스럽게 매력을 느꼈다. 열망과 존중, 악의와 순결이 그의 안에서 혼란스럽게 소용돌이쳤다. 그러나 그는 전혀 티를 내지 않고 조용히 눈만 호강시켰다.

하느님의 자비 덕분에 은화와 아름다운 젖가슴으로 분노를 가라앉히며 돈 주세페의 눈이 즐기고 있는 동안, 몬시뇰 아이롤디가 멜리와 디블라시에게 말했다. "어떤지 보이시오? 쉽게 감동받고 감정적이고 불안해하는 사람이오…… 그리고 특히 그레고리오의 의견에 민감하지요. 근본적으로 지성 이외에 과학을 칭송하는 사람이오…… 그런데 왜 저런 행동을 하는지 나 역시 이해 못 하겠소, 솔직히. 신랄하고 옹졸한 행동이오…… 고백하는데 나도 불편했소. 침묵할 수 없다면 적어도 나에 대한 존경으로 좀 더 신중했어야지요."

"몬시뇰께서는 그레고리오의 의심이 전적으로 근거 없는 것이라고 여기십니까?" 디블라시가 물었다.

"전적으로, 이보시오, 전적으로라니…… 그래 알아서들 판단하시오. 우리는 문화와 경험이 없는 사람 앞에 있어요……" 그가 멜리에게로 돌아섰다. "당신은 그를 잘 아니 말씀하실 수 있겠군요. 주세페 벨라가 문학과 역사에 대해 알고 있다고 여기시는지?"

"전혀 모릅니다." 멜리가 강하게 말했다.

"그럼 어떻게 그 같은 사람이 전혀 아무것도 아닌 것에서 내가 좋고 나쁘고를 확인할 수 있는 특정한 역사를 만들어 내겠소? 어떻게 그런 사람이 그레고리오 자신에게도 어려울 사기를 꾸미겠소? 내 말을 믿으시오. 벨라는 아랍어를 알아요. 좀 더 말씀드리자면, 그는 아랍어만 안다오. 우리가 쓰는 쉬운 라틴어는 단 한 글자도 모르는 정도입니다."

이집트 평의회

4

몬시뇰 아이롤디가 그에게 마련해 준 집은 들판을 향해 세워진 넓고 빛이 환하게 드는 집으로 울타리가 쳐진 작은 채마밭이 딸려 있었다. 그는 가볍게 몸을 풀거나 낮잠을 자러 그 채마밭으로 내려가곤 했다. 그리고 방 하나는 연금술사의 동굴처럼 되어 버렸다. 주세페 벨라는 그 방에 다양한 색상의 잉크와 색상별 강도별 끈기별로 등급이 다른 접착제, 아주 얇고 투명한 엷은 녹색의 금박 입힌 종이, 파손되지 않은 그러나 낡고 자르지 않은 그대로의 넓은 종이, 두껍고 무거운 종이, 금형, 공구, 쇳물을 녹이는 도가니 등등 사기를 위한 모든 도구들을 보관했다.

그는 먼저 작업을 시작하면서 책을 한 장 한 장 떼어 냈다.

그리고 종이 다발을 신중하게 서로 뒤섞었다, 마치 카드 패를 뒤섞듯이. 사실 그 작업은 그에게 놀음이었다. 그가 능숙하게 벌이는 큰 도박 놀음이었다. 그는 최종적으로 아주 세심한 손길로 종이 다발을 크기에 맞게 잘랐다. 단 한 번의 손길도 실수하지 않고 끈기 있게 작업하면서 종이는 안정적으로 다시 묶였다. 어느덧 마호메트의 삶에 대한 글은 속이기에 충분할 정도로 준비되었다. 그의 계보는 아마라 전쟁, 오후드 전투 같은 사건으로 연결되었다. 오후드 전투의 날에 있었던 쿠란의 계시는 개종자들의 목록으로 꾸며졌다. 이렇게 작업은 계속되었다. 하지만 충분치 않았다. 이제 작업은 가장 섬세한 작업을 요하는 단계에 이르렀다. 텍스트의 전체적인 변질로, 아랍 문자를 그가 마우로-시칠리아체라고 부르기로 결정한 문자로 바꾸어 쓰는 것이다. 이 문자는 몰타어가 아니다. 아랍 문자로 바꾸어 표기된 몰타 사투리다. 아무튼 아랍어 텍스트를 아랍 문자로 표기된 몰타어 텍스트로 바꾸는 이 작업은, 아랍어로 쓰인 마호메트의 생애를 몰타어로 쓰인 시칠리아의 역사로 바꾸어 버리는 것에 불과했다. 게다가 그는 이 옮겨 쓰기 작업에 의도적으로 큰 정성을 기울이지 않았다. 그런 까닭에 훨씬 뒤에 아랍어를 잘 아는 몰타인 돈 주세페 칼레야는 그 텍스트를 그다지 잘 이해하지 못했다. 칼레야는 그저 짐작건대 자기 생각에는 아랍 문자로 쓴 몰타어 같다고 조심스럽게 의견을 내놓았을 뿐이다.

아무튼 돈 주세페는 파리 다리 같은 가볍고 꼬불거리는 선을, 점과 갈고리, 동그란 고리를 페이지마다 틀림없고 신중한 손길로 배치해 책을 풍요롭게 꾸몄다. 그다음에 페이지마다 일정한 녹청을 입히고자 무색 접착체를 쓱 바르고 유용하게 잘 만들어진 주걱으로 금박 종이의 평평한 면을 쭉 폈다. 그렇게 해서 새로 쓴 잉크를 오래전에 사용한 잉크와 더 이상 구별할 수 없게 했다. 이 모든 언어학적 작업과 섬세한 수작업 이후에 연구와 상상력이 그를 끝까지 몰아붙이는 또 다른 작업을 하기 시작했다. 시칠리아 이슬람교도들의 전체 역사에 대한 거의 무에서의 창조 작업이었다.

이미 잘 알려져 있거나 만들어 낸, '십중팔구 만들어 낸 게 분명한' 이 역사에 있어, 다른 것보다 소소한 그 작업에 그는 당연히 전력을 다했다. 그는 더 열정적으로 상상력에 의지함으로써, 완전하게 만들어 낼 수 있으리라고 생각했다. 그런데 몬시뇰 아이롤디는 당시까지 그리스어와 라틴어 그리고 유럽의 모든 언어로 기록된, 시칠리아에 대한 모든 것을 상세하게 알고 있었다. 게다가 물어뜯고 고통을 줄 준비가 된 마스티프 같은 그 로사리오 그레고리오가 있었다. 그래서 그는 흩어진 개념을 상상력으로 짜 맞추고, 애석하게도 모험 초반에 틈이 벌어지는 허술함을 메우고, 한 등장인물에게 다른 사람에게 벌어졌던 사건을 입히느라고 궁리했다. 그러는 와중에 시칠리아를 침공한 건 지아다탈라에서 이브라힘 벤 알비로 바뀐다. 잘못된 이해는 몬시뇰에게 심각한 당혹감을 안겨 주지만, 이 당혹감은 번역자의 정확도와 능력을 입증할 메달의 즉각적인 준비로 해소된다. 몬시뇰이 모로코 대사에 대한 기억의 선물처럼 가지고 있는 그 메달은 돈 주세페에게 그 값을 톡톡히 했다. 그는 이전 작업처럼 집 안에서 메달을 조사하려고 엄청난 노력을 기울여야만 했다.

다른 사람이라면 버티지 못했을 것이다. 그는 위험하고 달성하기 힘든 그 과제에 대한 걱정과 긴장된 집중으로 신경이 조각조각 끊어지는 듯했다. 기계적인 조판, 제련, 복원(물론 사기 치는 자신의 방식으로) 작업은 말할 필요도 없다. 그렇지만 돈 주세페는 반대로 공중을 나는 새처럼 자유롭게 지냈다. 심지어 살이 쪘다. 심술궂은 이들은 마치 좋은 주인을 만나 아주 잘 먹은 말처럼 그의 털도 반지르르하다고 쑥덕거렸다. 아슬아슬한 위기감이 그 비결이었다. 위험을 무릅쓰는 덕분에 잘 먹을 수도 있게 됐다. 마침내 자신의 인생이 맞이한 일생일대의 사건이나 가능성 때문에 주머니에는 돈이 있고, 적당히 즐거웠다.

늦어도 대여섯 시가 지나 여명이 밝아 올 때면 그는 깊은 잠에서 깨어 일어났다. 휴식을 취해 편안한 정신으로 산마르티노의 고서 즉 『시칠리아 평의회』의 번역서를 완성하고자 열 줄가량의 번역 글 분량에 덤벼들었다. 준비된 계보 및 연대표를 통해 반대되는 내용은 없는지 실수로 적은 내용은 없는지 점검하였다. 만약에 의구심이 생기면 구할 수 있는 텍스트를 참조했다. 그래도 의구심을 해결하지 못하면 지면 아래에 애매한 주석을 붙이면서 별표를 하고 작은 공간을 남겨 두었다. 그런 방식으로 몬시뇰 아이롤디가 그 부분을 해석하며 의견을 피력할 수 있도록 했다. 그러고는 모호한 아랍어와 잘못된 이탈리아어로 어설프게 땜질하면서 다시 베꼈다. 그리고 더욱 고풍스러운 방식으로 비문법화를 보완하고자 피에르도메니코 소레시 수도원장이 쓴 『이탈리아어 기초』를 참조했다.

재창조 작업을 잠깐 쉬는 동안에는 피에타 수녀원에서 떨어지지 않도록 채워 주는 따뜻한 초콜릿 차, 부드러운 스펀지케이크를 먹고 기분 좋게 담배를 피워 물었다. 그리고 여전히 서리가 반짝거리는 채마밭에서 잠시 걸으며 기분 좋게 입김을 내쉬었다. 그 순간 수녀원에서 만들어 준 스펀지케이크의, 맛보다는 색상과 질감으로 인해 깨어난 돈 주세페의 감각은 잔뜩 흥분했다. 사기로 몰락해 가던 그 세상이 현실을 소진시키고 현실에 스며들고 현실을 변모시키는 빛의 파도처럼 솟아올랐다. 물, 여인, 과일에서 삶의 달콤함이 솟아

났다. 그리고 돈 주세페는 매일 만들어 낸 총독이나 이슬람 왕인 척하며 자신을 잠시 잊었다.

그런데 그의 일은 마냥 오랫동안 지연될 수 있는 게 아니었다. 그는 힘들고 고된 작업을 위해 다시 집으로 들어갔다. 그 작업의 결과는 합금을 마구 녹여 대던 똑같은 불 위에서 왔다 갔다 하며 요리한 음식을 먹는 점심 식사의 평온함을 결정지었다. 그다음에 그는 채마밭에서 소화시키고 정자 아래서 가벼운 낮잠에 빠져들었다. 이윽고 한 시간 정도가 지난 뒤 그는 고서 장식에 대해, 이따금은 메달과 동전 그림에 대해 혼잣말처럼 중얼거렸다.

그는 삼종기도를 대개 몬시뇰 아이롤디의 저택 앞에 뻗어 있는 길이나 혹은 다른 회합 장소나 축제 장소에서 바치곤 했다. 하필 그런 장소에 있을 때 기도 시간이 되었다.

매일 아침 바쳐야 하는 미사에 대해서는 그가 큰일에 매달려 있는 것을 감안하여 집 안에 마련된 제대에서 바치도록 허락받았다. 그리고 그는 이 미사 봉헌을 종종 까먹었다.

5

하루하루 흘러가는 시간은 끈기 있는 연구와 활발한 상상력을 가지고 주세페 벨라가 만들어 낸 고위 성직자, 이슬람왕, 칼리프와 더불어 어두운 배경과 혼돈 속으로 뒤섞여 굴러갔다. 시간은 단지 돈 주세페가 어느덧 부지런히 드나드는 세상에서만 카라촐로 총독과 그의 떨거지들의 성급한 결정으로 세분화되는 듯했다. 그들은 그 세상에서 경멸과 분노의 광적인 울림으로 그렇게 **카라촐로 떨거지들**이라고 불렸다.

이미 트라비아 영주는 전체 귀족을 대신하여 손에 펜을 잡았다. '사람들은 지극히 높으신 분의 마음을 움직여 바빌론에 있던 이스라엘 민족의 경우보다 더 혹독한 노예 상태로부터 벗어나고자 하루 종일 하늘을 향해 열렬한 기도를 올립니다. 그자들은 왕의 법과 명령을 존중하지 않습니다……! 모든 것이 신성한 하늘의 법보다 더 엄격한 법률의 끝을 나타냅니다. 모두들 의무를 벗어나기를 열망하고 고독을 사랑할 것입니다. 상호적으로 처리해야 하는 일을 기계적으로 처리해 버리면서 불운과 깊은 슬픔의 미로가 되어 버린 이곳에 머물 이유가 없기 때문입니다.' 편지는 나폴리의 장관인 삼부카 후작에게 쓴 것이었다. 그리고 신성한 하늘에 대한 언급은 벨라가 번역 중인 『시칠리아 평의회』에 관해서 주고받는 대화 가운데 몬시뇰 아이롤디의 살롱에서 처음 나왔는데, 영주의 펜 끝에서 꽃을 피웠다. 아니 오히려 『아라비안나이트』로 얼룩진 유행을 반사하며 조심스럽게 꽃을 피웠다. 한편 보이는 대로 그렇게 폐쇄적이고 쓸쓸한 벨라는 높으신 분들에게 왠지 비밀스럽고 신비한 느낌과 이따금 휙 펼쳐 보이는 부채로 구체화되는 에로틱한 차원을 지니고 있다는 느낌을 주었다. 그 멋진 밤에 영감을 준 부채는 특이하게 결부되는 격렬한 쾌락의 이미지를 펼쳤다. 그리고 종종 밀수품으로 압수되고, 스테리 앞에서 사형집행인의 손에 불타는 것으로 끝났다.

그런 부채처럼 모든 유행은 프랑스에서 들어왔다. 그리고 즐거움과 게으름의 미로였던 사회, 도박과 간통을 범하는 사건만 걱정하던 사회에 파고들어 가 성황리에 소모되었다. 물론 카라촐로는 이를 탐탁하게 여기지 않았다. 귀부인들은 종교재판의 하수인을 구별하던 보랏빛 들판에 녹색의 백합 십자가 장식을 더 이상 할 수 없었고, 당연한 특권을 더 이상 즐기지 않았다. 이 때문에 세라디팔코의 영주 부인에게 벌어진 일처럼, 변덕을 부리거나 경솔한 숙녀가 **거리의 여인**처럼 체포당하는 일이 벌어질 수도 있었다. 마차에 매긴 세금 지불을 거부하는 제라치 후작, 체사로 공작 소유의 마차는 압수됐다. 신경 장애가 어떤 것인지 알고 있는 사람에게 벌어진 살인으로 스페를링가 공작이 체포되었다. 귀족에게서 빼앗아 관리에게 맡긴 막대한 수익을 내는 아홉 개의 직위는 물론, 교회에서 빼앗은 고위 성직자 다섯 명의 막대한 소득에 대해서도 말할 필요가 없다. 가난한 사제와 교회가 불이익을 당할수록 **카라촐로 떨거지들**이 줄줄이 모여들었다. 미사와 자선 활동을 위한 기금 모으기와 검은 숄의 꽃 즉 장례용품 모으기가 금지되었다. 그리고 하루하루 시간이 지날수록 무신론적인 잣대를 종교에 들이대면서 이런저런 이유로 가혹하게 징수해 가지 않는 날이 없었다.

비난을 받는 종교에 대한 동정의 열풍은, 바다가 가벼운 바람으로 잔잔해지는 유월 말경 어느 날 오후에 마리나 광장에 있는 자신들의 아지트에서 이야기를 나누던 귀족들을 흥분시켰다. 산타로살리아 축제가 가까워지자 카라촐로 총독은 도시에서 폭죽을 터뜨리고 조명을 밝히며 성녀를 기념하는 축제를 닷새에서 사흘로 줄이면서 경제적인 축제를 치르기로 결정했다. 그 파격적인 결정에 대해 어떤 방식으로든 총독과 가까운 소수의 귀족들조차 감히 이의를 제기할 용기가 없었다. 이에 대해 레갈미치, 소렌티노, 프라데스, 카스텔누오보 귀족 가문은 분노로 휘몰아치는 폭풍우 한가운데에서 침묵하고 있었다. 오로지 변호사 프란체스코 파올로 디 블라시만이 머리를 약간 치켜들었다. 대략 1,000온차✦의 연금을 지닌 그 역시 총독의 **허수아비**로 네 귀족 가문과 그다지 사이가 좋은 편은 아니었다.

이미 모르틸라로 남작이 팔레르모 상원의 이름으로 총독의 불경스러운 결정에 반하여 자신의 폐하에게 탄원하였다. 그리고 그 탄원은 궁정에 있는 스페인 외교관과 결혼한 자기 누이의 지원을 받았다. 그 결과로 그는 왕의 불쾌감과 카라촐로에 대한 질책을 담고 있는 우편물이 도착하기를 기다렸다.

"그는 얀선파 사람들을 지지한다!" 피에트라페르치아 영주는 자신의 긴 독설 끝에 천둥처럼 부르짖었다.

"얀선파 사람들요?" 얀선파가 정확하게 무엇인지 알기도

✦   이탈리아 통일 때까지 시칠리아에서 쓰인 동전.

전에 이미 공포에 질린 젊은 베르두라 공작이 물었다.

"바로 그렇습니다, 얀선파 사람들." 영주가 확인해 주었다.

"젊은 공작께서는 얀선파 사람들이 누구인지 알고 싶어 하는 것 같은데요." 디블라시가 끼어들었다.

"그렇소." 젊은 공작이 대답했다.

"글쎄요 뭐랄까, 얀선파 사람들은 자신들 방식에 따라 사건을 반죽해 버리는 이들입니다…… 아우구스티누스 성인을…… 한마디로 완전히 이단이지요…… 그런데 당신은," 그러고는 사납게 디블라시를 향했다. "뭐가 궁금한 거요? 만약에 젊은 공작이 얀선파 사람들이 누구인지 알고 싶어 한다면, 내 그의 고해신부에게 부탁하리다. 나는 신앙 문제에서 토마스 성인처럼 신의 존재에 대해 의심하지 않고, 곧이곧대로 믿소."

"당신은 총독이 얀선파 사람들을 보호하면 어쩌나 하는 두려움을 말씀하셨습니다."

"바로 그렇소, 그는 그들을 보호합니다. 종교를 난장판으로 만들어 버릴 수 있는 그들을 총독이 보호합니다."

"그럼 당신은 얀선파 사람들이 종교를 난장판으로 만들어 버릴 거라고 확신하시는군요……"

"사람들이 나한테 그렇게 말합디다. 누가 그렇게 말했는지 알고 싶으시다면, 말씀드리리다."

"당연히, 당신의 고해신부일 테죠."

"내 고해신부는 교리에 대해 개한테 던져 버렸소."

"그래, 개가 그 교리를 높이 평가하리라 믿으십니까?"

"당신은 내 뿌리를 흔들어 밖으로 내팽개치는 데 소질이 있으시오. 그래 저기 개가 있소…… 여기서 산타로살리아 축제에 대해 떠들어 대는 모양이오. 만약에 당신이 괜찮으시다면."

"전 괜찮습니다."

"어쨌든 축제는 닷새 동안 계속되어야 합니다. 경제적으로 축제를 치르고 싶은 사람은 바로 자기 집 안에서나 하라고 하시오…… 그리고 팔레르모의 돈으로, 축제에서 빼낸 돈으로 메시나에서의 지진 피해를 복구하고 싶다면, 내 한마디 하겠소, 각자 자기 거시기나 챙기라고. 메시나에 재난이 났다면 스스로 알아서 대비해야지…… 메시나 놈들! 항상 팔레르모에 엿 먹이려고 애쓰는 족속들……"

"**허수아비**가 팔레르모에서 메시나로 자본을 옮기려고 하는 일부 움직임이 있다고 들었습니다." 체사로 공작이 말했다.

"들으셨습니까?" 디블라시와 레갈미치에게, 카라촐로의 모든 친구들에게 피에트라페르치아 영주가 고함쳤다. "그런데 팔레르모 사람들, 여러분들은 창자가 뒤틀리지 않으시오?"

"총독은 팔레르모 시에 전혀 적대적이지 않습니다." 레갈미치가 말했다. "총독은 이 지역에 모인 귀족들이 정부 일을 걸어 넘어뜨리고 방해한다고 생각할 뿐입니다."

"어떻게 총독이 우리에게 감정이 있다고 말씀하시는지." 빌라비안카 후작이 말했다.

"그래 그걸 모르셨소?" 몬시뇰 아이롤디가 미소 지었다.

그는 늘 그렇듯이 벨라와 함께 나란히 조금 떨어져 앉아 있었다. 그들은 『시칠리아 평의회』에 관한 일상적인 업무에 집중해 있었다. 그들은 이제 침묵 속에 엄청나게 맛난 레모네이드를 축냈다. 돈 주세페는 다과 그릇에 담긴 것을 크게 한 수저 떠서 목구멍 속으로 떨어뜨리고 있었다.

빌라비안카 후작이 그 두 사람 옆으로 자기 의자를 옮겨 오더니, 몬시뇰에게 귓속말로 털어놓았다. "오늘 아침에 총독이 자기 서재 책상 위에서 **축제를 벌일 텐가 아니면 머리를 내놓을 텐가?**라고 큼직하게 적혀 있는 메모를 발견했다는 걸 아십니까?"

"정말이오?" 몬시뇰이 기뻐서 의기양양해했다.

"칼다레라 후작에게 비밀리에 전해 들었습니다. 그의 집에서…… 총독이 성난 황소처럼 날뛰었다고 내게 말했어요……"

"사실은 바로 이겁니다. 그가 모든 일에서, 온갖 방법으로

우리를 치고 싶어 한다는 거지요." 트라비아 영주가 말했다.

"그런데 그가 씹어 댈 먹잇감을 제가 찾아냈지요." 나폴리 장관에게 보낸 트라비아의 서신에 대해 암시하면서 모르틸 라로 남작이 알랑거렸다.

"아 난 모르겠소, 이봐요, 난 모르겠소." 트라비아가 방어 하듯 물러섰다. 그리고 확신 있게 그러나 고통스럽게 말했 다. "나폴리에서도 그들이 정신을 잃을까 두렵소. 왕은 당연 히 현명하다고 입증된 충성스러운 신하들을 의지하지 않을 수 없소…… 만약에 카라촐로 후작이 보낸 새로운 인구조사 계획, 새로운 토지대장 계획이 통과된다면 우리는 그 현명하 고 충성스러운 신하들을 좋게 볼 거요. 우리는 어느 **중산층**이 자신의 반쪽짜리 농장에 매겨진 세금을 지불하는 만큼 더도 덜도 말고 우리 영지에 대한 세금을 지불할 거요." 그는 **허수 아비**라는 별명 대신에 이름으로 불러 자신의 완벽한 평정심 을 증명하려고 애를 썼다.

"그리 논리적이지 않은 것 같은데요." 디블라시가 말했다. "그리고 반쪽짜리 농장을 가진 사람은 반쪽짜리 농장 값을 치르고 천 개의 농장을 가진 사람은 천 개의 농장 값을 치르 는 게 논리적이라기보다 정당하죠."

"논리적, 정당……? 아니 나는 끔찍하다고 말하겠소! 우리 의 권리는 지극히 신성한 것이에요. 다들 왕을 신뢰하고, 다들 총독에게 맹세하는데…… 당신이 실질적으로 마음을 쓰고 있는 걸 아셔야 합니다…… 시칠리아의 자유를, 거룩하신 하느님을!" 트라비아는 봉헌하듯 모은 두 손을 위로 들어 올렸다.

"압니다, 사실은. 그리고 착취와 남용에 대해 알아요…… 그런데 내부 특권에 대해 논의할 만한 게 있다는 건 별도로 하고, 말하자면 특권 자체에 있어서 당신이 시칠리아의 자유라고 부르는 것은 더 이상 존재하지 않는다는 사실을 고려해야겠지요. 다른 자유를 포함해서 다른 사람의 자유를 착취하는 건 엄청난 일이죠……"

만약 흰색 줄무늬와 붉은 체리의 가벼운 호박단으로 만든 드레스를 입고 영국산 부채를 벌거벗다시피 한 가슴 위에 펼친 눈부신 레갈페트라 백작 부인이 자신의 친구들 일행에서 떨어져 나와 디블라시를 부르러 오지 않았더라면, 토론이 어디에서 끝났을지 모를 일이다.

"중요한 말씀들을 나누고 계셨나 봐요, 실례할게요. 제가 당신을 불렀어요. 왜냐하면 당신에게 당장 말하고 싶어서요, 지금 당장요. 친절하게도 당신이 제게 빌려준 그 재미난 책을 읽었답니다. 재미있어요, 그래요 재미있어요…… 물론 살짝 심하게, 말하자면, 대담하긴 하지만요……" 그녀는 엉큼한 시선과 능글맞은 미소를 가리려는 듯 교태를 부리며 부채를 들어 올렸다. "그런데 당신은 이 재미있는 책들을 어떻게 갖게 됐나요? 한결같이 다 재밌는 이 조그만 책들을?"

"더 두툼한 책도 가지고 있습니다…… 모두 디드로 씨의 작품들입니다. 『입 싼 보석들』을 아주 재미있게 읽었기 때문에 권해 드리고 싶습니다."

"다른 책도 가지고 있어요? 정말로요? 그래 항상 그 신사의 글인가요……?"

"……디드로의 글만은 아닙니다, 항상 그렇지는 않지요."

"오, 『입 싼 보석들』, 멋진 제목이에요……! 상상하게 되는데요, 제가 뭘 상상하는지 좀 알아맞혀 보세요……"

"부인의 친구분들이 보석에 대해 말씀하시기 시작한다면 벌어질 만한 것에 대한 상상이죠."

"아니 어떻게 알아맞혔어요……? 정말로 그런 상상을 했거든요, 재밌을 텐데, 장담컨대……"

"부인이 무슨 생각을 하셨는지 알아맞히는 내기를 할까요. 만약에 미래의 남편 앞에서 어느 부인의 보석이 언급되었다면, 결혼 첫날밤에 실망한 남편이 그녀를 발코니에 가두는 바람에 밖에서 밤을 지새우는 걸로 끝나겠죠……"

"왜냐하면 첫날밤이 없었기 때문이죠." 눈물이 나올 정도로 웃어 대며 백작 부인이 말했다. 그러고는 아름다운 가슴을 헐떡이며, 붉게 상기된 얼굴을 식히려고 부채질을 해 댔다. "그런데 당신이 멋지다는 거 아세요? 정말로 제가 생각하는 걸 알아맞혀 보세요."

"당신에 대해 모든 걸 알아맞히면 좋겠습니다."

"그럼 한번 해 보세요…… 그런데 더 좋은 기회에." 지금까지와 다른 어조로 그녀가 말했다. 왜냐하면 정말 짜증 날 정도의 덕을 지닌 레오판티 공작 부인이 그들을 향해 오고 있었기 때문이다. 공작 부인은 고개를 까딱하며 디블라시에게 인사를 건네고는 남성적인 쉰 목소리로 말했다. "그런데 그 끔찍한 소식을 들으셨나요? 그 남자가 이제는 성인들하고도 감정이 있대요, 우리의 로살리아, 우리의 경이로우신 로살리아 성녀를…… 그런데 좋게 끝나지 않을 거예요, 두고 보세요, 팔레르모의 선량한 사람들이 이번 일은 그냥 넘기지 않을 테니……"

디블라시는 무릎을 절반 정도 굽히고 작별 인사를 한 뒤, 멀리 떨어져 있던 일행에게 다가갔다. 꼼짝하고 싶어 하지 않는 몬시뇰, 빌라비안카 후작과 벨라를 둘러싼 그 무리에서는 사람들이 자주 바뀌었다.

이제는 팔레르모 시와 관련된 카라촐로의 장점, 아주 사소한 장점에 대해 이야기하고 있었다. 억압된 종교재판의 수익과 더불어, 연구 아카데미와 몇몇 주교좌성당의 설립, 그리고 아랍어를 포함하여 다른 언어를 가르치는 기관의 설립에 대해 말들을 했다. 당연히 이 주교좌성당은 미사 집전 신부인 벨라를 위한 것이다. 그리고 몬시뇰 아이롤디는 이에 흡족해했다. 당연히 벨라 자신은 직위 때문이 아니라 왕국에 있는 가장 부유하고 안전한 성직 수입 때문에 고위 성직자 자리를 만족스러워했다. 아무튼 벨라는 자신의 도박판을 키우고 복잡하게 하면서 더욱 위험한 음모를 꾸밀 생각에 미소를 지었다. 특히 자신이 설립하고 만들어 낼 아랍어 학교 생각에 빠졌다. 그렇게 위험한 묘기를 실험한 곡예사는 더욱 위험하고 더욱 어려운 다른 묘기로 옮아갔다.

6

산타로살리아 축제는 카라촐로의 경멸 속에 거룩한 형제
애의 이름으로 결합한 귀족 및 서민의 폭동과 더불어 닷새
동안 계속되었다. 그는 신성모독적인 언어로 볼테르의 여물
통에 빠진 그리핀과 함께 있던 사람들에 대해 그리고 크리
스티나 성녀에 대해서도 경멸했다. 팔레르모 시는 로살리아
성녀보다 먼저 크리스티나 성녀를 기념하고 축제를 벌였다.
로살리아 성녀는 끔찍한 페스트가 맹위를 떨칠 때 비누 만
드는 사람에게 모습을 드러내지는 않았으나 펠레그리노 산
에서 재발견된 유골이 자신의 것임을 증명하고, 무엇보다도
주어진 사흘 안에 페스트를 기적적으로 가져가 버릴 것임을
알려 주었다. 익명의 기록자에 의하면, 이 성녀에 대한 정보

에서 비누 만드는 사람은 자신의 분별력으로 시간과 정도에 따라 악운을 쫓고 주문을 걸었다. 그리고 자신에게 남은 사흘 동안 성녀와 예언자의 출현에 관련된 기쁜 소식을 전하러 집집마다 찾아다녔다. 천상의 것보다 페스트에 대해 더욱 잘 알고 있던 최초의 의사인 마르코 안토니오 알라이모는 이성적으로 안전 조치를 침해하는 행동이라며 염려하였다. 이미 분명한 징후를 나타내는 질병을 알리고자 도시의 구원자처럼 붉은 장미 왕관을 쓴 금발 머리 성처녀의 오라를 이용하는 건 크리스티나 성녀의 관점에서 불충한 것이었다. 그래서 1세기하고도 반세기를 기다린 다음에 크리스티나 성녀는 카라촐로의 행동에서 재정복의 희망이 다시 꽃피려는 순간을 보았다.

매한가지로 사악하게 떠들어 대는 말에 따르면 축제가 축소되는 것을 지켜보면서 희망이 실망으로 바뀐 크리스티나 성녀가 기근에 손을 댔다. 솔직히 말해서 팔레르모와 시칠리아에서 보호를 떠맡은 수호 성녀의 부주의 때문에 도시에 피해를 끼치는 사건은 매번 빠지지 않고 벌어졌다.

떠도는 이야기는 카라촐로에게까지 전해졌고, 그는 그 이야기를 무척 재미있어했다. 그런데 기근을 몹시 염려한 그는 원인과 대처 방안을 연구하도록 했다.

빵이 부족하지 않고 엄격한 가격통제가 유지되던 팔레르

모 시는 왕국의 모든 굶주린 이들에게 침략당했다. 배고픔으로 아우성치는 눈초리와 구걸을 청하며 뻗은 앙상한 손을 한 왕국 토박이들이 밤낮으로 광장에 몰려 있는 광경은 굉장히 서글펐다.

귀족들은 자선을 베풀었다. 금요일마다 제복을 입은 병약한 시종이 문 앞에 나타나 가난한 사람 모두에게 곡물을 나누어 주었다. 이 때문에 쥐꼬리만 한 지원이나 보상을 지칭하는 '금요일의 곡물'이라는 속담이 생겨났다. 그런데 귀족들은 장례식 같은 공개적인 재난에는 이례적일 정도로 후하게 대가를 내놓았다. 연옥의 불꽃에 다다른 배우자의 영혼을 가난한 사람들의 기도를 통해 차갑게 식히는 대가로 엄청난 지불을 했다. 시칠리아 귀족 가문이든 평민 집안이든 자신들 죽음의 목적지가 연옥이라는 걸 전혀 의심하지 않았다.

자선에 대해 돈 주세페 벨라는 전혀 알아채지 못했다고 말할 수 있다. 그는 새벽부터 석양까지 개처럼 일했고 자선의 메아리조차 다다르지 않는 도금된 방 안에서 저녁나절을 보냈다. 어느새 유럽 전역의 학자들이 그의 작업에 대해 알게 되었다. 그들은 작업 결과물의 출판을 초조하게 기다렸다. 그러다가 어느 정도의 불만족을 곱씹어 대기 시작했다.

그 역시 존중받고 명예롭게 되고 총애받기에 충분치 않은 그런 학자들 중 한 명이었다. 그들은 자신 주변의 다른 사람들에게 어떤 방식으로든 두려움을 야기하고, 자극하고 싶어 한다. 그들을 이미 존중하지 않는 귀족들이 그들을 두려워해 야 할 필요가 없어졌기 때문일까? 그의 경우와 같이 독창적 인 공갈 협박의 그림자를 띤 사기를 풍부하게 하는 데 어떤 어려움이 있었을까?

솔직히 말해서 벨라는 자신의 불만족과 불안감으로 부정 행위에 생명을 불어넣었다. 애초에 그는 티투스 리비우스✦ 의 재발견된 서적 제60권과 제77권 사이의 내용을 아랍어 로 번역하여 자신의 명성을 더욱더 울려 퍼지게 하려는 계 획을 세웠었다. 바로 학계에서 사라져 있던 열일곱 권의 서 적에 대한 것이었다. 그런데 생각만 앞서고 기대했던 만큼 확신도 없고 만족스럽지 않았다. 그래서 리비우스에 대한 작 업을 다음 기회로 미루고, 자신의 천성과 환경, 시대 그리고 역사에 더욱 어울리는 계획을 궁리하기 시작했다.

그는 귀족들에게 일상적인 짜증 이외에 약간의 실망감을 안겨 주었던 카라촐로의 행동에서 아이디어가 떠올랐다. 카 라촐로는 귀족의 특권을 지지하는 저명한 몬지토레와 데 나 폴리의 대리석 흉상을 상원의원 당사에서 제거했다. 데 그 레고리오의 『봉건제도가 원인이 되는 재판』과 『영주의 승인

✦ Titus Livius 기원전 64/59~기원후 17 고대 로마의 역사가. 142권의 방 대한 『로마사』를 남겼다.

법전』은 사형집행인의 손으로 공개적으로 불태워지고 말았다. 공기 중의 냄새를 맡는 개처럼 돈 주세페는 한 줄기 바람에서 나는 탄 냄새의 흔적을 재빠르게 알아챘다. 카라촐로는 봉건제도에 관련된 모든 법전들을 잿더미로 만들려는 시도를 하고 있었다. 귀족들은 시칠리아 문화가 수 세기 동안 지켜 온 그 모든 복잡한 법률과 관련된 원칙에 독창적인 책략을 씀으로써 자신들의 특권을 지키기 위해 공을 들였다. 현명하게 분류되고, 정의되고, 해석된 역사적 요소들을 나란히 늘어놓았다. 그리고 그 순간까지 손댈 수 없는 것이었던 법제화가 대두되었다. 총독 개혁가이자 인색한 영주에게 그 거대한 법제화는 이제 사기로 드러났다. 한편 사기 칠 계획을 궁리 중이던 돈 주세페는 톱니바퀴처럼 맞물려 돌아가는 그 원리를 이해하기 시작했다. 총독과 왕에 반하여 사기를 치는 카드 테이블 아래에서 몰래 속임수를 쓰는 데 즉 그 용어들을 뒤집는 데 별다른 게 필요하지 않았다. 물론 온갖 종류의 카드 패를 가지고 있던 그는 부유한 고위 성직자 및 수도원장의 승인으로 빚이 탕감되었을 것이다. 귀족들과 법률가들은 루지에로 왕이 시칠리아 정복 시에 상인 조합의 회원 혹은 조합장 비슷한 왕이었다고 인정했다. 봉신들은 왕보다 귀족들에게 매한가지로 복종해야만 했다. 아무튼 돈 주세페는 아랍어로 적힌 책을 밖으로 끄집어냈다. 그 책에는 직접적이고 이해관계가 없는 아랍인들의 증언 및 노르만 왕의 서간 때문에, 노르만인이 정복했던 시칠리아에 관련된 내용이 전혀 다르게 나타났다. 모든 게 왕과 관련 있고 귀족과는 무관한 것으로 나타났다.

돈 주세페는 몬시뇰 아이롤디가 이를 유감스럽게 여기지 않으리란 것을 알고 있었다. 카라촐로에 대해서는 두 가지 상반된 감정이 동시에 들었다. 그가 귀족들에게 가한 타격에 찬성하고, 연구 장려 및 개혁 계획에 동의했다. 그러나 자신이 속한 종교에 대해 총독이 기회가 있을 때마다 드러내 보이는 존중 부족에 충격을 받았다. 그런데 돈 주세페는 이미 만들어진 책에 대해 몬시뇰에게 말하기를 삼갔다. 막연하게라도 그것에 대해 먼저 말하는 부주의를 더 이상 범하지 않았다. 확신컨대 어디에 둘지 절대 결정지을 수 없는 리비우스의 열여덟 권의 책 같은 운명을 맞이할 수 있었다. 로마인들은 그의 책을 지루해했다. 반대로 아랍 서적을 재미있게 읽었다. 아랍 세상에서 숨 쉬는 신선한 게으름과 예측할 수 없는 상상을 느끼는 데 어려움을 느낄지언정 말이다.

아무튼 그는 그것에 대해 말하지 않았다. 그가 자신의 아랍어로 그 내용을 옮겨 적고 이탈리아어로 다시 풀어 쓴 그 책을 진짜처럼 보이게끔 만드는 작업은 몇 년 걸릴 것이었다. 이는 일종의 폭로 작업임에 틀림없었다. 한편 그는 처음에 자신을 위협하던 귀족들에 반하여 준비한 타격과 관련된 비밀 및 사적인 정보 덕분에 쉽게 그들 속에서 움직였다. 그는 좋은 대화 상대, 심지어 훌륭한 대화 상대가 되었다. 그렇게 달라진 그를 보며 몬시뇰 아이롤디는 맹렬하게 불신하게 되었다. 그러나 항상 변함없는 벨라의 복종 때문에 그리고 역사와 오래된 골동품에 대한 솔직한 과시 때문에 불신의 불꽃은 금방 꺼졌다.

돈 주세페는 갑작스럽고 사심 없는 열정 때문인 듯, 시칠리아 법치주의에 대해 알고자 그러나 의심하지 않고 디블라시 일가를 자주 만나기 시작했다. 총독의 명령으로 실용성을 조합하고 언급한, 시칠리아의 법률 제정에 대한 연구서를 이미 출판한 젊은 프란체스코 파올로 디블라시 그리고 베네딕트회 수사신부이자 시칠리아 역사학자인 파올로의 삼촌들 조반니 에반젤리스타와 살바토레를 아이롤디의 집과 그 근처 및 마르티니 광장 거리에서 마주쳤다. **체 샤베리아**부터 로마뇰로 해안까지 이어진 그 광장은 사람들이 군중과 소란스러움을 피하고 싶어 모여들지만 결국 북적거리고 시끌벅적해지는 것으로 끝이 나는 곳 중의 한 군데였다. 혹은 프란체스코 파올로의 집에서 열리던 모임에서 그들은 서로 마주쳤다. 그 모임에는 조반니 멜리를 필두로 팔레르모 사투리로 시를 쓴 거의 모든 시인들이 찾아왔는데, 시와 사투리에 대한 논쟁으로 항상 끝나기 마련이었다. 솔직히 말해서 벨라에게 그 모임은 별로 재미없었다. 하지만 여인의 아름다움에 대해 읊어 대는 시나 혹은 한 번 내리치는 칼날처럼 짧게 번뜩이는 경구 낭독에서 어느 정도 즐거움을 느낄 수 있었다. 팔레르모에서 가장 아름다운 여인들의 점, 가슴, 입술, 눈, 속눈썹을 노래하던 멜리의 시는 그에게 거의 그 여인을 직접 보는 것 같은 환희를 안겨 주었다. 항상 갑옷 속에 갇힌 듯했던 그는 타인의 사소하고 경멸스러운 요소를 직선적으로 쓴 경구들을 즐겼다. 그가 경멸의 대상에서 유일하게 예외로 하는 두 사람이 있었다. 돈 주세페는 바로 젊음 때문에, 그리고 자신과 달리 용감하고 정직하고 확신 있기 때문에 디블라시에게 호감을 가졌다. 그는 디블라시에게서 아득하고 비현실적인 삶의 가능성을 확인하였다. 또, 교구 참사원인 로사리오 그레고리오가 있었다. 돈 주세페는 그에게 도통 경멸을 표시할 수가 없었다. 그래서 마음 깊은 곳에서 그를 증오했다.

그 사람, 그레고리오 참사원은 특히 불쾌했다. 그 사람에 대한 개인적인 감정과는 별도로 그 사람의 외모도 마음에 들지 않았다. 허약해 보이지만 뚱뚱한 남자의 얼굴에 아랫입술이 볼록하고 왼쪽 뺨에 사마귀가 있고 숱이 적은 머리가 목 위에 얹혀 있고 이마 위로 머리카락을 늘어뜨리고 둥근 눈은 움직임이 없었다. 두껍고 짧은 손의 단호한 몸짓에서 냉정함과 차분함이 이따금 풍겼다. 그는 안정적이고 엄격하고 체계적이고 현학적인 분위기를 발산했다. 게다가 다들 그를 경외했다.

한 번, 딱 한 번 그와 말했는데, 그레고리오가 특히나 물어뜯었다. "축하드립니다." 그는 냉소적인 미소를 지으며 말했다. "당신을 **이교도 분야** 주교로 임명해야만 할 텐데요."

"아니 왜요?" 누군가 물었다.

"왜냐하면 이분은 이미 시칠리아의 이슬람교도들을 개종시키는, 그리스도인으로 행동하게끔 하는 위대한 계획을 세우셨기 때문이죠."

사실 돈 주세페는 몬시뇰 아이롤디가 검열한 책에 적혀 있는 내용 중 이슬람교도들이 기도, 목욕재계, 전리품의 분할 등 쿠란의 규율과 방침에 적합한 행동을 따르고 있는지에 대해서는 그다지 조심하지 않았었다…… 그래서 그때 이후로 고서 『시칠리아 평의회』에 등장하는 아랍인들은 기도하고 목욕하고 심지어 과할 정도로 교리에 따라 전리품을 나누었다. 그 자리에서 몬시뇰 아이롤디가 손에 쿠란을 들고 책에서 드러난 살짝 느슨해진 믿음에 대한 설명을 요구했다. 어떻게 참회자가 금요일의 육식이나 축일 전날의 준수 사항을 지나치는 게 가능한지 책임을 추궁하였다. 웃기는 일이었다. 그런데 그 그레고리오는 깊이 참회하는 사람이었다. 심지어 그는 돈 주세페의 정체를 밝혀내는 즐거움을 위해 아랍어를 독학하기 시작했다. "그러면 너에게는, 너에게는 무슨 일이 벌어지려나?" 돈 주세페는 혼잣말을 했다. "어쩌면 내가 네 입에서 빵을 뺏고 있는 중인가? 우리 집에 와서 내 얼굴을 보고 직접 분명하게 말해 보시지. '너는 많은 돈을 벌게 될 사기를 치고 있는 중이잖아. 나도 거기에 끼고 싶어지는군…… 내 너에게 말하는데, 아주 좋아, 같이 하자, 반씩 나누자……'라고. 그런데 그렇지, 너는 먹고 싶지도 않고 뱉어 버리고 싶지도 않은 거야. 넌 들판의 개야, 비열하고 더럽고 미쳐 날뛰는 들판의 개라고."

7

칼사의 낚시꾼부터 트라비아 영주까지 팔레르모 전체가 카라촐로 후작이 자신의 식사 및 침대 상대로 가수인 마리나 발두치를 선택했다는 추문에 분개하고 실망하여 떠들어 댔다.

"아니 그래, 그 수많은 온갖 계층의 여인들로 부족했었나?" 돈 사베리오 차르보가 손으로 그 시각이면 여인들이 떠들어 대는 소리로 가득한 마리나 산책로와 플로라 별장을 아우르는 몸짓을 하며 비아냥거리는 어조로 말했다.

아내 및 누이와 함께 산책 중이던 사람들은 아무 말도 못 들은 척했다. 그리고 신중하게 그로부터 떨어지려고 등을 보이며 뒤돌아섰다. 돈 사베리오가 소리 없이 활짝 웃었다.

"당신은 결투로 최후를 맞이하려고 작정한 사람처럼 말하시는군요." 조반니 멜리가 나지막한 목소리로 말했다.

"혹시 내가 누군가의 이름을 대놓고 말하면서 바람둥이라고 했나요?"

"더 심한 걸 하셨소. 모두를 싸잡아 비난하셨지요."

"그럼 당신은요? 당신은 늘 모두를 당신의 시에서 비난하지 않소? 프랑스인에 대해 이야기하자면, 그들은 남편과 아내가 서로 질투하지 않고, 다들 애정이 넘치는데, 딱히 내 배우자랄 것도 그렇다고 너의 배우자랄 것도 없이 서로 공유……"

"뭐 글쎄요, 시에서는 다른 거죠……"

"산문이든 시든, 바람피운 거라면 바람피운 걸로 남는 거요……"

"그런데 당신은 구식이군요, 내가 말씀드릴까요, 당신은 여전히 바람피우는 데 주목하시는군요."

"당신도요, 안 그렇소?"

"왜냐하면 우리가 결혼을 안 했기 때문일 거예요." 멜리가 말했다. "거 좋군." 돈 사베리오가 웃었다.

그들만 남았다. 마리나 산책로의 열린 공간 한 모퉁이에서 귀족들의 대화가 펼쳐졌다. 넌지시 쏘아붙이는 돈 사베리오의 말에 분위기가 점점 삭막해졌다.

"그래요, 물론 이것도 이유긴 하죠. 우리는 아내가 없으니까." 멜리가 수긍했다.

"그리고 따지고 보면 우리 도덕성의 순수함은 거짓인 거 군요, 안 그렇소?" 돈 사베리오가 심술궂게 말했다. "다른 사 람들이 바람을 피웠다면, 그건 우리를 재미있게 하기 위해 서…… 어쩌면 당신도 재미있어하지 않으시오?"

"당신이 그걸 재미있어하는 것만큼은 아니죠……"

"그것을 재미있다고 여기는 방식이 두 가지일 수 없지요. 한 여인을 당신 아래 굴복시키거나 아니면 쳐다보지도 않는 게 더 나을 거요…… 만약에 별장 한 모퉁이에서 당신이 떠 들어 대는 그 입술이 여인을 빨아 대고 있다고 그리고 은밀 한 장소에서 당신이 재주껏 어느 여인의 가슴과 또 다른 여 인의 점을 만져 대고 있다고 내가 믿어야 한다면, 나는 당신 이 불쌍한 사람이라고 말하리다."

멜리는 한숨을 내쉬었다.

"아니, 당신에게 신뢰를 바라지는 않아요." 돈 사베리오가 말을 이었다. "나는 하늘이 당신에게 보내 준 음식을 맛나게 씹어 먹을 이와 식욕을 가지고 있다고 믿는 것으로 충분합 니다…… 그렇다고 믿는 걸로 충분해요, 당신을 시인으로 찬 양하고 인간으로 존경하기 위해서는."

"당신은 시에 대해 곡물상 같은 생각을 가지고 있군요."

"시에 대한 내 생각은, 솔직히 말해서 전혀 달라요. 하지만 당신을 아는 한······" 그는 웃음을 터뜨렸다. 멜리 역시 웃었다.

"농담이오." 웃음을 그친 돈 사베리오가 말했다.

"알아요." 반대로 농담이 아니란 것을 알고 있던 멜리가 말했다.

그날 저녁 붉은 황금빛의 석양 무렵에 베일을 벗어 놓듯 가벼운 미풍이 불기 시작했다. 무대에서 연주하던 밴드가 그 시간의 감정을 음악으로 표현했다.

"시간의 감정!" 돈 사베리오는 그 표현이 자연스럽게 우연히 떠올랐고, 경멸스럽게 그 말을 입 밖에 낼 의도가 전혀 없었다는 사실을 염두에 두지 않고 조롱하듯 말했다. "이제 감정도 있군요······! **거리의 여인**, 바람둥이, 경찰, 사형집행인, 산타크로체 후작 그리고 산적도 감정이 있어요. 양치기, 어부, **짐꾼**의 호주머니에서 나오는 무지렁이들의 감정은 말할 것도 없이······!"

"그럼 당신도?"

"당신도?" 돈 사베리오가 불쾌하다는 듯 되물었다. "당신도 뭐요······?! 나도 감정이 있는지 나한테 묻고 싶은 게요······?! 아니, 없소. 티끌만큼의 감정도 전혀 없어요······ 감정! 별 볼 일 없는 하찮은 작자들이나 갖는 거지······" 그리고 그들 옆을 지나가고 있던 돈 주세페 벨라를 돈 사베리오가 거칠게 불러 세웠다. "그렇지, 벨라 수도원장, 당신은 감정이 있으시오?"

돈 주세페가 질겁해서 그 두 사람에게 다가왔다.

"전 수도원장이 아닙니다." 그가 말했다.

"곧 될 거요. 이봐요, 당신은 수도원장이 될 겁니다." 돈 사베리오가 말했다.

"감사드립니다…… 몬시뇰 아이롤디를 찾고 있는 중입니다."

"아직 뵙지 못했소." 돈 사베리오가 말했다. "그런데 곧 등장하시는 걸 보게 될 거요…… 잠깐 우리랑 같이 앉아 있죠, 우리는 감정에 대한 이야기를 나누는 중이었소. 당신 생각에는 어떻소?"

"잘 모르겠습니다." 돈 주세페가 말했다.

"내 말은, 감정이 있나요, 당신은? 우리 멜리 수도원장도 유행 덕분에 붙잡고 있는 감정 비슷한 걸 가슴속에서 느낍니까?"

"나 역시 수도원장이 아닌데요." 멜리가 말했다.

"그럼 한번 되도록 애써 보시죠." 돈 사베리오가 말했다. 그리고 벨라에게도 말했다. "당신은 이 감정의 바람을 느끼시오, 그렇소 아니면 아니오?"

"아무것도 느끼지 않습니다, 저는." 벨라가 말했다.

"그렇군요, 우리 예를 한번 들어 봅시다. 아름다운 여인이 당신에게 감정을 불러일으키죠, 아니오……?" 그는 악의 태양처럼 **아니오**를 그들 사이에 길게 남겨 놓고, 웃어 댔다.

"그런데 저는……" 당황한 돈 주세페가 말하기 시작했다.

"압니다, 당신은 신부지요…… 그런데 당신도 남자요. 그리고 나는 남자에 대해 말하고 있는 중이오…… 잠시 후 여기 나무 아래에서 그리고 꽃 울타리 사이에서, 달도 안 뜬 이런 밤에 이 신사 숙녀들이 뭘 할지 당신은 무시할 수 없을 거요. 지금이야 셔벗을 홀짝거리며 옷, 가발, 목덜미에 대한 대화를 나누고 있지만 말이오…… 잠시 후에 무슨 일이 벌어질지 아시오?"

"무슨 일 말입니까?" 프란체스코 파올로 디블라시가 돈 사베리노의 어깨 너머에서 물었다.

"어두워지자마자 벌어질 일을 말하고 있었소, 꽃나무 아래서……"

"네가 나를 만지고 내가 너를 만지고." 포르카리 남작이 말했다.

"더 심한 일도요." 얀넬로가 말했다.

"더 나은 일이죠." 멜리가 바로잡았다.

"내가 이야기 하나 할까요." 돈 사베리오가 말했다. "내게 벌어진 일이오, 저녁 전에 별장으로 가고 있었소…… 뭐 내

볼일 때문에…… 그때 봤소, 내 시력이 좋은 거 다들 아시잖아요…… 이름을 언급하지 않는 게 더 낫겠소. 한마디로 말해서 아름다운 숙녀였소. 그녀가 회양목 사이에서, 가지치기를 한 사이에서 뭔가를 찾는 것처럼 몸을 숙이고 있더라고요. 그래 내가 멈추어서 그녀에게 물었소, '뭘 잃어버리셨나요?' 단호하고 냉정한 목소리로 내게 대답합디다. '고마워요, 벌써 찾았어요.' 내가 지나가려는데, 무슨 일이 벌어졌는지 아시오. 두세 걸음 뒤를 보니, 꼼짝 않고 서 있던 그녀 뒤에 공작이 있었소…… 당신들이 쉽게 그녀를 찾아낼 수 있을 테니, 이름을 밝히진 않겠소."

다들 웃어 댔다, 돈 주세페를 제외하고. 그런데 그의 상상력은 어느새 꽃 울타리 아래에서 자유롭고 상세하게 펼쳐지며 즐기고 있었다. 대화 중에 들은 일화를 이미지로 떠올리다가 자극받은 상상력으로 붕 뜬 그는 더 이상 대화를 쫓아갈 수 없었다. 그런데 다른 이들은 그가 겸손하고 순결한 마음가짐으로 일부러 끼어들지 않는다고 여겼다. 그래서 돈 사베리오가 말했다. "우리 이제 더 이상 이런 이야기는 그만합시다. 벨라 수도원장한테 미안하네요. 처음 하던 이야기로 돌아갑시다. 감정, 우리가 감정에 대해 말하고 있었죠." 그가 자신의 무릎을 손바닥으로 쳤다.

"뭐라고요……? 아, 그래요 감정에 대해서요."

"당신은 감정이 있으시오?"

"잘 생각하면 있는 것 같습니다." 돈 주세페가 말했다.

"나를 실망시키시는군요." 돈 사베리오가 말했다.

"아니 왜요?" 디블라시가 끼어들었다. "모든 사람은 감정이 있다는 사실에서……"

"모든 사람! 난 이걸 받아들일 수가 없소."

"아니 당신과 저 아래에 있는 사람들과의 차이가 뭔가요?" 디블라시가 쭉 뻗은 발가락으로 그물을 붙잡고 꿰매며 손질하고 있던 어부들을 가리키면서 물었다.

"당신에게는 안 보이시오, 차이점이?"

"안 보입니다. 똑같아 보이는데요. 그저 우리는 좋은 옷을 입고 머리를 곱게 단장하고 여기에서 시원하게 게으름 피우고 있을 뿐이고 그리고 그들은 일하고 있을 뿐이죠."

"그래 당신한테는 아무 차이도 없다는 거요?"

"전혀 아무것도요. 적어도 정의의 관점에서라면 우리와 그들 사이에 위험하고 부끄러운 차이가 있다는 건 동의하겠습니다…… 우리에게 부끄러운 것이라고 말하겠어요…… 그러나 인간 자체로서는 그들과 우리 사이에 아무런 차이가 없어요. 그들은 우리 같은, 나 같은 사람입니다. 나의 그리고 너의라는 그 끔찍한 직함은 내려놓으세요……"

"그럼 나는 뭐겠소, 내 직함 없이."

"한 명의 사람이죠…… 그럼 충분한 거 아닌가요?"

"아니, 내 땅과 내 집을 가진 나는 그 이상이오…… 그리고 부친과 모친으로부터 물려받은 유산을 가진 당신도 그 이상이고……"

"수입 덕분에 우리가 여기에서 우리 인간 존재에 대해 토론하고, 우리가 읽은 책에 대해 이야기하고 아름다움에 대해 즐긴다는 의미에서 우리가 그 이상이라는 것이군요. 그런데 이 우리가 **그 이상**이라는 건 다른 사람들이 지불한 대가임을 충분히 생각할 수 있어요. 그리고 바로 그 때문에 우리는 **그 이하**인 셈입니다……"

"복잡한 이야기군요." 돈 사베리오가 다른 논리를 펼치며 말했다. "우리와 저 어부들 사이에 차이가 없다는 당신 말을 인정할 수 있소. 하지만 나하고 저자 사이에 분명한 차이가 없다고는 말하지 마시오." 그러고는 젊은 아내와 팔짱을 끼고 산책 중이던 돈 주세페 바살로를 가리켰다. 그는 깨끗한 산호 가지에 달라붙은 게 같아 보였다.

"하지만 아름다운 아내를 두었군요." 얀넬로가 말했다.

"그래도 자기 공적은 아니죠…… 그녀는 불쌍하게도 많은 지참금을 마련할 여유가 없었소. 그런데 반대로 이 두꺼비는 엄청난 부자지요." 항상 모든 것을 상세히 알고 있는 멜리가 말했다.

"그래도 덕이 높은 여인입니다. 결혼한 지 4년이 지났는데도 그녀가 바람피웠단 이야기를 듣지 못했습니다." 포르카리 남작이 말했다.

"그리고 그녀가 누구랑 바람을 피우겠소? 남편만 보고 있는 게 안 보이시오?" 멜리가 말했다.

"이야기를 막을 의도는 없소만," 돈 사베리오가 말했다. "나는 지금 우리의 수도원장 돈 주세페와 이야기를 하던 중이었다오…… 우리가 무슨 이야기를 하던 중이었죠?"

"감정에 대해서요."

"감정에 대해서…… 그래요 내가 틀리지 않는다면, 당신은 감정이 있다고 말씀하셨지요."

"그런 것 같습니다."

"확실하지는 않은가 봅니다?"

"당신이 말씀하신 의미의 감정인지 확실치 않습니다. 유행에 대해, 남성의 감정, 여인의 황홀한 졸도, 우리 멜리 씨의 끝이 굽은 목양 지팡이가 유행이 되는 것에 대해 말씀하시는 거라면, 분명하게 아니라고 대답할 수 있습니다. 그러나 무의식적인 결실이라는 유행의 평등함에 대한 것 같은 감정을 말씀하신다면, 그렇다면 어떤 방식으로든 저 역시 느낀다고 말씀드리지요."

"뭐, 뭐라고요?" 돈 사베리오가 일부러 놀란 척하는 분위

이집트 평의회

기를 풍기며 물었다. 그리고 사실 돈 주세페에 대해 약간 놀랐다. 그런 화제에 대처하는 그의 명민함 때문에 놀랐다. 그리고 예민하고 유사한 관심사부터, 자신의 운명과 자신의 행복이 아니라 모든 사람의 운명과 행복을 반영하는 생각에 이르기까지 근본적으로 경멸하며 습관적으로 멀어진 돈 주세페의 마음에 공감했기 때문에 놀랐다. 이에 돈 사베리오는 불편함을 느꼈다. 마치 내면의 복잡함과 모순이 솟아 나오는 것 같았다. '조심해야겠군.' 돈 사베리오는 속으로 생각했다. 그러나 입 밖으로 내지 않았다. 그 시기에 팔레르모에서는 그 어떤 생각을 표현해도 위험하지 않았다. 하지만 생각하는 것은 위험했다. '사상을 물들이는 생각은 종양과 같다. 안에서 자라나 질식시키고 그리고 눈을 멀게 한다.'

"마치 덮어 버린 책처럼 말씀하시는군요." 그의 목자牧者에 대한 언급으로 약이 오른 멜리가 말했다.

"전혀 다릅니다." 디블라시가 말했다. "돈 주세페는 분명하게 자신의 의견을 잘 표현했습니다. 유행의 흐름 아래 있다는 거지요, 바로 평등의 요소와 같은 감정, 혁명의 요소와 같은 감정이⋯⋯"

"어떤 혁명이 말이오? 당신은 혁명의 공기가 느껴지는 것 같소?" 그리고 멜리가 냄새를 맡는 스피츠처럼 우스꽝스럽게 머리를 치켜들었다.

"당신은 그 공기를 맡을 코가 없소." 얀넬로가 말했다.

"반대로 나는 그 공기를 맡을 수 있소." 돈 사베리오가 말했다. "좀 더 말씀드리자면, 나는 그 공기를 보기도 합니다…… 항구에서 분노한 사람들이 휘파람 소리와 뒤섞인 조롱을 퍼붓고 쓰레기 더미를 던져 대는 걸 고스란히 받아 내던 카라촐로 후작의 모습을 봅니다…… 폴리아니 총독의 선량한 영혼까지 포함해서, 게다가."

"그런 일이 분명히 벌어졌었다는 것을 부정하지는 않습니다. 우리의 평민들은 몽둥이보다 손을 핥아 대는 데 그리고 축복을 내리려는 손을 물어 버리는 데 익숙해졌지요…… 카라촐로 후작이 폴리아니와 전혀 다른 사람일지언정, 그래도 죽어서야 권위에 대한 경멸을 받을지 확인되겠죠…… 그런데 이건 혁명이 아닐 겁니다. 바로 혁명의 반대입니다." 디블라시가 말했다.

"내 관점에서는 혁명이오." 돈 사베리오가 말했다. "비록 당신이 아시다시피, 내가 카라촐로를 좋아할지언정……"

"대단한 사람이죠." 포르카리 남작이 말했다.

"설령 카라촐로 후작이 대단한 사람이 아닐지라도 저는," 디블라시가 활기차게 말했다. "매번 그에게 다가갈 때마다, 매번 그가 저에게 말을 할 때마다, 느낍니다…… 감정에 복받친, 그래요, 감동을 받은…… 그 사람이 제게 루소를 알았고 볼테르, 디드로, 달랑베르와 대화했다고 말합니다⋯⋯
아, 그런데 당신은 디드로가 죽은 걸 아십니까? 지난달 31일
에⋯⋯"

　"총독에게 영사를 보내시오." 자리에서 일어서며 돈 사베
리오가 말했다.

8

『시칠리아 평의회』가 어느덧 준비되었다. 산마르티노의 고서가 전문적인 예술의 힘으로 전부 뒤바뀌었다. 그리고 비록 정확하고 세심한 교정이 필요할지언정, 일관성 있고 오해의 소지가 적은 이탈리아어 텍스트가 준비되었다. 그런데 이 교정은 몬시뇰 아이롤디에게 힘든 작업이 될 것이다. 언젠가부터 그레고리오 및 그레고리오 편에서 벨라의 고서 작업을 지켜보며 즐기는 구경꾼들을 못마땅해하던 몬시뇰이었기 때문이다.

돈 주세페는 『이집트 평의회』 고서 작성에 모든 시간을 쏟았다. 구체적인 작업을 하기 위해 자신을 도와줄 믿을 만한 친구 주세페 캄밀레리 수사를 몰타에서 불러들였다. 마치 뚫린 구멍으로 일을 크게 벌일 행운의 바람을 몰고 오는 사람처럼, 캄밀레리는 요긴한 사람이었다. 그러나 그는 옹졸하고 느긋한 성격에 말초적이고 즉각적인 욕구를 지니고 있었다. 비밀을 지키는 데 있어서는 굳게 닫힌 무덤처럼 입이 무거웠다. 그저 고대인들이 사랑하는 사람의 무덤에 넣어 주던 그 동전을 그의 무덤같이 닫힌 입에 넣어 줄 필요가 있었을 뿐이다. 그리고 돈 주세페가 건네준 은화들은 수사의 손에서 사라졌는데, 그것들은 먼 훗날 골동품이나 혹은 오늘날 표현대로라면 고고학 발굴품이 되는 운명을 맞을 터였다. '채마밭에 은화를 감추는군.' 돈 주세페는 생각했다. 때때로 눈에 띌까 염려한 수사가 주의한 탓인지 은화의 흔적은 찾을 수 없었다. 어디에다 쓰는지 그 어떤 흔적도 남지 않았다. 무엇보다 그는 집 밖으로 나가지도 않았다. 사실 수사의 말에 의하면 관대한 후원자의 집이고 여인의 말에 의하면 아주 인색한 집으로, 성모송 기도 시간과 새벽 2시 사이에 또 집주인이 외출한 시간에 자신을 찾아오는 **거리의 여인**의 아랫배에 수사는 자신의 은화를 파문었다. 그리고 창녀가 찾아올 때마다 매번, 몬시뇰 아이롤디가 친절하게 머물렀던 집 안에서, 돈 주세페 벨라의 지붕 아래서, 특별한 정도의 특별한 악습 및 특별한 사건이 적나라한 이름으로 불리는 토론이 벌어졌다.

다행히도 돈 주세폐는 아무것도 의심하지 않았다. 그 어떤 불안이나 시끄러울 게 없었기 때문이다. 몰타에 남아 있을 수도 없었던 수사는 집 안에서 그렇게 음란한 운동을 계속하며 어느덧 위험한 비밀의 파수꾼이 되었다. 아무튼 밤이 되어 어둠이 내리자마자 무서울 정도의 고독에 빠져들어 가는 집은 통제 밖이었다.

수사가 자신의 등 뒤에서 몰래 마음 놓고 자기 감정을 발산하는 그 추잡한 열정을 의식하지 못한 채 돈 주세폐는 직업여성 및 도우미들과 즐겼다. 그리고 수년간의 고독 이후인지라 더욱더 탐닉했다. 그 고독은 다른 어떤 남자도 느껴 보지 못한 고독, 고립된 사막에서 마주하게 되는 예술가의 고독에 비견할 정도였다. 다행히도 그는 당시에 진행 중인 상상력과 예술성이 담긴 자신의 일을 잘 인식하고 있었다. 몇 세기 이후에 혹은 어쨌든 그의 죽음 이후에 밝혀질 상상력을 동원한 사기는 시칠리아의 이슬람교도들에 대해 기록한 멋진 한 편의 책으로 남게 될 것이었다. 후대에 그의 이름은 페늘롱이나 르사주에 버금가는 황금빛 영예를 얻을 것이다.✦ 그뿐만 아니라 그즈음에 팔레르모 출신의 주세폐 발사모라

✦   프랑수아 페늘롱(François Fénelon 1651~1715)은 프랑스의 신학자이자 소설가이고, 알랭르네 르사주(Alain-René Lesage 1668~1747)는 프랑스의 소설가로 최초의 직업적인 작가로 여겨진다.

는 이름을 유명하게 하는 검은 영광을 얻게 되리라. 예술가로서 그의 절망은 범죄를 저지르는 모든 사람들의 일반적인 허영심을 기반으로 한다. 그는 문학작품의 독창적인 창조자로, 그리고 덜 독창적인 무모한 사기꾼으로 행하는 일상적인 작업에서 자신을 칭송하는 누군가를, 구경꾼이나 공범을 필요로 했다.

이런 의미에서 수사는 이상적이지 않았다. 그는 사기에 대해 온갖 현란한 감탄을 쏟아부었지만, 문학작품으로서의 가치는 제대로 높이 평가할 줄 몰랐다. 한마디로 말해서 그는 돈 주세페가 그에게 맡긴 의도와 달리 김빠지게 뒤치다꺼리를 했다. 그나마 뜨거운 열기 탓에 거의 바람이 불지 않는 것 같은 **숨결**이긴 해도 숨을 쉬는 존재였다. 시칠리아에서는 그 어떤 인간이든 고독, 절망을 완화시키는 데 쓸모 있다고 여겨진다. 그리고 베끼고 말을 만들어 내는 기계적인 작업에서 그의 도움은 값지고 끈기 있고 주의 깊고 꼼꼼했다.

작업 중에는 두 사람 모두 조용했다. 마치 농아들 같았다. 그러나 식탁에서 그리고 채마밭에서 쉬는 시간에는 몰타에 대한, 어린 시절에 대한, 가족에 대한, 수사가 가장 최근까지 소식을 들은 친구들에 대한 기억으로 수다스러워졌다. 혹은 자신들의 인생이 지금껏 어땠었고 지금 어떻게 바뀌었는지에 대해 그리고 수사가 거의 전적으로 무시하던 세상 것들

86

Il Consiglio d'Egitto

에 대해 평가했다. 세상 것들에 대한 이야기를 할 때면 수사는 심지어 **수도원** 밖으로 나온 인물같이 느껴지기도 했다. 그가 소유한 여인에 대해서는 고백하지 않고 숨기고 만났는데, 그 수렁에 빠질수록 모호하고 불안한 환상에서 버둥거렸다. 반면에 돈 주세페는 더욱 사악하게 그 감정을 즐기고 있었다.

"당신은 악마가 그녀들에게 무슨 짓을 했는지 믿지 않으세요?" 수사가 물었다.

"아휴 아니지요." 돈 주세페가 미소 지었다. "여인도 하느님의 작품이오. 그리고 그런 여인들을 삼가는 게 우리한테 좋을 게 뭐겠소? 악마적인 걸 삼가는 건 쉽지요. 어려운 건 하느님께서 직접 창조하신 것을 그분에 대한 사랑을 위해 건드리지 말라고 우리에게 요구하신 대로 삼가는 거요."

"어쩌면 당신 말이 맞는 것 같네요." 수사가 말했다. "물론 현실적으로는 당신 말이 옳아요. 그런데 그다지 현명한 논리는 아닌 듯싶군요…… 하느님의 창조 작업에서 그분의 영광을 부정하는 것 같아서……"

"우리는 그분의 모든 창조물에서 하느님께 영광을 드리지요. 여인에 대해서도요. 아름답고 조화로운 여인을 칭송합니다. 아이를 낳은 어머니로 여인을 찬양합니다…… 그러한 여인을 우리가 희생하고 포기할 대상으로 여겨야 하는 거요,

단지 하느님의 성직자, 전적으로 그분의 성직자이기 위해서……"

"그래 당신은 그게 가능하세요? 아 물론 내가 여인에 대해 그렇게 하지 못한다는 의미는 아니에요. 아무튼 여인에 대해 생각하지 않으려고, 꿈에서라도 보지 않으려고, 마치 기쁨의 장막 같은 꿈에서 끄집어내지 않으려고……"

"가능하지 않소." 돈 주세페는 눈을 감으며 말했다. 그리고 이에 수사는 위로받았다. 그러나 워낙 불안정한 기억력을 지니고 있고 매일 회개하고 참회해야 하는 주체였기에 종종 같은 이야기를 불쑥 꺼내곤 했다. 수사의 어두운 마음속에서 신앙과 그의 사랑에 대한 미신의 파편이 깜빡거렸다. 돈 주세페는 이를 잘 알고 있었다. 그래서 이따금 그가 대필자, 주조자로서 자신의 일에 회의를 느낄 때 벨라는 그를 사로잡기에 가장 적절한 말을 찾아냈다.

"내가 나쁜 짓을 하고 있는 건 아니죠?" 그가 물었다.

"그럼 나는?" 돈 주세페가 대꾸했다.

"글쎄요, 당신도요." 수사는 눈을 내리깔고 머뭇거리며 대답했다.

그러면 돈 주세페는 천천히 그에게 역사에 관련된 일은 모두 속임수고 사기라고, 그리고 낡은 종이, 고대의 묘비, 고대 무덤에서 역사를 옮겨 적는 것보다 역사를 지어내는 게 더 가치 있다고, 그리고 어떤 경우든 만들어 내는 데 더 많은 작업이 필요하다고 열심히 말했다. 그래서 솔직히 말해서 그들의 노고는, 자격을 인정받고 연금을 받으며 한직을 차지한 진짜 역사가나 사료 편찬자의 작업보다 훨씬 더 많은 보상을 받을 만한 자격이 있다고 설명했다. "온통 사기요. 역사는 존재하지 않소. 어쩌면 가을이 깊어질수록 나무에서 떨어져 버리는 나뭇잎 세대나 존재하려나? 나무가 존재하고, 새 잎이 존재할 뿐이오. 그다음에 그 나뭇잎도 떨어져 버리고, 그리고 어느 순간에는 나무도 사라져 버릴 거요, 불에 타서, 재로 말이오. 나뭇잎의 역사, 나무의 역사라고요. 헛소리! 만약에 나뭇잎 한 장 한 장이 자신의 역사를 쓴다면, 나무가 자신의 역사를 쓴다면 그렇다면 역사라고 말할 테지요…… 당신 조부께서는 자신의 역사를 쓰셨소? 그리고 당신 부친은? 그럼 내 아버지는? 또 내 할아버지와 증조할아버지는……? 그들은 더도 덜도 말고 나뭇잎처럼 땅속으로 떨어져 부패해 버렸소, 역사를 남기지 않고…… 그리고 우리도 그렇게 가버릴 거요…… 나뭇잎이 떨어져 나간 뒤 남게 될 나무는, 만약에 남는다면, 가지마다 톱으로 잘려 나갈 수 있소. 가지인 왕, 총독, 교황, 대장, 한마디로 높은 사람들은…… 약간의 불을, 약간의 연기를 피웁시다, 민족, 국가, 살아 있는 인류를 속이기 위해…… 역사? 그럼 내 아버지는? 그리고 당신 아

버지는? 그분들의 텅 빈 창자가 꼬르륵거리는 소리는? 그분
들의 굶주림의 소리는? 역사에서 들릴 거라고 믿으시오? 그
런 소리까지 듣는 귀를 가진 역사가가 있을까요?" 돈 주세페
는 설교자처럼 감정을 분출시켰다. 그러자 수사는 수치심을
느끼고 불편해졌다. 게다가 설교자에게서 사기꾼, 공범자가
튀어나왔다. "어쩌면 잘 지내서 당신 양심에 가책을 느끼시
오……? 만약에 그렇다면 굳이 그걸 말할 필요는 없소. 아무
튼 나는 당신에게 몰타행 뱃삯을 지불할 거고, 그것으로 끝
이죠……" 그랬다, 결국 이 말이 수사에게 가장 설득력 있었
다.

9

"그래요, 그렇게." 백작 부인이 말했다.

커다란 벽걸이 장식 거울로 곁눈질하는 그녀가 보였다.
그리고 벽걸이 장식 거울에 딸린 책상 위 코담뱃갑 뚜껑 안
에 화려한 세밀화로 축소된 프랑수아 부셰의 그림이 있었
다. 카사노바 추종자들은 마드무아젤 오뮈르피의 초상화
라고 말한다.

활인화가 유행이었다. 사랑의 만남 시간이 가까워질 때마
다 백작 부인은 두통을 과장하여 남편 곁을 떠나 벽널로 장

✦ François Boucher 1703~1770 로코코 회화의 대표자이며, 화려한 궁정
  풍속과 신화를 주제로 한 장식적인 요소가 많은 그림을 그렸다.
✦✦ Marie-Louise O'Murphy 1737~1847 프랑수아 부셰의 그림 모델이자,
  루이 15세의 정부이며, 조반니 카사노바의 찬미 대상이었던 여인.

식된 작고 사랑스러운 정자로 왔다. 그녀는 부드러운 불빛의 도움으로 자신과 마드무아젤 오뮈르피의 나이가 똑같아 보이도록 부세 그림의 모방화를 훌륭하고 완벽하게 만들어 냈다. 단지 두 개의 사물인 소파 겸용 침대와 전라만 있는 그림이었다. 이보다 더 눈부신 활인화, 더 정확한 모방화를 기대할 수 없을 정도였다.

디블라시는 세밀화를 더 자세히 보려고 다가갔다. 그리고 활인화로 시선을 돌렸다. 목덜미에, 어깨에 키스하려고 몸을 숙였다. 그의 손이 따뜻하고 부드러운 그 몸을 위아래로 쓸어내렸다. 값지고 달콤한 재료 위에 그림을 그리듯이 모든 액세서리와 주름에서 더 오래 머물렀다.

"완벽해요." 그가 말했다.

"그런데 이건 그림 속에 있는 게 아니잖아요." 그녀가 이의를 제기하면서 그에게 얼굴을 돌렸다, 입술을 반쯤 열고 육감적인 가슴을 하고. 물론 마드무아젤 오뮈르피의 가슴보다 좀 더 크고 육감적이다. 그들은 또다시 소파 겸용 침대에 함께한다. 이윽고 금빛 광택의 빛을 다시 받으며 그녀가 물었다. "화가, 화가의 이름이 뭐였죠?"

"부셰인 것 같은데요, 프랑수아 부셰." 그리고 이제는 더 이상 활인화의 우아한 자태가 아니라 나른한 만족감에 흐트러진 모습으로 등을 대고 누워 있는 그녀를 그가 선 채로 바라보며 생각했다. '프랑수아 부셰, 부셰boucher, 부슈리boucherie, 부치리아vucciria.✦ 모든 언어가 신비로워. 화려하고 감각적이고 환희로 가득한 이런 그림을 그린 프랑스 화가의 이름이 아주 살짝 푸줏간을 연상시키는 부치리아의 뉘앙스를 풍기다니. 내가 프랑스어를 알고 있으니 지금 이런 생각을 하지. 부셰라는 이름이 지금처럼 이렇게 매력적이고 열렬하게 다가온 적이 있었는지……'

그는 다시 옷을 입기 시작했다. 그녀가 반쯤 감은 눈으로 재미있어하면서 그를 바라보았다. 옷을 입는 남자는 뭔가 우스꽝스럽다. 걸어야 할 고리며 잠가야 할 단추가 너무 많다. 게다가 버클에, 예복에 차는 칼까지.

"지금 『아라비안나이트』를 읽고 있어요, 아세요? 멋진 책이죠…… 이따금, 그래요 조금 지루하긴 해요. 그래도 멋진 책이죠…… 당신도 읽었나요?" 백작 부인이 말했다.

"아니, 아직 안 읽었어요."

"다 읽고 나서 당신에게 빌려줄게요…… 그런데 이슬람교도들이 대단한 거 아세요? 꿈, 그래요 그들은 꿈꾸듯이 살아가요…… 그들이 있었을 당시의 팔레르모는 즐거웠을 거예요……"

✦ 프랑스어로 '부슈리'는 도살장, 푸줏간이라는 의미로, 팔레르모의 유명한 시장인 '부리치아'의 이름은 부슈리에서 유래했다.

"하지만 당신 같은 금발 머리에 흰 피부, 푸른 눈의 여인은 노예에 불과했을 거예요."

"실없는 소리 말아요…… 아랍인들에 대해 더 알게 된다면 좋겠어요…… 그들이 시칠리아에서, 팔레르모에서 했던 걸, 그들의 집, 그들의 정원, 그들의 여인들은 어땠는지 알고 싶어요……"

"돈 주세페 벨라는……"

"아 그렇지, 당신이 그를 알죠. 그래요, 당신들은 서로 친한 친구죠?"

"그를 알고 싶은 건가요? 재미있는 사람이죠…… 약간, 뭐라고 말해야 하나? 어둡고 비밀스럽고…… 한마디로 말해서 흥미롭죠."

"실없는 소리 말아요. 나한테는 당신만 흥미로워요…… 아니 내가 말하고 싶었던 건…… 그래요. 내 남편이 특히 걱정해요. 『시칠리아 평의회』에 뭔가 우리 봉토와 관련된 게 있다고. 정확하게 뭔지는 나는 몰라요…… 그런데 남편은 『이집트 평의회』에도 또 다른 새로운 내용이 적혀 있을까 봐 걱정하더군요……"

"새로운 소식이라, 이를테면 그 봉토가 왕의 것이었다는, 그리고 당신 남편이 그 땅을 옛날에 강탈한 거라는 소식 말이군요."

"바로 그런 거라고 여겨져요…… 내 남편이 그걸 걱정하는 것 같아요…… 당신이, 그래요, 벨라에게 한마디 할 수 없을까요, 좀 알려 달라고……?"

"나야 물어볼 수 있죠." 디블라시가 미소 지었다.

"물어보는 것만요?" 그녀가 협박하듯 그리고 약속을 받아 내려는 듯 약간의 교태를 부렸다.

"역사 자료에 대한 거예요, 정직함과 양심을 필요로 하는 역사요…… 그래도," 농담하듯 으스대는 어조로 그가 말을 이었다. "내가 돈 주세페 벨라에게 말할게요. 대단히 아름다운 한 여인이 근심하고 고민하며 지내고 있다고, 『이집트 평의회』가 그녀를 벗겨 버리면 어쩌나 무서워하면서." 그가 그녀의 벗은 몸을 쓰다듬고 그녀에게 입을 맞추었다. "그녀의 봉토와 연금을 싹 빼앗아 가면……"

10

돈 조아치노 레퀘센스는 몬시뇰 아이롤디와 돈 주세페 벨라 사이에서 『시칠리아 평의회』의 기적에 대한 이야기를 듣고 있었다.

"그리고 나는 당신께 읽어 드리고 싶소." 어느 순간 몬시뇰이 말했다. "당신 마음에 들 거요…… 당신 가족 중에, 내가 틀리지 않는다면, 라칼무토 백작이 계시지요……"

"카레토 출신이죠." 돈 조아치노가 말했다. "카레토 출신을 아내로 삼으셨지요……"

"당신에게 그 내용을 읽어 드리고 싶군요." 몬시뇰이 말했다. "읽어 드리고 싶어요." 그가 자리에서 일어나, 테이블 위에 있던 종이 뭉치에서 한참을 뒤적거리다 한 장을 집어 들었다. 그러고는 만족스러워하며 자리로 돌아와 앉은 그는 깜짝 선물을 하려는 사람처럼 미소를 지었다.

"읽어 드리지요, 내용인즉…… 오 나의 매우 위대한 주인이시여, 위대하신 당신의 종이 땅에 얼굴을 대고 당신 손에 입 맞추고 그리고 주르젠타의 국왕이 제게 라할알무트의 주민 수를 셈하고 그다음에 위대하신 당신께 서신 한 통을 작성하여 팔레르모로 보내라고 명했음을 말씀드리나이다. 저는 모두 셈하였는데, 446명의 사내들, 656명의 여인들, 492명의 사내아이들과 502명의 계집아이들이 있습니다. 이 모든 아이들은 이슬람교도건 그리스도교도건 열다섯 살 아래입니다. 머리를 땅에 조아리며 당신의 손에 입 맞추며 이렇게 전해 드립니다. 시칠리아의 엘리히르 국왕의 종인 라할알무트의 통치자 아브드 알루하르는 하느님의 선하심으로…… 그다음에 날짜가 있어요, 보이십니까? 마호메트력 385년 무하람 스물네 번째 날, 즉 998년 1월 24일이겠죠…… 어떤 것 같소, 예?"

"흥미롭네요." 돈 조아치노가 차갑게 말했다.

순간 당혹스러운 침묵이 있었다. 몬시뇰은 돈 조아치노의 이상한 행동에 실망했다.

"이게 『시칠리아 평의회』에 있다고요?" 잠시 후에 돈 조아치노가 물었다.

"그렇소, 『시칠리아 평의회』에." 이미 괘씸해하며 정나미가 떨어진 몬시뇰이 대답했다.

"그리고 『이집트 평의회』에는?" 돈 조아치노가 재촉하며 물었다.

"『이집트 평의회』에는 뭐요?" 몬시뇰이 다시 발끈했다.

그러나 돈 조아치노는 어느새 상황을 파악했다. 그는 정확하게 『이집트 평의회』에서 드러날 수 있는 라칼무토 백작에 대한 내용을 걱정했다. 또한 돈 주세페가 벌이는 새로운 모험에 대해 비슷한 염려를 했다.

"말하자면, 『이집트 평의회』에 백작의 소유나 우리 집안 소유의 땅에 대한 다른 내용이 있다는 것이군요?"

"모르겠소." 몬시뇰이 말했다. 그리고 돈 주세페를 향해 묻듯 몸을 돌렸다.

"아직은 저도 아무것도 모릅니다." 돈 주세페가 말했다. "이제 막 일을 시작했습니다." 그러나 돈 조아치노에게 레퀘센스 일가를 추락시킬 만한 상당한 것이 있다고 말했다. 돈 조아치노의 복잡한 생각을 분명히 확신한다는 어조로 '손으로 엉덩이를 가려야 한다'고 즉 완전히 알거지가 된다고 덧붙였다.

"알겠소." 갑자기 몬시뇰이 돈 주세페가 이해하도록 명확히 설명했다. "이보시게, 우리 돈 조아치노께서 자신들의 소유지 때문에, 봉토 때문에 왕위 찬탈에 대한 고서나 의혹을 걱정하시는군."

"오." 돈 주세페가 전혀 몰랐다는 듯, 놀랍다는 듯 감탄했다.

"사실 나는 걱정하지 않아요." 돈 조아치노가 말했다. "우리 가족들 재산에 대해서는 그와 비슷한 의혹의 그림자조차 찾을 수 없으리라 확신합니다…… 그런데 관리, 보상이 어떤지 아시잖습니까……"

"그럴 위험은 없소." 몬시뇰이 확신했다.

"없습니다." 돈 주세페가 따라 말했다.

"알겠습니다." 돈 조아치노가 말했다.

그는 나폴리에서 불어오는 총독의 광기 어린 바람에 더불어, 『이집트 평의회』와 그것을 번역하는 교활한 남자가 드러내는 위험을 팔레르모의 귀족들 중에 첫 번째로 경고받는 것으로 여겼다. 사실상 다른 많은 이들은 돈 주세페의 집이 구유를 찾는 동방박사처럼 찾아가야 할 곳임을 벌써 알아차렸다. 그의 집 채마밭에는 양들이 뛰어다니고, 커다란 닭장은 닭이 몸을 돌릴 수도 없을 정도로 꽉 찼다. 온갖 치즈와 케이크가 집 안 구석구석 쌓였다…… 선물이나 사방에서 몰려드는 정찬 초대는 말할 것도 없었다.

11

"레갈페트라 백작 부인이," 디블라시 변호사가 돈 주세페 벨라에게 말했다. "당신 때문에 걱정이 많습니다."

"저 때문에요? 아니 전 이제 막 그녀를 알았⋯⋯"

"『이집트 평의회』에서 자신의 재산을 위험하게 할 뭔가가 나오지 않을까 걱정하죠. 당신에게 좀 물어보라고 조릅니다⋯⋯"

"마음에 걸리시나요?"

"지금은 백작 부인이 걱정돼요. 그래요, 그녀의 재산에 대한 문제는 좀 덜하죠."

"알게 되겠죠. 그리고 제가 뭔가 알게 되면 말씀드리죠. 그런데 걱정하실 건 전혀 없을 거라고 여겨집니다." 그는 뭔가 알고 있다는 듯, 복잡한 미소를 지었다. '우리 사이의 우정의 이름으로 부탁하는 당신께 감사한다'고 덧붙이는 듯한 미소였다.

그 순간 디블라시는 주고받던 대화와 미소에서 돈 주세페가 역사적 소식을 담고 있는 자료인 『이집트 평의회』 일부를 우정에 희생할 사람이라는 인상을 받았다. 순식간에 지나가는 인상, 돈 주세페의 전문적인 성실성에 대한 사소한 의심이었다. 아무튼 거의 모든 시칠리아 사람들은 모든 것에 우정을 내건다. 돈 주세페가 우정의 이름으로 그리하는 게 전혀 이상한 일은 아니다. 한참 뒤에, 아주 한참 뒤에, 사소한 이 에피소드가 디블라시 변호사의 기억에 더욱 정확한 의미를 가지게 되었다. 새로운 역사적 소식이 아니라 가능한 협박이지만 돈 주세페는 우정을 위해 기꺼이 희생했다. 그와 같은 사람이 사기 및 협박에 무심해지면서 우정의 이름으로 즐거움과 이득을 포기한다는 사실이 위로가 되었다.

그래도 살짝 불안했던 디블라시는 돈 주세페에게 단지 농담으로 백작 부인의 걱정에 대해 그에게 말했었다고, 그리고 『이집트 평의회』에서 누구에게든 이익이 되거나 해가 되는 것이 튀어나올 수 있다고 분명히 밝히려는 참이었다. 그 순간에 파르탄나 영주가 돈 주세페를 향해 마치 주인을 본 개처럼 호들갑을 떨기 시작했다. "아이고 우리 벨라 수도원장님, 당신을 보게 돼서 내 눈이 복을 받았네요! 아니 그래, 어디 갔다 오셨소? 못 본 지 일주일이나 됐네요……"

"일했습니다." 돈 주세페가 말했다. "일……"

"아 그 축복받은 『이집트 평의회』 일요. 압니다, 알다마다…… 그런데 약간 쉴 필요도 있죠…… 좀 마르고 약간 날카로워진 거 아시오……? 건강을 돌보셔야죠, 이보시오, 좀 쉬세요, 휴가 좀 가지세요, 우리 집에 와서, 나랑 같이…… 사람들이 뭐라는지 아시오? 죽은 의사보다 살아 있는 당나귀가 낫대요. 『이집트 평의회』에 대한 일은 쉬엄쉬엄 하실 필요가 있지요?"

"제가 일하지 않았다면 지금 제가 영주님의 저명하신 조상을, 아랍어로 크리파라고 불리신, 카이로에 시칠리아 궁정의 대사로 가신, 파르탄나의 베네데토 그리페오 영주님을 『이집트 평의회』에서 발견했다는 걸 말씀드릴 수 없겠지요……"

"정말이오? 아니 이런 반갑고 기쁘고 놀라운 일이!" 영주가 돈 주세페의 팔짱을 끼고 옆으로 끌었다. "당신께 진심으로 감사드리는 바요, 내가, 우리 집안이……"

"저는 고서에 적혀 있는 걸 번역만 했을 뿐입니다."

"아니 별일이 아니잖소, 내 말을 믿으시오…… 아 참 그렇지, 내가 보낸 작은 **선물**은 받으셨나요?"

"40온차죠." 돈 주세페가 냉정하게 정확히 집었다.

"별거 아니라오…… 더 할 거요, 당신의 영광스러운 일에 참여하는 명예로, 정말로 영광스러운 일에, 기여하는……"

"비천한 일인걸요. 영주님의 후원으로 그 일이 가능할 뿐만 아니라 가치 있게 되는 거죠……"

"쓸데없는 소리 마시오, 당신이……"

"당신께 인사드리는 영광을 가져도 될는지요." 제라치 후작이 한 손은 돈 주세페의 어깨에 다른 한 손은 영주의 어깨 위에 얹으며 말했다, 사랑스럽게 미소를 지으면서.

"바로 후작님을 생각하고 있는 중이었습니다." 돈 주세페가 말했다. "영주님께 말씀드린 대로, 『이집트 평의회』에서 영주님의 조상인 베네데토 그리페오에 대한 내용을 제가 보았습니다. 카이로 최초의 노르만 대사였고 작고 당시 높은 관직에 올랐던 그분을 아시죠?"

"내 조상이지요, 맹세컨대." 후작이 말했다.

"바로 그렇습니다. 아랍인들이 빈진티밀이라고 부른 벤티밀리아지요. 이 벤티밀리아가, 사를로네라는 이름의 루지에로 백작 조카의 미망인인 엘레우사를 아내를 삼았던 조반니라는 이름을 가진 분과 동일 인물인지 지금은 정확히 모르겠습니다. 살짝 뒤얽혀 있는 부분이어서요. 지금 이 부분을 작업하는 중인데, 며칠 뒤에 다 밝혀낼 겁니다."

"훌륭하십니다, 우리 수도원장님, 정말 훌륭하세요." 벤티밀리아가 말했다. 어느새 다들 그를 수도원장이라고 불렀으니, 우리도 그를 수도원장이라 부르기 시작할 것 같다.

'적혀 있는 건 적혀 있는 거고, 그는 번역만 할 뿐이잖아.' 파르탄나 영주가 생각했다. '그런데 그에게 40온차만 보낸 게 아무래도 실수한 것 같은데. 루지에로 백작과 친척인 자가 100온차보다 가치가 덜 나가진 않을 테고. 벤티밀리아가 나보다 콧대를 더 세웠겠군.'

아내의 팔짱을 낀 채 빌라피오리타 공작이 정중하게 손을 흔들며 그들에게 인사를 건넸다. 그러나 그의 미소는 특히 그에게 왕정청✦에 속한 조상을 지정해 준 벨라를 향하고 있었다.

모든 귀족들이 수도원장을 대단히 좋아했다. 그리고 드디어 떠나는 카라촐로를 위한 송별 무도회가 산타체칠리아에서 열린 저녁은 그에게 영예를 안겨 주기 위한 것 같았다. 또한 벨라 수도원장은 유연한 사람이었다. 그는 **선물**을 받아들였다. 그는 그러한 아침에 마음이 끌리는 것을 느꼈다. 그러나 더욱 관대함을 보여 주었던 자들의 조상에게, 중요하고 영광스러운 친척의 자리를 내줄 의향은 없었다. 영주들이 그

✦ 노르만 왕가 직속 관리와 주교로 구성된 상설 회의로서, 교황의 자문 기관인 동시에 최고 법원이었다.

에게 투자를 할수록 그는 아무것도 하지 않았다. 그는 왕을 위해 일했다. 이미 주교좌성당과 1,000온차의 장려금을 받았듯이, 막 떠나려고 준비 중이던 모로코 연구 여행을 위해 왕으로부터 대수도원이나 다른 좋은 **한직**을 상으로 기대했다. 귀족들은 마치 그들의 왕으로부터 교황으로부터 다른 왕들로부터 영예, 연줄, 영지를 갈망하던 것처럼, 벨라가 그들의 조상에게 분배하는 임무와 영예에 만족하는 것 같았다. 사실 그들은 『이집트 평의회』에서 영주들의 특권이 큰 타격을 받았을 것이라는 소문이 돌았던 만큼, 예외적으로 특권이 있어야만 한다고 생각했다. 그리고 위대한 루지에로의 친족이 대사나 고문의 임무를 예외적으로 약속받아야만 한다고 생각했다. 벨라 수도원장은 그런 의미에서 그들이 희망하도록 내버려 두었다.

모든 이들이 그에게 인사를 건넸다. 다들 그에게 칭찬을 퍼부었지만, 그 저녁에는 적어도 어느 정도의 경멸을 받았다. 파티의 중심에 있는 카라촐로에게 관심 없어 하던 다른 이들이 드러낸 경멸이었다. 사실 파티는 카라촐로가 세운 최고 민사법원의 판사인 그라셀리니의 고집 때문에 우연히 준비되었다. **그라셀리니는 카라촐로의 노새다.**

떠나가는 총독에게 진심 어린 인사로 귀족들이 신랄하고 독설 어린 짧은 풍자시와 소네트를 읊어 대는 중이었다. 풍자적으로 주고받는 대화 가운데 별명으로 부르면서 카라촐로의 불경, 방탕, 악정을 강조하는 일화가 오갔다. 무엇보다 하늘에 큰 기쁨이 울려 퍼지던 그 영광스러운 축제에서 카라촐로가 시도한 모욕을 떠올리게 하는 로살리아 성녀에 관한 소네트가 주를 이루었다. 멜리가 몇 개의 소네트 묶음을 낭독하고 있는 중이었다. 습관적인 과장된 몸짓 및 윙크와 더불어 다채롭게 시를 읊어 댔다. 그러나 결국 소네트는 이름을 알 수 없는 다른 사람이 쓴 내용에서 나왔음을 맹세하였다. 그리고 그건 사실이었다.

총독은 왕국의 가장 높은 고위직들에 둘러싸인 채 중앙 무대에 있었다. 그는 자고 있는 것 같았다. 그런데 겉으로 드러나는 나이와 겉으로 드러나는 나른함 때문에 더욱더 무거워 보이던 얼굴이 순간 냉소적인 미소와 재치 있게 반짝거리는 시선으로 활기를 띠었다. 구경꾼처럼 지켜보던 디블라시는 교대로 드러나는 지루하고 냉소적인 모습 아래 그 남자의 깊은 우울을 알아챈 것 같았다. 젊은 변호사는 그와 같은 사람은 패배와 죽음을 인식하고 있음에 틀림없다고 생각했다. 시칠리아와 궁정이 그를 망친 패배와 그의 육신이 굴복한 죽음이었다. 그는 파리에서 20년을 보내고 그리고 아직 남은 생을 그곳에서 남아 있기를 희망했다. 그러나 어느덧 나이 들어 예순여섯인 그는 반대로 팔레르모에 총독으로 파견되었다. **여기에 사자가 있다**는 곳 즉, 아직 이성으로 탐험되지 않은 곳인 가장 비이성적인 전통의 모래가 순식간에 모든 배짱을 뒤덮어 버리는 사막으로 보내졌다. 그의 용맹한 정신과 그의 결정과 추진력을 퇴색시키는 온갖 장애물과 온갖 저항에도 불구하고 그는 시칠리아 봉건제도의 세속적인 조직 체계를 직접적으로 공격했다. 그는 자신들 특권에 맹목적으로 집착하는 귀족들의 공개적인 저항에 직면해야만 했다. 시칠리아 사람인 삼부카 후작이 장관직을 맡고 있던 나폴리 정부에 대한 그들의 저항은 한 번은 공개적이었다가 한 번은 기만적이었다. 그가 그런 상태에서 그나마 성공적으로 이루어 낸 것은 시칠리아 역사에서 가능한 혁명의 전제를 마련했다는 것이다. 그는 시칠리아 삶의 통점과 마비된 신경을 식별하고 적나라하게 노출시켰다. 그리고 그 통점과 마비된 신경을 치료하고 절단하는 데 성공하지는 못했을지언정, 실질적으로 걱정하고 솔직하게 근심하는 소수의 사람들에게 자신의 조국에서 법이 중재자 역할을 하고, 질서정연하며 정당하고 시민적인 정부가 영주의 무정부적인 특권과 성직자의 특권을 대체해야 한다는 명확한 진단을 내려주었다.

그는 자신의 모든 힘을 다해 일했다. 어쩌면 이따금 자신의 권력을 과도하게 행사한 적도 있었으리라. 아무튼 그는 패배감을 느낄 수 없는 사람이라고 디블라시는 생각했다. 여전히 남겨진 것은 앞으로 도래할 의식과 역사에 맡겨졌다. 지금은 해체시키려고 노력했던 그 특권을 재구성하고, 불의를 꺾고 바로잡으려는 시도의 흔적만으로도 충분할 것이다. 궁정의 간음, 왕족의 안주, 노예의 음모는 충분할 것이다.

소개는 끝났다, 이제 송별 행사의 막이 오르기를 기다리면 된다.

"파티를," 피에트라페르치아 영주가 말했다. "내 그에게 열어 주지, 파티를…… 궁전부터 선착장까지 휘파람을 불어야겠군, 휘파람을." 그가 겪어야 했던 8개월간의 감옥 생활이 여전히 그를 옥죄고 있었다.

"그라셀리니 저 작자는!" 돈 프란체스코 스푸케스가 말했다.

"뭐 그다지 썩 즐기는 것 같진 않습니다." 돈 가스파레 팔레르모가 말했다. "저자를 보세요, 뻐꾸기 같군요."

"파티건 파티가 아니건, 중요한 건 그가 가 버린다는 거지요." 제라치 후작이 말했다.

"그런데 장관직을 맡으러 가는 게 아닌가요?" 벨라 수도원장이 순진하게 물었다.

"그게 뭐 중요하겠습니까? 그는 나폴리에서 장관을 하고 우리는 여기서 고분고분한 새 총독이랑 조용하게 있을 건

데."

"그래, 새 총독이 누군가요?"

"카라마니코 영주, 돈 프란체스코 다퀴노요, 대단히 점잖은 양반이지요……"

"잘생긴 남자이기도 해요." 빌라피오리타 공작 부인이 말했다.

"그렇다고들 합디다……" 돈 가스파레 팔레르모가 잠시 머뭇거렸다. "하는 말들이, 그의 여왕 폐하께서…… 사람들 말이 그렇다는 거지요, 조심들 하세요…… 한마디로 말해서, 그렇게 애정이 많고, 악의가 없고, 자애롭다고 하네요……"

"아 그래요, 그렇다고들 하죠." 공작 부인이 동의했다.

"다 아는 사실이라고 치죠." 제라치 후작이 말했다. 카라촐로가 빼앗으려고 시도했던 그들의 안전이 왕족과 가까이 있다고 느껴졌다. 그리고 아무튼 남의 험담을 하는 자리에서조차 신중을 기해 왕좌는 건드리지 않았다. "두고 봅시다…… 그리고 우리 총독 돈 프란체스코가 지닌 복은 여왕의 이런 편애 덕분이겠지요. 액턴[+]은 어쩌면 더욱 성공적으로 그와 경쟁할 수 있었던 여왕의 마음에서 발을 떼고 싶었을 겁니

[+] John Dalberg-Acton 1834~1902 영국의 역사가, 사상가, 정치가. '권력은 부패하기 쉽고, 절대 권력은 절대적으로 부패한다'라는 명언으로 유명하다.

다······"

막이 올랐다. 무대 뒤에서 미역과 공작고사리로 만든 것 같은 닳아 해진 녹색 망토를 뒤집어쓴 매우 아름다운 여인이 앞으로 나섰다. 그녀는 자신을 옥죄고 있는 보이지 않는 올가미에 걸린 듯한 태도로 고통을 표현하며 잠시 멈추어 있었다. 그다음에 망토를 펼쳤다. 그러자 알몸 같은 분홍 셔츠가 보였다. 갑자기 몰아치는 파도에 노예선의 뱃머리가 앞으로 껑충 뛰어오르듯 드러나는 가슴에 **카라촐로의 무덤!**이라는 글자와 찢긴 심장이 달려 있었다.

냉담한 박수가 쏟아졌다.

"정부에 뻣뻣하게 굴던 시칠리아의 상처받은 마음이군요." 빌라비안카 후작이 말했다. 그의 생각에는 일기에 기록할 만한 인상적인 표현 같았다.

"나는 비슷한 무덤을 가질 수 있다면 좋겠소." 한편 총독은 그녀에게로 몸을 돌려 집정관의 모습을 흉내 낸 그녀의 가슴에 노골적인 시선을 꽂으며 말하는 중이었다. 그는 파티는 끝났다는 신호를 하면서 자리에서 일어났다.

그가 사람들 무리 쪽으로 다가가자 파티에 참석한 모든 이들이 그에게 인사를 건넸다. 그는 모든 아름다운 여인들에게 인사를 건네고, 재치 있게 특별한 말을 건네는 한 남자를 구별해 냈다. 그는 시의 출판 가능성에 대해 준비된 후원자로서 자신을 아는지 멜리에게 물었다. 그리고 벨라에게 파르마에서 『시칠리아 평의회』를 인쇄하기 위한 아랍어 활자들이 도착했는지, 『이집트 평의회』의 번역 작업이 어느 정도 진행되었는지도 물었다. 아울러 오랫동안 교구 참사원 데 코스미의 손을 붙잡고 다정하게 말했다. 참사원은 눈물을 흘렸다. '얀선파 사람'이라는 말이 경멸과 두려움을 가지고, 몰려서 있는 귀족들 사이에 기어 다니는 뱀처럼 퍼졌다.

디블라시 변호사는 마지막 무리들 가운데에 있었다. 총독이 그에게 실질적인 작업에 대해 질문했다. 그리고 젊은이가 대답하는 동안 그는 다른 생각에 빠져 있었다. 이윽고 그는 인사인 양 지적인 미소를 지어 보이며 물었다. "어떻게 시칠리아 사람일 수 있겠는가?"

+ + +

제2부

경외하는 국왕 폐하,

폐하께서 통치하시는 왕국의 태평성대에 망각의 시대로부터 소환된 시칠리아 역사의 값진 유물이 보존되고 있습니다. 그 유물은 이전에는 어두움과 모호함만 있던 곳에 빛과 명확함을 부여하는 속어로 번역된 것입니다. 저희에게는 시칠리아가 사라센에 굴복했던 그 모든 시간의 시민 역사 및 군사 역사가 빠져 있었습니다. 그런데 폐하께서도 잘 아시는 우연히 발생한 사건 때문에 산마르티노의 왕립 수도원 도서관에서 아랍 고서가 발견되었습니다. 그 고서에는 두 세기가 넘는 동안 시칠리아 역사 내내 우리를 단련시켰던, 전쟁과 평화 시기에 벌어진 모든 사건에 대한

이집트 평의회

정확한 기록이 적혀 있었습니다. 정복 시대에 도착한 노르만인에 의해 이 왕국의 어두움은 다시 시작되고, 기반이 마련된 정치 헌법과 이 사람들에게 지시된 최초의 법률에 전적으로 침묵하면서, 지금으로부터 가장 가까운 시기에 벌어진 가장 유명한 영주의 행실 및 가장 떠들썩했던 사건 등 의심스러운 몇 가지 사건에 대해서는 적당히 얼버무렸습니다.

미약한 힘을 다해 할 수 있는 최선의 방법으로 마르티노에 보관 중인 고서를 속어본으로 바꾸는 일이 저에게 주어졌습니다. 그리고 고결한 몬시뇰 아이롤디가 풍부하고 박식한 주석 작업으로 그 책을 풍성하게 만들어 주었습니다. 저는 다른 고서를 아랍어에서 속어로 번역하는 새로운 작업을 떠안게 되었습니다. 이 작업은 현재 폐하께 속한 나폴리(그곳에서 폐하께서는 친절하게도 모로코 왕의 대사를 환대해 주셨습니다)로 돌아가는 중에 이곳에 머무는 몇 달 동안 관대한 무함메드 벤 오스만 마흐지아가 제게 보여 준 우정으로 그리고 그가 자신의 고국으로 돌아갔을 때 좀 더 자유로운 서신으로 제게 약속한 것입니다. 사실 마르티노의 고서에는 이집트의 술탄과 유명한 로베르 기스카르[✦], 루지에로 대백작과 후에 시칠리아의 영주가 되고 첫 번째 왕실 호칭을 획득한 똑같은 이름을 가진 그의 아들에 이르는 기간인 45년

✦ Robert Guiscard 1015?~1085 11세기에 남부 이탈리아, 시칠리아에서 활약한 뛰어난 노르만의 정복자.

동안의 모든 사건 기록이 담겨 있습니다. 저는 내용상 다양한 설명이 빠져 있던 아랍인의 역사에 대해 훌륭하게 연결시켜 설명해 준 그에게 빚지고 있습니다.

그리고 몇 장을 번역한 뒤, 오 폐하, 제 생각에 대단하다고 여겨지는 건, 무척 중요한 소식이 이 고서에 담겨 있다는 것입니다. 그러나 저의 판단을 의심하며 카라마니코 영주가 높은 분별력으로 판단하도록 이를 전하는 한편, 시칠리아에 폐하의 지원이 합당함을 아룁니다. 아무튼 고서의 가치를 알아챈 그가 좋은 번역 작품의 후원자이기를 청하였습니다. 저는 이 같은 성과로 인해 아직 작업 완성에 도달하지도 않았음에도 별다른 불편함을 모르고 만족할 정도입니다. 제가 낭비하는 모든 시간에 비해 작지 않은 작업의 유용함 덕분에 긍정적으로 보상받았기 때문입니다.

이제 저에게는 폐하께 충실하게 아랍어 원문의 명확한 사례를 제시하는 일만 남았습니다. 속어본으로의 제 번역은 그렇게 제 손을 떠나갑니다. 그리고 바로 그러한 저의 의무가 좋습니다. 만약에 폐하께서 축복받은 두 개의 왕국을 지키고 통치하는 중에 귀중한 시간을 잠시 내어 저의 이 번역서가 가치가 있는지 살펴보신다면, 또한 가장 잔혹했던 전쟁 이후 이집트의 술탄과 유명한 두 영웅 로베르와 루지에로가 어떠했는지 읽어 보신다면, 저에게 이보다 더한 영광은 없을 것입니다. 게다가 외부에 알려진 대로 그들 지배 군대는 시칠리아 내륙으로 향했고, 백성들에 대한 첫 번째 법과 국가의 내부 보안을 유지하고 백성들의 복지를 증진하기에 가장 적합한 원칙의 모든 정점을 가장 뛰어난 지도자에게 지시했습니다. 새로운 예술 도입에 동일하게 적용되는 것처럼, 이집트로부터 훌륭한 입안자를 불러오고 그에게 수많은 포상과 평생 보장으로 이곳에 정착시키면서 말입니다. 폐하 역시 초반에 모든 질서가 균일했던 만큼 신생 국가의 진보에 유리하게 진행되도록 노르만인들이 자신들이 세운 정부의 일을 매우 현명하고 신중하게 구성한 평의회에서 어떻게 해결했는지를 이 고서에서 관찰하실 수 있습니다. 숭고한 분별력과 더불어 그들은 이슬람교도들이 이미 시칠리아에서 확립한 헌법에 프랑스 헌법의 일부를 적용하였습니다. 그리고 프랑스 법의 잔재는 남아 있지 않고, 그로부터 시칠리아 자체의 고유한 법이 되어 버린 법의 복합체가 형성되었습니다. 현재 그 법은 대부분 철저히 준수되고 있습니다. 저는 이 고서를 조명함으로써 그 법을 훨씬 더 잘 이해하고 적용할 수 있으리라 생각합니다.

그런데 무엇보다 제가 희망하는 것은, 오 폐하, 왕권을 상징하는 최고의 권리는 다름 아닌 광범위하게 빛나는 만큼 합스부르크가의 보호를 가치 있게 하는 것입니다. 시칠리아 법에 끼워 넣은 두 법률에서 그리고 특히 두 번째 법률에서 이 영주국 통치자의 전체적이고 불변하는 지배가 유보되었음이 자세하게 적혀 있습니다. 왕국의 모든 교회에 대한 즉각적이고 보편적인 후원과 주교를 선출하는 권리는 아무런 변화 없이 견고하게 여전히 집권 왕족에게 속합니다. 첫 번째로 로베르 기스카르에 의해, 두 번째로 루지에로 자신에 의해 채택된, 루지에로의 후손인 공작과 대백작 직함에 대한 여전히 수많은 역사적 문제처럼, 유명한 도시 베네벤토의 지배에 대한 씁쓸한 분쟁과 이와 비슷한 성격의 수많은 다른 심각한 논란은, 오 폐하, 지금부터 폐하의 왕관의 큰 권위를 더욱더 견고하게 만들 이 고서를 기반으로 처리될 수 있을 것입니다.

폐하와 외국인들의 호기심과 기대를 불러일으키는 작품에서 시간이 흐를수록 가치 있는 다른 무언가를 더욱 알아채기를 원하신다면, 제가 드리는 말씀을 더욱더 검토해 주시기 바랍니다. 더욱 전문적인 다른 것을 위해 이 중요한 작업을 유보하려고 합니다. 폐하께서만 제게 이 고서를 다시 잘 살펴보도록 허락하십니다. 빠른 시일 내에 저의 재검토 작업이 필요한 이 값진 진짜 고서는 왕립 도서관에 드리는 저의 부끄럽지 않은 선물이 될 것입니다. 만약에 그 연구에서 일부 결실을 얻기 위해 성실하게 작업 과정을 비교하거나 저의 모든 관점을 검토하기를 원한다면, 이는 어느 날 과거의 망각 속으로 사라지거나 다시 추락할까 두려워하지 않고 언제든지 그것을 찾아낼 수 있도록 하기 위해서입니다. 제가 감히 대담하게 만들어 낸, 저를 우쭐하게 하는 현재 유럽에서 유일한 일련의 아랍어 사본 모음집을 다시 한 번 덧붙이고자 합니다. 아울러 저는 그 사본이 계속 늘어나도록 허용하지 않을 것입니다. 현재 제가 온전히 매달리고 있는 두 권의 고서 판본 작업이 완료되는 대로 즉시 온갖 주의를 기울여 이 왕국과 스페인 왕국, 아프리카 왕국 그리고 아시아 제국의 여러 세기의 역사를 증명하기를 원하는 사람들에게 환한 빛이 될 수 있는 고대 아랍 문자 백과전서를 출판할 것입니다. 이 출판은 그 세기 초반의 예술이 어떤 단계인지도 잘 보여 줄 것입니다. 솔직히 말씀드리면, 그렇게 특별한 백과전서를 완성하려는 목적으로 자료를 준비하고 구입하느라 생활의 많은 편리를 포기한 채 살아가는 것이 무척 힘들었습니다. 그러나 베풀어 주신 친절한 도움과 모로코에 저의 편지를 전해 주는 도움이 없었더라면 저의 작업은 한참 뒤처졌을 것입니다. 그리고 박학한 지식으로 쉼 없는 연구에 함께하는 친절을 베풀어 준 시칠리아 정부의 장관인 D. 프란체스코 카렐리를 저는 감히 유일한 친구라고 자랑하고 싶습니다. 그는 무엇보다 연구에서, 그리고 마지막으로 힘들었던 그 예술 작업에서 기꺼이 함께해 주었습니다. 주 하느님께서 이러한 저의 생각에 함께하시기를, 무엇보다 특히 왕국에서, 폐하께서 왕후 폐하와 왕실과 함께 오랫동안 행복하시기를 빕니다.

미천한 종 주세페 벨라 올림

+++

제3부

1

기병대가 행렬을 시작했다. 미늘창을 가진 군사의 두 줄 행렬 중 도로 한가운데에 무표정한 얼굴을 한 총지휘관이 느린 걸음으로 걷고 있었다. 그와 함께 검은 옷을 입은 귀족들이 따라오고 있었다. 그 천여 명의 사람들은 행렬 속도와 질서를 지키려고 애썼지만 별 효과는 없었다. 군악대와 보병대대가 쓸쓸한 장례 행렬의 상점 주인들과 **짐꾼**들을 감동시키는 나팔을 불어 대며 뒤따랐다. 비안키 부대, 카리타 부대, 파체 부대가 뒤를 이었다. 버려진 아이들, 서자들, 고아들이 그 뒤를 따라갔다. 프란체스코회 수도사들, 베네딕트회 수도사들, 도미니크회 수도사들, 테아티노회 수도사들, 장상들과 주교좌성당의 성직자 그리고 손에 횃불을 켜 들고 구슬픈 노래를 불러 대는 소성당의 합창단이 뒤따랐다. 궁전의 미늘창을 가진 군사들, 어두운 제복을 걸친 낮은 계급의 시종이 두 개의 상자를 들고 있었다. 위에 붙어 있어야 하는 다퀴노의 문장紋章이 떨어져 나간 상자 하나는 검은색이고 다른 하나는 붉은색이었다. 일정한 거리를 두고 기사장이 오고 있었다. 그는 펼친 손바닥으로 쟁반처럼 칼을 받치고 있었다. 그리고 그의 뒤에 말을 타고 왕실 보좌관이 따라왔다.

비단과 금으로 덮인 관에 누워 있는 카라마니코 영주이자 시칠리아 총독인 돈 프란체스코 다퀴노는 교차시킨 두 손의 밀랍 문장과 카니발 가면처럼 온통 코밖에 보이지 않는 머리로 장식된, 물이나 포도주를 담는 반쯤 푹 꺼진 가죽 부대 같았다. 세 명의 귀족 형제들이 그를 어깨에 이고 둘러싸고 있었다. 왕국의 직함에 따라 트라비아 영주가, 그리고 모든 상원의원들과 그 관리들이 뒤를 따랐다. 그다음에 다시 기사들의 행렬이 이어졌다. 그리고 스위스 연대와 궁중 및 상원의원의 마차들이 뒤를 이었다. 말구종이 각각 재갈을 잡고 있는 장식용 천을 씌운 훌륭한 종의 검은 말 네 마리가 행렬을 마무리하고 있었다. 과거에는 멋진 네 마리의 동물은 행사가 끝나면 도축되었다. 그런데 이번에는 이성적으로 목숨을 살려 둘 것임을 알지 못하는 사람들은 그 말의 가격을 가늠하며 아까워했다.

여름같이 더운 일월의 한나절이었다. 카라마니코 영주는 거의 10여 년 만에 올 때처럼 화려하게 가 버렸다. 엄격한 카라촐로의 나폴리 장관직과 더불어 시작된 그의 오랜 총독 임기는 절차상 공식적인 규정 준수가 강화되었을지언정 오래된 질서와 오랜 무관심 속에 차츰차츰 저물어 갔다. 카라마니코 총독의 임기는 그 자신이나 시칠리아 사람들에게 쥐꼬리처럼 끝나 버렸다. 게다가 총독은 더 이상 이를 알아챌 수준도 아니었다. 그리고 시칠리아 사람들 역시 아직 그 정도 수준이 아니었다. 그때에 팔레르모는 모두의 동의를 얻는 것을 즐기던 이 남자를 위해 진심으로 유감스러워하면서, 상류층과 서민의 취향을 서로 뒤섞어 호화롭고 장엄하게 애도 중이었다. 그런데 세상이 다시 들끓고 시끄러워진 탓에 총독의 죽음은 세상의 불안을 드러내는 징조라는 의심이 도시 전체에 퍼졌다. 그가 프랑스인들의 약점을 잡고 있었기 때문에 혹은 여왕이 그의 약점을 잡고 있었기 때문에 선한 영주 카라마니코가 독살당했을 것이라는 의심이었다.

자신의 목덜미를 겨냥한 화살 같은 태양 빛으로부터 피할 방법을 찾지 못한 채 행렬에 섞여 있던 벨라 수도원장에게 총독의 죽음은 뜨겁지도 차갑지도 않았다. 딱딱해진 간 때문일 것이라는 혹은 집안의 누군가에 의해 투약된 독 때문일 것이라는 죽음의 원인을 두고 사람들은 전율했지만, 벨라 입장에서는 해결해야 할 전혀 다른 문제들이 있었다. 행렬 중 벨라의 앞에 그의 적이자 박해자인 교구 참사원 그레고리오의 까마귀 둥지처럼 평평하고 무거운 머리가 흔들거리고 있었다.

벨라 수도원장은 돈 프란체스코 다퀴노의 죽음에 대한 가설과 의혹을 그레고리오에 대한 신장결석이나 암, 독 같은 사악한 바람으로 뒤집어 버렸다. 프랑스인들이나 그들의 혁명은 소금기를 머금고 축복받은 물 지중해에 맞닿은 나폴리와 시칠리아 왕국의 경계에서 마치 팔월 중순의 들판에서 산울타리를 태우듯 거세게 타올랐다. 벨라는 프랑스에서 『시칠리아 평의회』의 진위성에 의심을 토로하던 드 기뉴에게 입을 닫게 했다는 사실 때문에 혁명을 좋은 것으로 여겼다.

그레고리오로 인해 상황은 성공과 안녕의 가장 높은 정점에서 올라가기 전 상황보다 더 나쁜 상황으로 다시 추락하는 위험 속으로 벨라 수도원장을 밀어 대는 지경이 되어 버렸다. 벨라를 지지하는 툭센⁺이 있었다. 툭센은 저명한 동양학자이자 로스토크 대학교의 교수였다. 그러나 벨라의 적들은 하거라는 작자를 끄집어내서, 팔레르모로 불러들였다. 그

✦ Oluf Gerhard Tychsen 1734~1815 독일의 유대인 동양학자. 이슬람 고전학古錢學의 창시자로 알려져 있다.

리고 하거를 옹호하고 칭송하며 그의 활동비를 왕실에서 지원토록 했다. 훌륭한 교수인 툭셴은 벨라의 전문 지식을 **독보적이고 거의 신성한** 것으로 평가했다. 아랍어를 조금밖에, 아니 거의 몰랐던 이 하거(벨라 수도원장은 하거가 아랍어를 자신보다 잘 모른다고 태연하게 맹세할 수 있었다)는 벨라를 판단하는 척했다. 팔레르모 전체가 벨라와 한통속이었다. 그레고리오와 그의 친구들이 누군가 하거의 목숨에 위협을 가할 수 있을 것이라고 두려워할 정도였다. 이런 분위기와 벨라 수도원장이 전혀 무관하지는 않았기에, 만약에 지금 그레고리오 참사원의 머리를 내려친다면, 그저 적절치 못한 순간에 그의 앞에 있었기 때문이라고 여겼을 것이다. 하지만 그런 행동으로 어떤 다른 재난이 벌어질지 알 게 뭔가. 그래서 그는 냉정해질 필요가 있었다. 상대편이 움직이기를 눈을 부릅뜨고 지켜보지만 무관심한 척 부주의한 척 비아냥거리며 기다릴 필요가 있었다. 어쨌든 그는 위대한 벨라, 유명한 벨라였다. 툭셴은 그를 존경했다. 나폴리의 아카데미는 그를 동반자라고 불렀고, 교황은 개인적으로 그의 건강을 염려했다. 왜냐하면 그의 눈에 이상 유출이 있었기에, 불안정하고 불확실한 흔적에서 과거의 기억을 밝혀내는 사람에게 특히 시력이 소중한바, 교황은 그에게 건강을 잘 챙기라고 부탁하는 서신을 썼다.

한편 하거는 당국이 그에게 부여한 권한으로 고서, 동전 그리고 이미 유명해진 모로코 대사의 서신을 살펴보겠노라 요청하였다. 벨라 수도원장은 모든 것이 발각될까 염려하여 자신의 집을 청소했다. 또한 총독이 괴로워하는 사이 경찰이 정신이 없을 때, 벨라는 절도를 신고하러 갔다. 끔찍한 밤이었다. 조카딸의 집으로 물건을 나르기 위해 조카딸의 남편과 수사가 짐꾼 노릇을 했다. 그런 다음에 이웃들이 깰 정도로 도둑이 들어 난장판이 됐다고 한탄하며 난리 법석을 떨었다. 그러고는 한밤중에 진짜 도둑을 마주칠 위험을 무릅쓰고 법원으로 달려갔다. 정말로 끔찍한 밤이었다. 그의 천성은 카라마니코 영주가 더 나쁜 상황은 이미 지났다고 생각하며 어느 정도 위안을 얻었다. 이 생각은 프란체스코 수도회 성당에서 귀족들이 이중 궤짝에 시신을 내려뜨리고 있는 동안 갑자기 그에게 떠올랐다.

2

절도를 신고하고 일주일이 지나서, 매일 그렇듯이 새벽에 채마밭으로 난 창문을 열던 벨라 수도원장은 퍼걸러[+]의 격자 구조물 두 형체가 움직이고 있는 것을 알아챘다. 그들을 지켜보며 '도둑이 정말로 왔군' 하고 생각했다. 그런데 창문을 여는 소리를 들은 두 사람이 인기척을 내며 모습을 드러냈다. 경찰들이었다.

"아니 거기서 뭣들 하시는 거요?" 수도원장이 물었다.

"판사님의 명령으로…… 여기 밖에서 밤을 꼴딱 새웠습니다." 그들은 추위로 감각이 없어져 잔뜩 웅크리고 있었다.

[+] 뜰이나 편평한 지붕 위에 나무를 가로와 세로로 얹어 놓고 덩굴식물을 올려 만든 서양식 정자나 길.

수도원장이 길가와 대문 쪽으로 난 창문으로 갔다. 경찰 두 명이 더 있었다. '정말로 도둑을 맞았다면 침착해야겠지. 일주일이나 지나서 경찰이 오다니…… 아니 뭐 하려고, 이제 와서……? 도둑맞고 나서 아가타 성녀의 보물에 철문을 달겠구먼. 그러고는 항상 법을 들먹이지.' 그런데 그는 모호한 불안이, 불길한 예감이 들었다. 그래서 얼마 되지 않는 종이를 부엌에서 태우기 시작했다. 전문가의 눈으로 볼 때 여기저기 남아 있던 그 종이는 어떤 방식으로든 그의 못된 장난질을 구체적으로 드러내거나 혹은 적어도 의심을 사도록 만들기에 충분했다.

해가 높이 떠서야 판사가 도착했다. 경찰의 손에 이끌려 온 판사는 팔레르모 왕실 법원의 그라셀리니였다. 수도원장은 깜짝 놀랐다. 그는 형사재판소의 판사를 기다리고 있었다.

"도둑을 맞았다면 절도지요." 그라셀리니가 설명했다. "그러면 형사재판소에서 담당해야 하겠지요. 그런데 그들이 훔쳐 갔다는 물건이 물질적으로는 당신의 소유였지만 도덕적으로는 시칠리아의 것이었소. 왕실의 문화유산이란 말이오…… 형사재판소와 왕실 문화유산 담당 법원 사이에 권한을 놓고 사소한 갈등이 있었소, 당신도 짐작하다시피. 그리고 당연히 우리가 이긴 거요…… 당신 생각에도 우리가 다루어야 할 사건이라고 여기지 않으시오?"

"아니 어떻게 우리인가요?" 수도원장이 물었다. "역사를 만드는 데 필요한 고서는 왕실의 유산이죠, 노르만인들의 궁전에 속하지 않고 페데리코 왕의 고분에도 속하지 않습니다."

"내가 주장하는 게 바로 그거요. 당신도 똑같이 생각하신다니 기쁘군요…… 형사재판소의 내 동료들은 반대로 혁명적인 거라고 생각하더이다. 그들은 전혀 차이를 두지 않고 다루지요, 소시지 절도와 『이집트 평의회』 절도를…… 당신이 도둑맞은 고서 이름이 그렇지요, 아닌가……? 하지만 나는 차이를 두지요, 그래 내가 어떻게 차이를 두겠소!" 그가 히죽 웃었다. 그리고 어조를 바꾸어 경찰들에게 말했다. "사방을 샅샅이 뒤지고 눈에 띄는 온갖 종이는 다 끄집어내. 아주 작은 종잇조각도, 찢긴 파편도 다……"

경찰들이 집 안으로 흩어졌다. 수도원장과 판사는 잠시 동안 서로의 눈을 응시했다. 상대방의 눈에서 각자 자신에 대한 평가를 읽어 냈다. 일종의 놀이 같았다. 카드 테이블에 앉아 손에 에이스 카드를 쥐고 있는 것처럼 서로를 살폈다.

"그저 간단한 점검을 하는 거요." 판사가 말했다. "혹시 팔레르모 왕실이 관심 있어 하는 뭔가를 가져가려고 도둑이 다시 당신을 찾아오는 것을 피하기 위한."

"도둑이 당신들이 찾고 있는 건 전혀 남기지 않았을 것 같은데요. 아무튼 당신들 같은 그런 전문가가 찾는 거 말입니다……"

"나도 확신한다오, 그들이 아무것도 남기지 않았을 거라고…… 분명히 확신해요." 판사가 말했다, 덤불 때문에 산토끼를 쫓을 수 없게 된 개처럼 격렬하게 낙심하며.

수도원장은 절도에 대해 말하기 시작했다. 처음에는 꿈인지 생시인지 모를 정도로 갑작스럽게 그의 단잠을 깨뜨리는 얼굴을 가린 세 명의 남자들이 들이닥쳤다. 잠시 후 상황을 알아차리고 보니 소총 부리가 자신을 겨누고 있었다. 그런데 이 도둑들이 무엇에 관심이 있어서 가난한 자신의 집에, 가난한 연구 사제의 집에 도둑질하러 들어왔는지 이해가 되지 않았다. 그리고 사실 그들은 자신들에게 아무짝에도 쓸모없는 종이밖에 가져갈 수 없었다.

"그들 역시 연구하는 작자들일 수 있죠." 그라셀리니가 매정하고 독단적인 어조로 말했다.

"그렇게 생각하십니까?" 놀라서 숨이 턱 막힌 벨라가 물었다. "만약에 당신이 의심하는 게 정말이라면, 내 적들이 그런 짓을 하러 들이닥칠 정도라면, 지금부터 나는 안전을, 내 생명을 걱정해야겠습니다……" 대단히 효과적으로 말했기에 판사는 잠시 당황하고 의심했다.

"사실 내가 당신 집 주변을 경찰이 밤낮으로 지키도록 조치했다오."

"기꺼이 당신 뜻을 따르지요…… 왜냐하면 내가 아파서 그렇습니다, 그 저주받은 밤 이후로 피가 거꾸로 치솟고 머리에서 피가 다 빠져나가는 것같이 느껴지기 때문이에요. 이제 당신들이 내 주변을 지켜보고 있다는 걸 알았으니 걱정 없이 잠자리에 들 겁니다."

"어쨌든 그 수사가 당신을 돌보고 있잖소, 그렇게 선량하고 헌신적인 수사가……" 판사가 약 올리듯 말했다.

"이런 아니에요, 그는 떠난 지 한참 됐답니다…… 정확히 말해서 내가 그에게 가 달라고 부탁했지요. 당신이 말하는 것처럼 그는 그렇게 선량하지도 헌신적이지도 않았어요…… 나를 배신했습니다, 진짜 배신을…… 말도 마세요, 여기서, 내 집 안에서……" 그가 얼굴을 붉히며 더듬거렸다. 동시에 여전히 분노에 치를 떨었다. "끌어들였어요, 한마디로 말해서. 내 당신에게 다른 말은 안 하겠습니다……" 20여 년이 지나서야 수사의 결점을 알게 돼서 그 배신감은 대단했다. 벨라는 시간을 되돌리고 싶었다.

"끌어들였다니, 뭘요?"

"잡년 말이에요." 속삭이듯 수도원장이 말했다.

'늙은 여우가,' 그라셀리니는 생각했다. '안전하게 빠져나

갈 구멍을 마련하는군. 수사가 다 불어 대서 일단 걸려들어도, 앙심을 품고 분 거라 말할 테지.'

어느새 경찰들은 뭉그적거리며 집을 발칵 뒤집어 놓는, 모든 집 안 물건을 뒤죽박죽으로 하는 예술 행위를 즐기면서 뒤지는 것처럼 보였다.

수도원장이 카라촐로 총독의 협력자였고 나폴리에서 장관직에 올랐던 시모네티 후작에 대한 이야기로 슬며시 화제를 돌렸다. 후작이 『이집트 평의회』 고서가 도둑맞았다는 소식을 듣고 얼마나 유감스러워했을지 누가 알겠느냐고 말했다.

"바로 그것 때문에 내가 괴롭소." 그라셀리니가 말했다. "각하께서 내 열의와 관심을 의심하게 되기를 원치 않아요." 그러나 모호하게 들리는 어조와 표현은 위선적이고 위협적이었다. '그래서 내가 당신을 꼼짝달싹 못 하게 해 버릴 거다'라고 말하는 듯했다. 사실 그는 '각하께서는 당신 손가락 하나도 못 움직이게 할 수 있을 거요'라고 생각했다.

그라셀리니가 벨라 수도원장에게 개인적으로 감정이 있거나 반대하는 것은 아니었다. 그리고 시모네티 후작에 반대하는 것도 아니었다. 바로 그 순간 그의 특별한 재능이 발휘되었다. 일부 경찰들이 무엇인지 밝혀지기 전에 감지하는 대기 중 느껴지는 움직임이었다. 이상한 낌새를 눈치채자마자 그라셀리니는 정돈된(혹은 어질러진) 물건을 향해 달려들었다. 그는 카라촐로의 송별 파티의 기획자가 될 정도로 협상하는 재주를 가졌다. 귀족들은 그에 대한 경멸을 감추지 않고 뻔뻔하게 드러냈다. 온갖 방법으로 그의 경력을 방해하고 그의 삶을 어렵게 만들고자 시도했다. 그런데 당시 카라촐로 시대에 그는 젊었다. 지금은 많은 경험을 했고 그리고 시칠리아 귀족에 관해 막 포기하려고 하는 당국의 재정적 긴장감을 알아챘다. 시모네티가 아직 장관직에 있는지 혹은 다른 왕국에서 벌어진 사건과 관련하여 무시무시한 파급효과를 내며 끝장난 그 떠들썩한 일로 인해서 자리를 떴는지 알아챌 정도로 눈치가 빠르다. 궁정이 진 부채를 유예하고, 그것을 수용하고 심지어 갚을 걱정 때문에, 왕이 귀족들을 필요로 하는 시대가 왔다. 그라셀리니는 시칠리아 귀족들 눈앞에서 벨라를 구속하는 사건이 되리라 여겼다. 거짓 절도 신고 건으로 벨라를 꼼짝 못 하게 하고 그로 인해 더욱 쉽게 거짓 고발들이 쏟아져 나오게 할 참이었다. 자신의 사무실 일에서처럼 그는 자신의 방식대로 부드럽고 예민하고 양심적이었다. 벨라의 고서는 거짓이고, 절도인 척 꾸몄다는 것을 그는 전혀 의심하지 않았다. 물론 차근차근 신중하게 다루어야 할 필요가 있었다. 주변에 충격을 줄 필요가 있었다, 즉 시모네티에게, 몬시뇰 아이롤디에게, 벨라 수도원장에게 그리고 귀족들에게 한 방 먹일 필요가 있었다.

경찰들이 찾아낸 모든 종이를 발치에 펼쳐 놓았다. 판사가 종이를 묶어서 싸라고 명령했다. 건강 잘 돌보라고 수도원장에게 의례적인 인사를 건네자 수도원장이 말했다.

"난 바로 잠자리에 들 거예요." 벨라가 그를 안심시켰다. "정말로 더 이상 못 서 있겠습니다."

그리고 그는 정말로 잠자리에 들었다, 단 그라셀리니 판사가 왕의 충실하고 헌신적인 종인 산판크라치오 수도원장 주세페 벨라를 회부한 순교의 시모네티 후작에게 편지를 쓴 이후에 말이다.

3

늦은 오후 몬시뇰 아이롤디의 **전령**이 수도원장이 맛있어하던 그리고 몬시뇰이 그에게 종종 보내 주던 블랑망제⁺와 참깨 비스킷 선물을 전하러 벨라 수도원장의 집에 도착했다. 그는 대문 입구에서 지루하게 빈둥거리던 두 명의 경찰과 마주쳤다.

깜짝 놀란 그가 물었다. "아니 무슨 일이 생겼나요?"

"아무 일도 안 생겼소, 우린 그냥 고양이 빗질을 하고 있소." 두 경찰 중 한 명이 대답했다. 이미 소를 도둑맞은 외양간 지키듯 의미 없이 보초를 서고 있었다.

✦ 아몬드, 설탕, 생크림을 굳혀서 식혀 만든 일종의 푸딩.

"그래 수도원장님은?"

"잠자리에 드셨소, 복도 많지."

현관문은 활짝 열려 있었다. **전령**은 수도원장이 자고 있다면 곁방에 선물을 두고 갈 요량으로 현관 안으로 들어섰다. 문이란 문은 모조리 열려 있었다. 침실에서 시끄러운 딸꾹질 소리나 끊긴 말처럼, 괴롭게 헐떡거리는 소리가 띄엄띄엄 들려왔다. 그는 손에 쟁반을 든 채 잠시 머뭇거리며 가만히 서 있었다. 그는 수도원장의 침실로 들어가는 무례를 범하고 싶지 않았다. 그런데 한편으로 그 이상한 소리는 잠이 들었다기보다는 죽어 가는 소리인 듯했다. 쟁반을 든 채 그는 침실 문턱을 넘었다. 어스름한 골방 구석에 놓인 침대 위 베개에서 돌려진 수도원장의 얼굴이 교수대에 매달린 사람의 얼굴 같았다. 눈동자 없는 허여멀건 눈이 밖으로 튀어나올 듯 희번덕거렸고, 입은 벌어져 있었다.

전령이 침대 가까이로 다가가 그를 불렀다. "수도원장님, 벨라 수도원장님⋯⋯" 벨라는 점점 더 거칠게 숨을 헐떡거리고 딸꾹질도 잦아졌다. 그러더니 헛소리를 하기 시작했다, 고서에 대한, 절도에 대한, 그를 해치려 하는 사람들에 대한.

"불쌍한 양반, 형편없이 불쌍해지셨네." **전령**이 중얼거렸다. 그러고는 "수도원장님, 저는 몬시뇰 아이롤디 댁에서 왔어요, 몬시뇰 아이롤디를 기억하시지요?" 하고 아이에게 말하듯 했다. "그분께서 블랑망제를 갖다 드리라고 하셔서요. 수도원장님이 좋아하는 참깨 비스킷도 가져왔어요……"

교수대에 매달린 자의 허여멀건 눈에서 수도원장의 눈동자가 피어나더니 **전령**이 보여 주는 쟁반을 잠시 응시했다.

"저기에 올려놓게." 수도원장이 침대 옆에 있던 협탁을 가리키며 말했다. 그리고 다시 헛소리를 하기 시작했다.

그래서 저녁이 되기 전에 팔레르모 전체가 수도원장이 죽어 가고 있다고 알게 되었다. 그리고 그 소식은 엇갈린 평과 끝없는 논란을, 심지어는 내기까지 거는 커다란 반향을 불러일으켰다. 아픈 척 거짓말하는 것이라고 말하는 사람과 반면에 진짜 아프다고 믿고 동정하는 사람이 있었다. 금방 탄로날 것 같은 사기 때문에 두려워하는 거라고 말하는 이도 있고, 부당한 피해와 절도에 대해 말하는 이도 있었다. 저녁마다 경찰이 먼저 여인숙을 순찰해야 했다. 그곳에서는 한쪽은 그를 동정하는 편이고 다른 한쪽은 그를 험담하는 여인들 사이에 벨라 수도원장을 두고 싸움이 벌어졌다. 그다음에는 칼사 지구를 순찰해야 했다. 그곳에서는 『이집트 평의회』의 진위성에 대한 어부들의 찬반양론이 팽팽히 맞섰다.

체사로 저택에서 열린 대회담에서 벨라 사건에 대한 귀족들의 의견은 반대로 만장일치로 모아졌다. 그때는 벨라에 대한 의심과 그라셀리니의 수사 진행에 대해 분개하는 순간이었다. 게다가 학자에게, 아니 사실은 거슬리는 공갈 협박 범이 분명한 작자에게 바쳐진 인쇄된 종이와 왕의 호의 사이에서 균형을 잡아야 하는 그들에게 막연한 의심은 여전히 베일에 싸여 있었다.

"경찰조차 제대로 일하지 않는군요." 파르탄나의 영주가 말했다. "도둑맞았다고 신고를 하면 도둑맞은 집을 뒤지러나 가고. 미친것들……"

"뚜쟁이지, 그럼 바로 그래요." 제라치 후작이 말했다.

"그럼 물론이죠. 천성적으로 뚜쟁이지요…… **허수아비** 뚜쟁이 짓이나 하지. 송별회 때 나대던 것하며……! 선량한 카라마니코 영주에게 한 짓을 생각하면…… 뚜쟁이 같으니…… 그러니 내가 궁금할 수밖에요, 이번엔 누구에게 촛불을 들까요……? 그레고리오 교구 참사원에게? 제외할 만하죠. 시모네티 후작에게? 그런데 그는 벨라를 끝장내는 데 관심 없을 것 같습니다, 더구나 그렇게 벨라를 감싸고돌았는데요. 대주교에게? 그런데 대주교는 이 사건이랑 아무 상관이 없죠…… 그럼 누구에게?" 돈 프란체스코 스푸케스가 멍청한 시선으로 주변을 돌아보며 물었다.

"어쩌면 당신에게." 빌라비안카 후작이 말했다.

"나에게?"

"나에게, 우리에게, 우리 모두에게라는 의미로 당신에게라고 말한 거요. 한마디로 말해서 귀족에게 말이지요…… 그라셀리니가 증거를 찾아 오는 데 성공한다면 무슨 일이 벌어질지 잠깐 생각해 보시오. 그레고리오 교구 참사원과 그 오스트리아인의 의심을 살 만한 구체적이고 결정적인 증거를 말이오. 그 오스트리아인의 이름이 뭐였죠?"

"하거."

"……그래요, 하거의 의심이오. 『시칠리아 평의회』와 『이집트 평의회』가 가짜라는……"

"말도 안 돼." 체사로가 말했다.

"그래 당신은 뭐 좀 아십니까?"

"하지만 몬시뇰 아이롤디나 토레무차 영주 같은 사람들이 있지 않아요. 당신은 그런 양반들이 가만히 사기당하고 있었을 것 같습디까? 그리고 툭센은, 툭센은 어떡할 거요?"

"어떡하긴 뭘 어떡합니까…… 그리고 몬시뇰 아이롤디와 토레무차 영주에 대해 나는 그들의 교리와 학식에 경의를 표합니다. 그렇지만 그레고리오 교구 참사원과 이 하거란 작자한테는 그럴 수 없다고 생각하지 않습니까……? 아 나는 그저 단순한 가설을 세우고 있는 중이에요, 벨라의 고서가 거짓이라는…… 그런데 만약에 한편으로는 그라셀리니가 그리고 다른 한편으로는 하거가 고서가 거짓이라는 분명한 증거를 들이댄다면 무슨 일이 벌어질까요?"

"한바탕 **광대극**이 펼쳐지겠지요. 그리고 아메리카 대륙의 야만인들까지 배가 터져라 웃어 대겠죠." 넬리가 말했다.

"당신들은 웃음거리만 될 겁니다, 이 내 가설에 따르면. 그 렇지만 우리한테는 이익이 되지요, 정확하게 이익이 된단 말 이지…… 벨라 수도원장의 고서가 가짜라는 명확한 증거가 우리에게 무엇을 가져다줄지 아십니까?"

"알아요. 왕의 세금 징수원은 모든 주장을 포기해야만 할 겁니다. 손에 『이집트 평의회』를 들고 당신네들 재산에 대해 부과하던……"

"그 나쁜 놈…… 죄송합니다. 말하고 싶은 건, 그 벨라 수 도원장이 우리를 파멸로 끌어들인 게 확실하다는 겁니다." 벨라에 대한 감정을 순간적으로 다스리며 스푸케스가 말했 다.

"그래 『이집트 평의회』로 인해 왕에게 내주지 않은 게 뭡 니까? 수 세기 동안 왕이나 총독이 우리 소유라고 전혀 의심 하지 않았던 모든 것을, 해변, 영지, 강, 참치 낚시 시설을 내 주지 않았나요." 제라치 후작이 말했다.

"그라셀리니가 우리에게 어떤 봉사를 하는지 두고 보죠." 빌라비안카 후작이 결론지었다.

"아니 누가 우리한테 봉사하라고 부탁이나 했답니까?" 고 서의 거짓 여부에 대한 장밋빛 전망조차 파르탄나 영주의 그라셀리니를 향한 반감을 없애지는 못했다. "게다가 당신 생각은 그저 가설에 불과할 뿐이에요. 확실한 건 그라셀리니가 잘못된 걸 바로잡겠다고 설치고 있다는 거지요, 내가 보기에 끔찍한 결말이 날 것 같습니다."

"그럼 『이집트 평의회』가 어쩌면 그라셀리니의 오만한 행동의 원천이 아닐 수도 있지 않겠습니까?" 벤티밀리아가 물었다.

"이런 건 고서의 거짓이 증명된다면 그리고 증명됐을 때 할 이야기지요…… 현재로서는 죽어 가고 있는 한 불쌍한 사람에 대해 이야기합시다." 빌라피오리타 공작이 말했다.

"똑똑한 사람이죠." 벤티밀리아가 말했다.

"학자죠." 스푸케스가 덧붙였다.

수도원장을 향한 동정은 그의 자질에 대한 우울한 기억을 떠올리게 했다. 마치 세상을 뜬 사람에 대해 이야기하듯이. 하지만 스멀스멀 끼어드는 다른 감정으로 금이 가기 시작했다.

4

베껴 쓰기 작업에 대해 결코 발설하지 말라고 수사에게 뒤집어지고 벗겨진 십자고상에 대고 맹세를 하게 한 다음 쫓아낸 끔찍한 밤에, 벨라 수도원장은 메초몬레알레에 가지고 있던 시골집의 열쇠를 그에게 주었다. 전망이 아름다운 편안한 작은 집이었다. 수도원장에게 그 집을 판 전 소유주들이나 아마도 그곳이 수도원장 소유임을 알고 있을 뿐이었다.

그 사건을 담당한 게 형사재판소였다면 어렵사리 수사에게 수사망을 뻗쳤을 것이다. 그런데 왕실 문화유산 담당 법원의 **정보원**들은 부동산 매매, 소유주 변경, 유산 등의 사건에 귀가 밝았다. 그리고 그들 중의 한 명이 그라셀리니에게 벨라 수도원장이 최근에 구입한 메초몬레알레의 별장에 수사가 숨어 있을 수도 있을지 알 게 뭐냐고 정보를 흘렸다.

그라셀리니는 때때로 여봐란듯이 그러나 별다른 수확 없이 쑤시고 다니던 경찰들을, 구역 내에 반드시 있게 마련인 잔혹하고 엄청난 수의 범죄 **집단**을 체포하기 위해 파견하는 양 동원할 수 있는 모든 경찰을 보냈다. 경찰들이 시골집을 에워싸고 말 그대로 즉시 수사를 체포했다. 한밤중이었기에 낮은 창문으로 뛰어넘어 안으로 들어갈 수 있었던 듯했다.

그라셀리니는 그의 발을 묶어 대법원 **지하 감옥**으로 보냈다. 그리고 형편없는 음식과 불안 속에 이틀을 보내게 한 뒤 자신에게 데리고 오게 했다. 그럼으로써 수사는 벨라의 일에 대해 알고 있는 것을 모두 게워 낼 준비가 되었다. 단 십자고상에 대고 비밀을 지키기로 맹세한 건 예외로 하고 말이다. 수도원장이 두려워 떠는 그에게 영원한 생명을 언급하며 맹세시킨 바로 그 십자고상 때문에 그는 지옥행을 두려워하고 있었다.

휘둥그레진 눈과 잔뜩 자란 수염의 그를 쳐다보며 그라셀리니는 만족스럽다는 듯 위협적인 미소를 지었다. 대법원은 수사를 적당하게 구워삶아 놓았다. 그라셀리니는 수도원장이 이야기한 수사의 애정 행각을 잡고 늘어졌다. 그리고 그 행동이 수사를 잡아 온 유일한 이유인 듯이 밝히며 법으로 어찌할지 궁리 중이라고 덧붙였다.

"그냥 재미 좀 본 거요, 그렇소?" 그라셀리니는 질문을 던지며 그의 기색을 살폈다.

"어디서요, 대법원에서요?" 근래에 재미의 그림자도 못 봤기에 순진하게 수사가 말했다. 그런데 그라셀리니는 이를 거만하고 냉소적이라고 받아들였다.

"대법원에서 당신이 재미 보는 건 아직 시작도 안 했소." 화가 나서 얼굴이 시뻘게진 그라셀리니가 목소리를 높였다. "알게 될 거요, 알게 될 거야…… 내가 당신에게 묻는 건, 친절하게 당신을 손님으로 묵게 해 주는 그 성스러운 양반의 집 안에서 그 양반 모르게 본 재미에 대한 거요, 그 불쌍한 양반이 마음 놓고 집 밖에 있는 동안 당신이 여인이랑 놀아난 것……"

"아니 누가 그런 말을 해요?"

"벨라 수도원장이 직접 말했소. 그리고 당신은 그게 사실이란 걸 잘 알고 있잖소…… 당신이 부인한다면 당신이 집안으로 끌어들인 그 여인을 데려와서, 수도원장의 말이 사실인지 아닌지 당신 면전에서 말하게 할 거요……"

수사는 수도원장이 그렇게 악의적으로 자신을 배신할 줄 전혀 예상하지 못했다. 그래서 세상이 무너지는 것처럼 느꼈다. "아니 그건 오래전 이야기예요." 그가 말을 더듬었다.

"오래전?" 판사가 부드럽게 물었다.

"이삼 년 전의 일이라고요……"

"정확하게 무슨 일이 있었던 거요, 이삼 년 전에?"

"내가 전혀 예상치 못한 때에 수도원장님이 집에 돌아오셨어요. 그리고 내가 라구사 출신의 여인 카테리나와 함께 있는 걸 보셨는데…… 하지만 대화만, 내 맹세컨대……"

"그래 무슨 이야기를 나누고들 있었소, 신학에 대해?"

"무슨 이야기를 나누었는지는 기억나지 않아요…… 그리고 선량한 그리스도인이었던 수도원장님이 악마처럼 화를 내셨지요."

"왜 그 양반은 이 이야기는 하지 않았는지……"

"양심상 난 말할 수 없어요…… 어쩌면 집 밖에서…… 뭘 원하세요? 육신은 굴복……"

"그래서?"

"화를 내시며 나를 몰타로 보내 버리고 싶어 했어요…… 그다음에 다시 생각하더니, 나를 용서하겠지만 맹세하라고 했어요, 더 이상……"

"그래 왜 다시 생각했을까요?"

"인정상 그랬겠죠."

"당신이 필요해서 그랬던 건 아닐까요, 당신이 식량을 엄청나게 축냈을 텐데……"

"그건 사실이 아니에요." 그가 거칠게 항의했다. "나는 개처럼 일했어요."

"그래 무슨 일을 했소?"

"해야 할 일이 있었습니다."

"그래 해야 할 일이 뭐였소?"

"기록을 잘 쓰는 거요……"

"무슨 기록?"

"아랍어 기록요."

"『이집트 평의회』를, 당신이 그걸 썼소?"

"난 그걸 베꼈어요. 수도원장님이 나한테 매일 종이 두어 장을 주면, 그러면 나는 그걸 베꼈지요…… 내 능력과 인내심이 필요한 일이에요……"

"그래 당신에게 주던 그 종이를, 그걸 쓴 게 수도원장이오, 아니오?"

"그건 모르겠어요."

"당신 처지가 참 딱하오…… 형제로서 말하는데 믿으시오. 당신이 알고 있는 걸 나한테 말하는 게 좋을 거요, 숨김없이……"

"어쩌면 그분이 썼을 거예요."

"그가 썼소 아니면 쓰지 않았소?"

"그가 썼어요."

"좋아요." 판사가 말했다. "좋아요 좋아, 아주 좋아." 그는 만족해서 반복했다. 전혀 다른 사람 같았다. 사람 좋아 보이는 미소까지 지었다. 그러고 나서 물었다. "그런데 당신이 대단한 작품을 만든 걸 아시오? 『이집트 평의회』는 완벽한 작품이오, 완벽한……"

"아이 뭘요." 수사가 몸을 사리듯 말했다. "돈 조아치노 주프리다 덕분이기도 하죠."

"아니 누군가요?"

"화공이죠. 먼저 그분이 그림을 그린 종이에 기록을 하거든요."

"그럼 뭐가 기록되나요?"

"**무함메드 벤 오스만의 선물**이 말하는 거죠…… 그런데 각하는 그 고서를 보셨나요?"

"아 그럼, 당연하오. 당신을 기다리고 있었소, 바로 당신을 기다렸지요. 그걸 어디서 구할 수 있을지 알고자, 그저 한 번 흘끗 보기 위해서, 훑어보는 것만……"

수사는 더 이상 아무것도 이해할 수 없었다. 하지만 마음속에서 한 줄기 빛이 뿜어져 나와 그가 맹세했던 십자고상이 비틀어지고 피를 흘렸다.

"수도원장님은 그걸 집 안에 둬요." 그가 말했다. "그의 침대 아래 궤짝 안에 말입니다." 그라셸리니가 그를 믿을 정도로 너무도 진지한 어조로 말했다. 그럼에도 그라셀리니는 여전히 고집을 피우고 위협을 하고 싶었다.

"더 없소……? 수도원장은 그걸 훔쳐 간 게 어쩌면 당신일 거라고 말합디다."

"내가? 내가 그걸 갖다 뭐 하게요, 그 고서를?"

"그렇다고 수도원장이 말한다오…… 당신은 고서가 분실된 것에 대해 할 말이 전혀 없소? 잘 지켜보시오, 대법원이……"

"대법원은 무섭죠. 하지만 난 영원한 삶 때문에 내 영혼을 상하게 할 수 없어요…… 지옥은 대법원보다 더 나쁘지요."

판사는 이 시점에서 신문을 방해하는 심각한 실수를 저질렀음을 전혀 몰랐다. 왜냐하면 수사는 그라셀리니가 추측한 대로, 거짓을 말하는 게 아니라 맹세를 저버림으로써 그가 자신의 영혼을 다치게 하고 싶지 않다고 막 털어놓으려는 참이었기 때문이다. 그리고 어쩌면 짧은, 아주 짧은 고문실에서의 경험이 그 맹세의 내용을 다 불도록 그를 설득했을 것이다……

"믿으시오?" 대법원을 아는, 그리고 지옥에 대한 관점에 있어 수사보다 더 낙관주의자인 판사가 농담을 했다. 잠시 동안 그는 골똘히 생각하며 침묵했다. '그에 대해 난 충분히 알지.' 그는 속으로 말했다. '나는 할 수 있는 한 그를 압박했

어. 그런데 **범죄의 증거**를 아직 손에 넣지 못했단 말이야. 그러니 찾아내야지.'

"그런데 말이에요……" 수사가 주저하듯 입을 열었다.

"뭐요?"

"그 여인에 대한 이야기요…… 말하자면. 난 정말 나쁜 짓은 전혀 하지 않았어요. 우리는 이야기만 나누었습니다, 그냥 이야기만…… 나는……" 그가 울음을 터뜨렸다.

"아마도 당신 고향에서는 라구사 출신 여인 카테리나와 하던 걸 이야기를 나눈다고 하는 것 같소. 내 고향에서는 뭐라고 하는지 아시오? 바로……" 그는 웃으면서 수사에게 잔인하게 말했다. 그리고 수사의 울음은 걷잡을 수 없어졌다. "하지만 당신들 일이지, 내 상관할 바가 아니오. 난 판사 일을 할 뿐이지 주임신부가 아니니까."

5

매일매일 시간이 지날수록 벨라 수도원장의 병은 더욱 위중해졌다. 사흘째 되던 날 그는 피를 토하기 시작했다. 여드레째 되던 날 병자성사를 청했고, 그리고 모두들 그가 병자성사를 받아야 할 때라고 확신했다. 그날 저녁 저명한 친구들과 광신적인 추종자들이 그의 침대 주변을 둘러쌌다. 낮에는 조카딸이 그를 간호했다, 말하자면. 수도원장은 실내복을 입고 여차하면 바로 침대에 드러누울 준비를 하고 집에 머물렀다. 이전에 그랬던 적이 없을 정도로 활력이 넘치고 유쾌한 그는 평상시보다 식욕도 더 돌았다. 뭔지 모를 불안과 걱정이 스치듯 지나가는 것도 사실이었다. 하지만 시모네티후작이 그라셀리니의 머리를 날려 버릴 것이라는 데 일말의 의심도 하지 않았다. 왕은 『이집트 평의회』를 잃어버리는 손실을 그냥 보고만 있지 않을 것이다.

몬시뇰 아이롤디의 걱정 때문에 훌륭한 의사라는 명성을 지닌 멜리 역시 그를 보러 왔었다. 그는 여기저기 맥을 짚어 보고 청진기를 갖다 댔다. 배를 눌러 보고 사타구니도 살펴 보고 철심처럼 단단해 보이는 갈비뼈 아래에 손가락을 찔러 넣어 보기도 했다. 그를 멈추게 하려고 수도원장은 배를 뒤집고 엎드려 기절한 척해야 할 정도였다. 그러자 멜리는 그의 의식을 회복시키려고 온갖 방법을 다 쓰기 시작했지만 별다른 효과는 물론 볼 수 없었다. 벨라 수도원장은 이미 여기보다 저기에 있는 듯했다. 의사의 처치보다 하느님의 자비가 더욱 필요했다.

"그래 어디가 안 좋은 거요?" 몬시뇰 아이롤디가 물었다. 그 순간까지 그 어떤 의사도 수도원장이 눈에 보이게 고통스러워하는 이유를 정확히 알아내지 못했기 때문이다.

"위암이에요, 내 생각엔…… 그리고 심장도 약합니다, 버티기 어렵겠어요……"

'이런 나쁜 놈, 속에 시커먼 털이 난 나쁜 놈일세'라고 수도원장은 생각했다. 그러나 얼굴 표정으로는 '무슨 일인가요?'라고 묻는 듯 빤히 쳐다보았다. 막 기절에서 깨어나서 무슨 일이 있었는지 모르는 사람처럼 말이다. '넌 나쁜 놈이거나 아니면 일부러 그러는 게로군. 내 장난질을 알아차렸으면서 거꾸로 나를 옭아매려 하는군.' 이는 멜리가 지닌 장난기로 보아 그리고 산판크라치오의 풍족한 수도원을 날려 버리는 데 성공한 벨라에 대해 수차례 드러냈던 특별한 깐깐함을 고려할 때 불가능하지 않았다. 아무튼 그는 알아채지 못하는 사이에 정말로 암에 걸렸을 수 있다는 의심을 벨라에게 슬그머니 심어 놓았다. 게다가 의사는 의사니 상황이 어떻게 될지 뻔했다. 얇은 베일이, 우려라는 베일 한 장이 벨라를 덮어 버렸다. 어쨌거나 지금 현재는 아무런 해도 끼치지 않았다.

엄숙하게 벨라의 병자성사가 시작되었다. 벨라의 고해성사와 병자성사를 집행한 신부가 몬시뇰 아이롤디에게 말했다. "성인의 죽음을 맞이하고 있는 중입니다." 그리고 다른 이들에게도 말했다. 그레고리오 교구 참사원과 길게 늘어선 모든 이들이 마지못해하며 찾아왔다, 죽어 가는, 그리고 그 이상으로 성인으로서 떠나가고 있던 사람에게. 병에 대한, 또는 더 나쁘게는 신성화에 대한 의심 섞인 말 반 마디만 뻥긋해도 가장 추악한 짐승인 자칼이나 하이에나 수준으로 떨어질 참이었다.

수도원장이 택한 죽어 가는 사람이라는 상황에서 유일한 단점은 그라셸리니가 무엇을 하는 중인지, 그의 수사가 어느

지점에 도달했는지 알 수 없다는 것이었다. 몬시뇰 아이롤디와 다른 친구들은 신중하게 화제를 피했다. 의식이 오락가락하는 생명이 위태로운 사람에게 어떻게 불쾌한 이야기를 할 수 있겠는가. 이따금 수도원장이 먼저 이야기를 꺼내기도 했다. "그래, 『이집트 평의회』를 찾아냈나요?" 혹은 "주님께서 저를 이 침대에 붙잡아 두기를 원하셨어요. 안 그러면 지금쯤 하거가 원하는 모든 걸 들어주었을 텐데…… 제 의도랑 상관없이 헛물만 켜게 했네요……" 하지만 바로 다들 그런 생각을 해서는 안 된다고, 건강 회복에 주의를 기울여야 한다고 그에게 이구동성으로 말했다.

이에 관한 뜻밖의 소식을 피시켈라 남작이 그에게 전해 주었다. "그래, 『이집트 평의회』를 찾아냈나요?"라는 벨라의 질문에 대답하면서 말이다. 벨라를 위로할 요량으로 그렇다고, 찾아냈다고 대답했다, 멍청한 남작은. 수도원장은 깜짝 놀랐고 남작은 몬시뇰에게 심한 질책을 들었다. "아니 이 불쌍한 양반이 그 고서를 잃어버렸다는 죄책감에 병들어 죽어가는 게 안 보이시오……? 그런 소식은 사실이라 해도 잘 판단해서 전할 필요가 있는 거요…… 그런데 당신은 무슨 동물처럼 홱 던져 버리오……"

"하지만 좋은 소식이잖습니까." 남작이 변명했다.

"아니 좋은 소식도 삶과 죽음 사이를 오가는 사람을 죽일 수 있소……"

'좋기는 무슨.' 다시 숨을 몰아쉬며 수도원장이 생각했다. '그런 비슷한 소식은 나한테 칠흑같이 깜깜하지…… 하지만 그들은 찾아내지 못해, 마치 하느님께서 찾아내지 못하시듯 이 뻔하지. 그라셀리니는 그걸 찾아내느라 터져 버릴걸, 그 리고 그레고리오와 금방 만든 소시지 같은 면상을 한 그 오 스트리아인도 터져 버릴 테지…… 터져 버릴 거야…… 그런 데 시모네티 후작은……'

시모네티 후작은 해야 할 바를 했다. 자신이 직접 절도 사 건을 조사하겠다며, 그라셀리니는 손을 떼라고 형사재판소 에 명령 내리는 공문을 작성했다. 또한 수도원장에게 귀족들 의 음모와 박해를 없애 버리겠다는 편지를 작성하고, 그를 나폴리로 초대했다. 그런데 편지와 공문서는 이미 수도원장 이 더 이상 죽어 가는 사람 행세를 할 수 없었던 이월 초순에 야 도착했다. 이어 그라셀리니에 대한 수치스러운 소식이 팔 레르모 전체에 퍼졌다. 수도원장은 의심할 여지 없이 분명하 게 개입한 병자들의 수호성인 산조반니에게 감사의 기도를 할 겨를도 없었다. 그저 갑작스럽고 엄청나게 고조된 분위기 를 뿜어내던 끔찍한 밤 덕분이라고 여겼다.

이틀 뒤 수도원장이 집에서 나왔다. 마차를 타고 도시를 돌아다녔다. 짙푸르고 불그스름한 구름으로 변화무쌍한 아침나절이었다. 그는 태양과 바람, 노르만 양식의 뜨거운 돌, 아랍 양식의 붉은 돔, 해초 냄새와 시장의 레몬 향을 만끽하면서 마치 되살아난 듯 느꼈다. 죽음과의 격렬한 싸움을 벌인 밤 이후 감각은 더욱더 예민하고 날카롭고 자유로웠다. 그리고 가장 깨지기 쉬운 세상은 가장 순수한 물질이었다.

오랫동안 한가하게 돌아다닌 산책의 목적지는 왕궁이었다. 그곳에서 몬시뇰 아이롤디가 그에게 왕국의 수장이며 현재 총독으로 활동하는 몬시뇰 로페스 이 로요와의 만남을 주선하였다.

총독은 그를 정중하게 환영하며, 친근하게 대해 주었다. 그는 수도원장이 사기를 쳤을 것이라는, 팔레르모에 생생하게 들끓고 있는 의심에 흔들릴 사람이 아니었다. 아니 오히려 그런 의심을 받는 수도원장을 본능적으로 동정하였다. 그는 더러운 탐욕과 음란한 악습을 지닌 사람이었다. 그러면서 당시 더 가볍게 용서하던 일에 대해서조차 위협적이었고, 특별히 빌라비안카 후작이 명명한 **성병의 죄**에 있어서 더 난리를 쳤다. 아랍 고서가 거짓이든 아니면 진짜든 그가 상관할 바 아니었다. 귀족들과 시모네티, 몬시뇰 아이롤디, 교구 참사원 그레고리오를 서둘러 신속하게 움직이게 하는 건 그의 관심 밖이었다. 당시 그의 걱정거리는 상호 의존적인 것으로, 자코뱅당원들을 감시하고 총독 직책을 유지하는 것이었다.

수도원장의 병과 기적적인 회복에 대해 이야기를 나눈 뒤, 대화는 정확하게 자코뱅당원 쪽으로 넘어갔다.

"훌륭한 카라마니코 영주가 그들을 방목했고, 이제 그들을 맡아서 감시하고 조사하는 건 내 몫이오…… 잠을 못 잘 정도로 힘이 드오…… 프랑스인들을 사랑했소, 그는……" 이 말은 그, 몬시뇰 로페스가 대성당 건물에서 도둑질을 하고 있다고 다른 사람들이 비난을 가할까 두려워하는 마음에서 나온 것이었다. "게다가 다른 총독인 카라촐로에 대해서는 말도 마시오, 그는 그들을 심지어 숭배했소…… 나는 나름 꽤 부담스럽고 슬픈 유산을, 아주 슬픈 유산을 물려받았소…… 왕국은 자코뱅이라는 빽빽한 잡초 천지요. 그리고 그 잡초를 뽑는 게 내 차례인 거요." 몬시뇰 로페스는 손을 뻗어 덤불 더미를 뽑아내듯이 주먹을 쥐었다.

수도원장은 깊은 인상을 받았다. 두 달이 채 못 되는 사이에 상황이 정반대로 돌아가 버렸다. 무슨 이유에서 그리고 어떤 사건이 지적이고 자유롭고 재치 있고 관대한 사람이라고 10년 넘게 보아 온 그를 그렇게 속이 좁고 난폭한 사람으로 만들었는지 상상조차 할 수 없었다.

"그다음에 책, 잡초 같은 책들." 몬시뇰 로페스가 계속해서 말했다. "얼마나 많은 책이 있는지 상상도 못 할 거요, 게다가 또 얼마나 들여오는지, 궤짝이며 마차에 신고서…… 수많은 책이 도착하고 수많은 책이 금서로 낙인찍혀 불태워지지요." 그는 불타는 장면을 얼굴로 반영하듯 안색은 만족감으로 붉어지고, 눈은 반짝거렸다.

"요즘에는 좋은 책은 몇 권 안 되지요." 몬시뇰 아이롤디가 한숨을 쉬었다.

"몇 권 안 되지요, 심지어 한 권도 없어요…… 온통 세상을 전복시키고, 온갖 미덕을 망쳐 버리려는 책뿐이오…… 어느덧 정부 조직에 대한, 정의로운 행정에 대한, 왕의 권한이나 서민들의 권한에 대한 자신의 의견을 말하려는 글쟁이는 없소…… 그래서 나는 당신 같은 사람을 존경하오, 세상을 정복하려는 조급함 없이 현재와 더불어 평화롭게 살면서 과거의 사건을 파헤치는…… 당신을 존경하오, 그래요 당신을 존경해요……"

6

그라셀리니는 수사를 막 접었다. 액턴의 전갈이 시모네티의 전갈을 철회하게 만들었다. 나폴리 정부가 날치기와 매음굴로 북적이는 **부치리아** 시장같이 혼란스러워졌다. 수도원장은 살짝 병이 도졌다. 전갈은 신고된 절도 사건을 꾸며진 이야기라 결론짓고 왕가의 판사인 몬시뇰 아이롤디에게 잘 지켜보고 파헤쳐서 벨라의 정체를 밝히라고 넌지시 알려 주었다. 이는 불쌍한 몬시뇰 아이롤디에게 교수형에 처해질 밧줄을 준비하라고 말하는 셈이었다. 수치와 비웃음과 조롱의 교수형 말이다.

열흘 뒤에 또 다른 전갈이, 이번에는 법무부 장관의 전갈이 시모네티가 처음에 명령했던 대로 다시 상황을 정리했다.

수도원장은 회의에서 하거를 맞대면하고 고서의 진위 여부에 대해 공개적으로 논쟁을 벌이기로 결정 내릴 정도로 완전히 건강이 회복되었다. 하거는 이미 산마르티노의 고서를, 즉 『시칠리아의 평의회』를 연구하였다. 그리고 흑백이 분명한 그의 판단은 나폴리에 막 전달되려는 참이었다. 머리털이 곤두설 만큼 오싹한 판단이었다. 그러나 그는 수도원장의 대결을 받아들일 수밖에 없었다. 그렇게 그는 작은 악마의 술수 같은 논쟁에 얽혀 들어갔다. 왜냐하면 대결을 받아들이지 않으면 벨라에게 승리를 내주는 것이고, 받아들이면 반대로 벨라에게 대응할 수 있기 때문이었다. 설령 어떤 경우라도 만남은 수도원장에게 분명히 유리한 결과를 초래할 터였다. 거짓으로 만든 장본인인 만큼 논쟁에 능숙하게 대처할 수도원장일 게 확실했다.

회의를 주재하도록 리파리의 주교인 몬시뇰 그라나타, 데코스미 교구 참사원과 플레레스 교구 참사원, 리파리의 성직자 그리고 스페치알레 기사가 임명되었다. 다섯 명 모두 아랍어 사건에 대해 바짝 마른 뼈처럼 전혀 아는 게 없었다.

하거는 산마르티노의 고서를 첫 페이지부터 마지막 페이지까지 샅샅이 검토하였다고 말하면서 논쟁을 시작했다. 그는 책이 최근에 전적으로 변질되고 손상됐다고 평온한 양심으로 주장할 수 있고, 그럼에도 불구하고 **하느님은 지혜로우신**

분임을 전하는 하느님의 전령이라는 문장과, 책 어디에나 적혀 있는 마호메트 가족의 이름 그리고 의심할 여지 없이 마호메트의 전설에 관련된 장소와 사건들을 해독해 낼 수 있었다고 맹세하였다. 결론적으로 마호메트의 삶에 대한 기록이고 시칠리아의 역사와 전혀 상관없는 고서라고 추론하였다.

수도원장은 그를 경멸하듯 매섭게 쏘아보았다. 그리고 하거가 입을 다물자마자 혐오스럽다는 듯 얼굴을 찡그렸다.

"하거 씨는 배운 분이고, 학문이 발달된 국가에서 오신 분이죠. 하지만 저는," 그는 겸손하게 체념하듯 눈을 감았다. "저는 그저 불쌍한 번역가입니다, 교리도 잘 모르고⋯⋯ 어릴 적부터 저는 아랍어에 소질을 보였습니다. 몰타에서 말을 익히고 공부하였습니다. 제가 속어를 모르는 만큼 대신 아랍어를 좀 더 안다고 말씀드릴 수 있습니다⋯⋯ 그게 답니다⋯⋯ 그런데 저는 하거 씨에게 어떤 의견을 갖고 계신지 묻고 싶습니다." 그는 효과적으로 목소리를 높였다. "올루프 게르하르트 툭센 교수에 대해, 당신은 그 교수를 사기꾼이라고, 저처럼 사기꾼이라고 여기십니까." 벨라는 우울한 분노의 미소를 지으며 주변을 돌아보았다. "아니면 아랍어와 아랍 역사에 풍부하고 깊은 지식을 지닌 분으로⋯⋯"

"툭센 교수는 훌륭한 동양학자시죠, 하지만⋯⋯"

"사기꾼은 아니라고요?"

"사기꾼은 아니죠, 하지만……"

"당신이 그분보다 더 학식이 높다고 말씀하고 싶으신 겁니까?"

"아니 그건 아니고, 하지만……"

"저한테 바보 취급당했다고 말씀하고 싶으신 겁니까?"

"그렇지…… 그래요."

"그럼 제가 그분보다 더 많이 알고 있는 겁니까?"

"아니요."

"그분이 저보다 더 많이 압니까?"

"예, 하지만……"

"그분은 저보다 더 많이 아는데, 그런데 제가 그분을 바보 취급하는 데 성공했군요…… 당신 생각에 이게 말이 됩니까?"

말이 되는 것 같지 않았다. 다섯 명의 판사들은 믿을 수 없다는 표정으로 하거의 얼굴을 보았다. 그리고 법정 뒤쪽 방청석에서 박수가 터져 나왔다.

"툭센 교수는 상관없으니 내버려 두죠." 하거가 말했다. "제가 확신하건대, 그분의 판단을 볼 기회가 있겠죠."

"당신과 같은 의견일 거라고 믿으십니까?"

"예."

"그럼 당신이 교수보다 더 많이 안다는 거군요!"

"당신 좋을 대로 생각하세요…… 아무튼 여기 산마르티노의 고서가 있습니다. 구체적으로 이야기해 볼까요."

"그럽시다." 수도원장이 말했다.

고서가 테이블 위에 있었다. 하거가 그 고서를 펼쳤다. "저는 벨라 수도원장님께서," 그가 몬시뇰 그라나타를 향해 몸을 돌리며 말했다. "수천 번 번역한 이브라힘 벤 아글랍이라는 이름을 찾아 보여 주기를 바랍니다."

몬시뇰 그라나타가 고서를 수도원장 쪽으로 돌렸다.

"여기." 두세 페이지를 뒤적거린 뒤에 한 지점을 손가락으로 짚으며 벨라가 말했다.

하거가 몸을 구부렸다. "그런데 저는 이걸 우크바 이븐 아비 무아이트라고 읽겠어요."

"아니 누가 당신더러 그렇게 읽지 못하게 한답니까?" 차가운 미소를 지으며 수도원장이 말했다.

"그럼 똑같은 이름이 다른 페이지에 적힌 데를 찾아보세요." 오스트리아인이 사납게 대꾸했다.

수도원장이 몇 페이지를 넘기더니 손가락으로 짚었다.

"안 나드르 이븐 알 하리트." 하거가 읽었다. 그리고 웃음을 터뜨리며 말했다. "아니 맙소사, 이건 말도 안 돼, 비교해 보세요, 비교를! 한 번은 이브라힘 벤 아글랍이 이런 글자로 쓰여 있고 그리고 다른 페이지에는 다른 글자로 쓰여 있습니다, 비교해 보세요!"

다섯 명이 몸을 굽혔다. 사실 글자 모양이 달랐다. 그들이 당혹스러운 얼굴로 수도원장을 돌아보았다.

"하거 씨는," 벨라 수도원장이 비아냥거리며 말했다. "정말로 칭찬받을 만한 아랍어 번역 실력을 가지고 계십니다. 그런데 번역은 오랫동안의 공부와 끈질긴 인내심이 필요합니다…… 당신의 젊음 자체는 아직은 목적지에 도달하려면 멀었다고 말하겠습니다…… 저는 당신의 젊음이 부럽습니다. 하지만 당신의 학식은 부럽지 않습니다…… 다만 현재로서 거의 전적으로 경험이 없는 학식을 시간과 더불어 갖추게 되리라고 의심치 않습니다…… 보십시오, 여러분, 이 고서는 마우로-시칠리아체로 적혀 있습니다……"

"마우로-시칠리아체에 대해 전 들어 본 적이 없어요, 물론 방금 당신이 말한 것만 빼고."

"보십시오, 들어 본 적도 없답니다…… 당신이 고대 아라비아 문자인 쿠픽체가 무한히 많은 형태를 가지고 있다는 걸 들어 본 적 없다는 데 내기할 수 있습니다."

"그것에 대한 건 들어 봤어요, 그건 압니다……"

"아니 그럼 왜 이브라힘 벤 아글랍이라는 이름이 한 번은 이렇게 쓰여 있고 또 다른 한 번은 저렇게 쓰여 있는 걸 보고 놀라십니까?" 안타까워하는 아버지처럼 벨라가 말했다.

"이제 상세한 증거를 확인해 봅시다." 산마르티노 고서의 번역본을 자기 앞에 펼치며 몬시뇰 그라나타가 말했다. 그리고 수도원장에게 물었다. "번거롭지 않으시다면, 산마르티노 고서 24쪽을 펼치세요…… 그렇죠, 이제 번역해 보세요……"

수도원장은 놀라울 정도로 정확하게 번역했다. 그가 말하는 모든 단어는 몬시뇰 그라나타가 앞에 펼쳐 놓은 번역본과 정확하게 일치했다.

"그 정도면 됐습니다." 어느 순간 몬시뇰이 말했다. 이어 하거에게 이르기를, "단어별로 하나하나 일치합니다."

하거가 쓴웃음을 지었다.

"당신이 번역해 보세요." 벨라가 하거를 재촉했다.

"이렇게 즉석에서……"

"알겠습니다." 수도원장이 말했다. "묵혔다가 번역하는 게 더 낫겠어요." 그리고 홀에 웃음의 소용돌이가 이는 동안에 큰 충격을 가하려는 시도를 하였다. 저 어중이떠중이들에게 24쪽의 정확한 번역을 낭독하라고 하거를 재촉했다. "**마호메트는 그가 받은 계시 때문에 아브드 알 무탈리브를 불렀다. 그는 꿈속에서 은 목걸이를 보았다고 믿었다, 그 목걸이는……**"

7

"저는 하거의 번역이 옳다고 생각해요." 치열한 논쟁이 오간 회의를 요약하며 떠들어 대던 베네딕트 수도회 소속인 삼촌 두 명의 이야기를 갑자기 끊으면서 디블라시 변호사가 말했다. 그는 자신의 마차를 타고 삼촌들을 산마르티노 수도원까지 바래다주는 중이었다. 이미 늦은 시각이었다. 회의가 끝난 뒤 수도원장과 몬시뇰 아이롤디의 가장 가까운 지인들이 몬시뇰의 집에서 저녁 식사를 하기 위해 남아 있었다. 그들은 맛있는 음식과 묵은 포도주와 더불어 더욱 강렬하게 그날 저녁의 승리를 음미했다. 왜냐하면 수도원장의 승리는 그들의 승리였기 때문이다. 몬시뇰 아이롤디는 그 사업에 자신의 돈과 명예를 걸었고, 조반니 에반젤리스타는 그레고리오 교구 참사원에 반대하고 벨라를 옹호하는 특정 주제를 다룬 소평론을 출판했으며, 디블라시 변호사는 『시칠리아 왕국 국사조칙』의 서문에서 권리의 원천으로 산마르티노 고서를 인용하였다.

두 베네딕트회 수사신부는 저녁 내내 입을 꽉 다물고 한마디도 하지 않던 조카의 태도를 알아채고 있었다. 하지만 삼촌들은 결혼 2년 만에 아내가 세상을 떠난 이후로 모친의 건강을 염려하며 그가 종종 우울증에 빠지고 기분이 언짢아지고 변덕스럽게 되는 것을 알았다. 그러나 그렇게 뜻밖의 의심을 하리라고는 전혀 기대하지 않았다. 그들은 이에 분개하였다.

"아니 너 어떻게 그런 생각을 다 하니? 그렇게 분명하고 그렇게 훌륭한 증명 이후에……" 살바토레 신부가 말했다.

"변호사로서의 제 경험으로요." 프란체스코 파올로가 말했다. "저는 여러 차례 보았어요, 진실이 혼란스럽고 거짓이 진실인 척 겉모습을 꾸미는 것을요…… 하거가 즉석에서 고서를 번역할 수 없다고 말하는 걸 들었을 때, 저는 진실이 어느 편에 있는지 갑자기 알아차렸어요…… 그리고 한 가지 에피소드가, 사소한 에피소드가 떠올랐어요. 거의 10년 전에, 그 당시에는 중요하지 않은 것 같았는데, 지금에야 제자리를 찾았네요."

"아니 무슨 에피소드인데?" 조반니 신부가 물었다.

"어머니는 어떠시니?" 한편 살바토레 신부가 물었다, 그는 조카의 기억과 의심은 집안 내력인 까다로운 우울증 때문이라고 여겼다.

"늘 그렇죠. 힘들어하시지만 저와 집안일 그리고 돈 관리에 신경 쓰느라 쉬지 않으세요……"

"고집이 세지, 네 어머니는." 살바토레 신부가 말했다.

"고집이 세지 그렇지…… 그런데 나는 이해를 했으면 싶구나. 어쩐 일로 네가, 바로 네가 그 불쌍한 벨라 수도원장한테 그런 못된 의심을 품을 수 있는지…… 10년이 넘는 동안 견고하고 다정한 우정을 쌓아 놓고…… 기뻐해야 하는 바로 이 시점에…… 그레고리오가 얼마나 초라해졌는지 보았잖아? 낚시해서 건져 놓은 지 사흘은 지난 대구처럼 축 늘어진…… 벨라 수도원장에게 박수를 보내야 하는 바로 그런 순간에, 너는 그런 의심을 하니……" 벨라를 방어하며 그레고리오에 대한 적의를 드러낸 만큼 조반니 신부는 조카의 의심으로 상처 입고 배신당한 듯이 느꼈다.

"그렇다는 인상을 받았어요. 제가 틀렸을 수도 있어요." 프란체스코 파올로가 삼촌을 달래려고 말했다. 그리고 그 이야기를 꺼낸 것을 이미 후회했다.

"그럴 거라 믿는다…… 바로 변호사라는 네 직업이 실수

거리를 제공한 게지. 너희들 변호사는 그렇게 습관이 들었지, 거짓을 진실로 바꾸어 버리고, 한 사람을 전혀 다른 사람으로 만들어 버리고. 그러니 어느 순간 더 이상 진실과 거짓을 구별 못 하지…… 창녀의 옷으로 치장하고 미덕의 이미지를 나타낸 세르포타*처럼 말이야."

"멋진 이미지들이죠." 디블라시 변호사가 다른 화제로 삼촌을 이끌기 위해 말했다.

"멋지고말고, 왜냐하면 하느님의 숨결이 그것들을 정화시켰기 때문이지." 조반니 신부가 말했다.

'만약에 하느님께서 벨라 수도원장의 고서에 입김을 불어 주지 않는다면,' 변호사는 생각했다. '끝이 안 좋게 날까 봐 걱정되는군…… 삼촌이 세르포타 조각상을 이해하듯이 고서를 정화시키기 위해서가 아니라 그런 의미에서, 예술이라는 의미에서, 예술 작품, 발명, 창작으로서 이미 순수하다고 할 수 있지…… 그래, 만약 정말로 그가 무에서 그 고서를 이끌어 냈다면, 수도원장의 작품은 이 세기 최고의 상상의 산물이지…… 그런데 그 고서를 진짜로 만들어 줄 한 번의 입김이 그에게 필요해, 물이 포도주로 변하는 기적이……' 그는 이런 생각을 하며 그리고 조금은 자기 자신에 대해 생각

✦ Giacomo Serpotta 1652~1732 주로 스투코로 작업한 시칠리아의 조각가. '시칠리아 하늘에 떨어진 유성'이라 불렸다.

하며 미소를 지었다. 그 역시 속아 넘어갔다. 그러나 그는 난리 법석을 떨지 않았다. 전문가들이 진짜라고 선언했던 한 텍스트에서 그는 민법의 요소를 발견했었다. 그리고 법 연구가로서 지나가듯이 이에 대해 언급하였다. 그게 다였다. 그 툭센 교수가 타격을 받았다. 불쌍한 몬시뇰 아이롤디도. 그뿐만 아니라 자신의 삼촌도 타격을 받았다. 그런데 툭센은 그 누구보다 더 타격을 받았다. 위대한 동양학자인 그가 수도원장과 관련하여 고스란히 혼자 덮어썼다. 정말 믿기지 않는 일이다. 게다가 그는 실수라고 할 만한 것도 하지 않았다. 그는 하거에게서 열정과 진실의 강조를 명백하게 들었다. 강력한 거짓에 직면한 정직한 사람의 고통스러운 무능력과 반감을, 혼란스러운 죄가 드러나는 대신에 절망적인 무죄가 물러서는 것을 들었다. '거짓은 진실보다 훨씬 더 강하다. 삶보다도 더 강하다. 거짓은 존재의 뿌리에 박혀 있다. 거짓은 생명 너머에 있는 태초의 원시림에 숨어 있다.' 어둡고 꺼칠꺼칠한 나무가 길게 늘어선 산마르티노의 길은 더욱 어두운 거짓의 잎을 뻗치고 있었다. '뿌리, 잎!' 그는 종종 혐오스럽게 이미지를 떠올리며 깜짝 놀란다. '아이는 숨 쉬듯 거짓말한다. 그런데 우리는 아이들을 믿는다. 그리고 결국, 예수회신부들이 말하는 야생을 믿는다. 우리는 진실은 역사보다 우선한다고, 역사는 거짓이라고 믿는다. 반면에 거짓으로부터 사람을 사면시키는 역사는 개개인을, 사람들을 진실로 이끈다……' 그리고 그는 스스로에게 조롱과 연민을 느끼며 속으로 이렇게 말했다. '만약 네가 루소를 믿었다면 벨라 수도원장한테서 루소의 앙갚음을 보는 게 맞지……' 그런데 갑작스럽게 발을 헛디디고, 예상치 못한 충돌로 야기된 신성모독처럼 그는 루소를 잃어버렸다. '사실 루소보다 오늘날에는 볼테르가 더 필요하지…… 그런데 어쩌면 볼테르는 **언제나** 점점 더 필요해질 거야…… 그래도 네가 원하는 만큼은 아니지…… 네가 원하는 건 그들의 사상이지, 볼테르의 사상, 디드로의 사상, 또한 루소의 사상을 혁명 **안에서** 원하는데, 그런데 반대로 문턱에서 멈추어 버렸군, 마치 그들의 삶처럼……'

"산마르티노에 도착했군." 살바토레 신부가 말했다.

그 역시 마차에서 내렸다. 그는 삼촌들에게 작별의 입맞춤을 하고 평안히 주무시라고 인사를 했다.

"경솔한 짓은 생각하지 마라." 벨라 수도원장과 관련하여 말하고 싶었던 조반니 신부가 그에게 당부했다.

그는 신비롭고 형체 없는 들판을 잠시 동안 바라보며 서 있었다. 마차군이 높이 든 횃불이 바람에 흔들리면서 들판은 더욱더 형체가 없어지고 더욱더 신비로워졌다.

그는 마차에 다시 올라탔다. 그리고 팔레르모까지, 동틀

무렵까지, 조반니 신부가 생각하기조차 두려워했던 것보다 훨씬 더 경솔한 사건을 생각했다. 벨라 수도원장과도 그 고서와도 전혀 관련이 없는 생각이었다.

8

저녁나절에 열린 상세한 구두 재판에서 벨라 수도원장의 능력 있고 성실한 열정으로 넘치던 최후 변론을 참관한 위원회의 보고서는, 하거의 보고서와 거의 동시에 나폴리로 발송되었다. 그런데 수도원장은 하거의 보고서와 대조하고 샅샅이 분석하느라, 마치 매일 밤 똑같은 등장인물이 똑같은 가면을 쓰고 나오는 장기간 흥행 중인 코미디에서 주인공 역할을 맡은 배우처럼 허탈감과 피곤함을 느꼈다. 그는 이중의 정체성으로 인해 혼란스럽고 당황스럽고 불안했다. 또다시 그런 영혼 상태를 꾸며 낸 게 아니었다. 설령 그게 유행이었을지언정 수도원장은 『배우에 관한 역설』⁺이 그의 기질과 경우에 더 적절하다고 생각했었을 것이다. 하기는 그즈음에 그 책은 너무 알려져 있지 않기는 했다.

　그리고 그의 피곤함에서 불안해하는 양심과 참회하는 기미를 포착하려고 시도하는 이는 크게 실수하는 것이었다. 이런 점에 있어서만큼 수도원장은 마도니에 산의 천연 얼음 동굴처럼 냉정하고 흠이 없었다. 사기 사건에 관련된 열 권 가량의 두툼한 책들은 홀가분하고 유쾌한 그의 양심에서 날아다니는 밝은 흰색 깃털에 불과했다. 홀가분하고 유쾌한 상태를 더 잘 즐기려면, 이를테면 희생자들의 합창이 그에게 필요했다. 그는 다른 사람들에 대한 자신의 경멸을 터뜨렸다. 바로 경멸을 터뜨리지 않았다면 그에게는 자기 자신에 대한 경멸밖에 남지 않았을 것이다. 현재의 도덕적 불멸과 절대적 시간으로부터 완전히 동떨어져 있기 때문에, 상황을 복잡하게 하지 않는 게 더 나았다. 그러니 벨라 수도원장은 그저 단순하게 지루해했다고 말하자.

　그렇게 1795년 봄이 시작되는 **춘분**에, 왕실 전망대에서 천문학자 피아치가 은하수가 이미 수면의 바다로 흘러들어 간 망원경에서 눈을 떼는 동안 수도원장은 이른 아침의 달콤한 공기에 창문을 열었다. 그는 충분히 휴식을 취했고, 고요하

✦　*Paradoxe sur le comédien*(1830) 드니 디드로의 연기론. 당대 연극 미학의 문제를 비롯하여, 정체성과 내적 변증법의 문제, 현실과 재현의 문제, 나아가 우리 자신이 주인공인 세상이라는 무대에서 우리의 윤리적, 정치적 태도가 어떠해야 하는지에 대한 문제 등을 다루고 있다.

고 긴장이 풀린 느낌을 받았다. 마흔네 살이었다. 체력은 강철 같았고 마음은 준비되었다. 마치 찬란한 봄이 돌아온 것처럼 내부에서 자유로운 계절이, 새로운 힘이 느껴졌다.

그는 목욕을 하기로 결정했다. 목욕 행사는 피아치가 적도의 하늘을 몰래 엿보는 행사보다 덜 드물지 않았다. 커다란 구리 냄비에 물을 데워 회색 대리석으로 된 욕조 안에 쏟아부었다. 옷을 벗었다. 그리고 과거에 몰타에서 한 예수회 수도사가 그에게 보여 주었던 미국 미라처럼 세 부분으로 몸을 구부린 그는 물속으로 가라앉았다. 목욕은 일종의 작은 죽음이었다. 욕조 안에서 그의 존재는 녹아 버리고, 몸은 감각의 거품이 되었다. 죄를 짓는 것을 기분 좋게 경고했다. 그는 목욕할 때마다 매번 초기 교부敎父의 경고가 기억났다. 가공할 만한 기억력을 지녔던 그는 마치 눈앞에 인쇄된 책을 펼쳐 놓고 있는 것처럼, 책에 적힌 어려운 라틴어를 번역하면서 반복해서 말했다. 옷을 벗고 물속에 몸을 담글 수밖에 없다면, 그래도 물속에 느긋하게 들어가 있는 동안에는 자신의 몸을 건드리지 말라고. 그리고 수도원장은 그 주의 사항을 조심스럽게 지켰다. 배 모양의 선인장 열매처럼 커다란 두 손은 욕조 밖으로 늘어뜨려져 있었다. 그래도 유쾌한 즐거움은 매한가지였다. 아랍인들은 이를 잘 알았다. 잠시 동안 덤불처럼 얽히고설킨 어려운 라틴어 뒤로 자신의 벗은 몸을 나른한 호기심으로 바라보는 여인의 시선이 번쩍했다. 수도원장은 눈을 감았다. 선잠이 들었다. 이윽고 그녀의 손이, 손이 그의 몸 주변의 물을 휘저었다. 그 교부가 이와 비슷한 일을 예상하지 않은 게 다행이었다.

욕실에서 나오며 그는 커피 한 잔이 생각났다. 드물게 마시는 그 음료를 준비할 때마다 일정한 감정을 맛보았다. 그리고 특별한 목욕 행사로 생겨난 혼란을 정리하고 옷을 걸쳐 입느라 시간을 지체한 뒤 집에서 나갔다. 그는 조카딸의 집에 들러 『이집트 평의회』 고서를 챙겼다. 그 집 다락방에 다른 책들과 뒤섞여 감추어져 있었다. 그는 몬시뇰 아이롤디의 집에 가려고 가마를 불렀다.

몬시뇰은 아직 침대에 있었다. 늘 그렇듯이 졸고 있었지만 그는 고서를 알아보았다. "내게 아무 말도 마시오." 그가 말했다. "먼저 커피를 마십시다. 그러고 나서 내게 다 말해 주시오, 하나도 빠뜨리지 말고 낱낱이…… 나는 더 이상 희망하지 않았는데, 기적 같소."

수도원장은 그날의 두 잔째 커피를 마셨다.

"내게 이야기해 주시오." 시종이 등 뒤에 베개를 받쳐 주는 동안 몬시뇰이 말했다.

수도원장이 『이집트 평의회』를 침대 위에 내려놓았다. 몬시뇰은 탐욕스럽게 그 책을 다리로 잡아당겨 펼쳤다.

"존경하는 몬시뇰께서 잘 살펴보시기를 바랍니다." 수도원장이 말했다.

"무슨 문제가 있소?" 몬시뇰이 흥분했다. "그자들이 이걸 훼손시켰소?" 그가 초조하게 책장을 넘겼다.

"전혀요." 수도원장이 말했다.

"그럼 뭐요?"

"존경하는 몬시뇰께서 그저 잘 살펴보아 주셔야만 합니다…… 말씀드리자면 지금껏 그 책에 쏟은 적이 없었던 집중력으로 살펴봐 주십시오."

"아니 그런데……" 몬시뇰 아이롤디가 그의 얼굴을 바라보았다. 그는 이해할 수 없었다. 설명해 주기를 기다렸다.

"간단하게 아무 페이지나 역광에 비추어 보시면 됩니다…… 그렇죠, 이렇게…… 살짝 뒤에 빛을 비추면…… 종이 줄, 종이 결…… 글귀요, 이제 보이실 겁니다."

몬시뇰이 그의 말대로 했다. 시력이 약한 탓에 그리고 순간 굉장히 혼란스러웠던 그는 "바노제"라고 읽었다.

"존경하는 몬시뇰이시여." 수도원장이 침착하게, 심지어 너그럽게 말했다. "반대로 읽으셨습니다. 종이 속의 비치는 무늬는 제노바를 말합니다."

몬시뇰은 입만 벙긋거리다가, 마지막 숨을 내뱉는 죽어가는 사람처럼 "제노바"라고 내뱉었다.

"이 종이는," 수도원장이 말했다. "제가 추정컨대 1780년 경에 제노바에서 제작된 것입니다. 그리고 몇 년 뒤에 여기 팔레르모에서 제가 이 종이를 구입했습니다."

"맙소사!" 몬시뇰이 말했다. 그리고 베개에 몸을 맡겼다. 눈이 휘둥그레지고 입은 벌린 채였다.

벨라 수도원장이 그를 쳐다보고 있었다, 무감각하게 차가운 미소를 짓고서.

"당신이 나를 망쳤소." 마침내 몬시뇰이 겨우 떨리는 목소리로 속삭이듯 말했다. 오랜 동안 침묵이 이어졌다. "나는 당신을 체포하라고 해야겠소."

"저는 존경하는 몬시뇰의 처분을 달게 받겠습니다."

"내 처분을 달게 받겠다고?" 몬시뇰은 성게 즙을 게걸스럽게 먹은 젖먹이의 표정을 지었다. 얼굴의 모든 선이 괴로움의 중심인 입으로 집중되었고, 그 입이 단어를 발음하고 있었다. "당신은 나를 죽여 묻어 버렸고 수치라는 비문을 묘비에 세웠소…… 그래 놓고 내 처분을 달게 받겠다고!"

"존경하는 몬시뇰의 분노는 신성불가침입니다. 저는 준비되어 있습니다……"

"그걸 위로랍시고, 정말 위로라고." 몬시뇰이 씁쓸한 냉소를 지으며 말했다. 그리고 드디어 폭발했다. "꺼지시오, 내가 개처럼 쫓아내기 전에 꺼져 버리시오……"

9

"사실," 디블라시 변호사가 말했다. "모든 사회가 사기 유형을 만들어 내죠, 말하자면 사회에 맞추는 겁니다. 그리고 우리 사회 자체가 사기죠, 법적 사기, 문학적 사기, 인간적…… 그래요 인간적이죠. 심지어 존재에 대한 거라고 말씀드리겠어요…… 우리 사회는 물론, 당연히 정반대되는 사기를 만들어 내진 않았지요……"

"당신은 저속한 범죄에서 철학을 짜내고 있소." 돈 사베리오 차르보가 말했다.

"아휴 아니에요, 이건 저속한 범죄가 아닙니다. 이건 사회를, 역사적 순간을 정의 내리는 데 필요한 사건 중의 하나지요. 사실 만약에 시칠리아에서 문화가 다소 의식적으로 사기라면, 그리고 위선이라면, 현실의 위선과 왜곡이 계속되는 거죠…… 물론 저는 당신에게 벨라 수도원장의 모험이 사기였다고 말하는 겁니다…… 좀 더 말해 볼까요. 벨라 수도원장은 범죄를 저지른 게 아닙니다. 그저 범죄를 모방한 셈이죠, 말을 뒤집어 놓음으로써…… 시칠리아에서 수 세기째 소비된 범죄에 대한……"

"나는 당신이 이해되지 않소."

"다시 설명드리죠, 저 자신에게도 더욱 분명하게요…… 당신은 농업 위기에 대한 트라비아 영주의 그 논문을 기억하실 겁니다. 영주가 말하길 위기는 농부들의 무지가 원인이죠……"

"농부들의 무지만은 아니오, 내가 기억하는 바에 의하면."

"맞습니다. 사실 다른 원인들도 지목하지요. 그런데 주요 원인은, 그의 말에 의하면, 농부의 무지라는 거죠…… 그래서 농부를 교육하자는 겁니다…… 그런데 이 시점에서 궁금증이 생겨납니다, 어디서부터 시작해야 할까요?"

"그야 땅에서부터. 일하던 대로, 더욱 적합한 도구와 방식으로 말이오. 어떤 작물이 땅의 특성에, 구성과 배합에 적합한지, 어떻게 물을 댈지 교육하는 거요……"

"그럼 권리는요?"

"무슨 권리? 누구의 권리 말이오?"

"인간으로서 농부의 권리요…… 인간으로서의 권리를 동시에 부여하지 않은 채 인간의 합리적 노력을 농부에게서 기대할 수 없지요…… 잘 경작된 밭은 이성의 이미지입니다. 밭을 가는 건 농부들에게 보편적 이성에 대한, 권리에 대한 효과적인 참여를 전제로 하죠…… 당신 봉토의 농부가 권리에 참여할 것 같나요, 만약 농부를 깊은 감옥에 처넣기 위해 토지 관리인에게 당신이 쪽지 한 장을 건네는 걸로 충분하다면요? 짧은 내용의 쪽지일 테죠. '이 작자를 감옥에 가둬라, 우리가 뻔히 알고 있는 이유로.' 그리고 그의 입을 다물게 하는 게 당신에게 편하다고 여겨질 때까지 그는 감옥에 남아 있겠지요…… 여든네 개의 법률에도 불구하고 이런 일들은 여전히 발생합니다."

"당신은 너무 심각한 이야기를 하는군요." 돈 사베리오가 말했다. "흥미롭소, 정말로 흥미로워…… 그런데 모든 일에서 그 반대를 보지 않을 수가 없소, 재미있는 측면을…… 차푸 남작 부인이 떠올랐소. 그녀는 열다섯 살에 농부가 남성이라는 것을 인정했는데, 늙어 노파가 될 때까지 그 생각을 바꾸지 않았다오."

"몽테뉴에 따르면, 제가 잘못 기억하는 게 아니라면, 농부가 남성이라는 발견은 어느 수녀원의 수녀들이 했다지요, 차푸 남작 부인보다 몇 세기 전에."

"놀라운…… 몽테뉴로군, 안 그렇소……? 당신네 프랑스인들 중 한 명인 것 같은데…… 그런데 이 프랑스인들 때문에 상황이 암담해지는 중이지요, 그런 것 같지 않소?"

"몽테뉴 때문은 아니죠, 어떤 경우든." 잔뜩 비꼬는 말투로 카리 수도원장이 끼어들었다. "몽테뉴 때문은 아니지요."

"나는 그의 책을 즐겨 읽은 적이 한 번도 없소." 돈 사베리오가 말했다. "그런데 몽테뉴건 아니건, 이 프랑스인들이 깨부수기 시작…… 실례…… 말썽을 피우죠, 한마디로."

그들이 말썽을 피우기 시작했다, 돈 사베리오 차르보와 시칠리아의 귀족들이 감수할 만한 정도보다 조금 더, 그리고 몬시뇰 로페스 이 로요가 자신의 총독 자리를 안정적으로 하기를 원했던 것보다 조금 덜하게 말이다.

디블라시의 집에서 가진 시칠리아 아카데미 오레테이의 정기 모임에서 프랑스인들에 대한 토론은 아카데미가 연구 주제로 삼았던 시칠리아 시에 대한 토론보다 훨씬 더 치열했다. 그리고 사실, 한때 그의 아버지가 후원자였던 아카데미를 부활시킨다는 생각이 디블라시에게 떠올랐다. 그는 이를 비밀스럽게 추구하던 정치적 목적에 이용할 참이었다. 시칠리아 사투리로 쓰인 시를 통해 또한 더욱 필수적인 변증법적 동향에 대한 연구를 통해, 가장 많은 시칠리아인들이 관념적으로 숭배하던 시칠리아성과 시칠리아의 국가성에 구체적이고 민주적인 의미를 부여하는 동시에 사상과 개종에 대한 소통과 선전 작업을 신중하게 해 나가는 것이다. 기나긴 고통은 디블라시가 시칠리아 공화국을 갈망하도록 이끌었다. 그리고 결과적으로 로페스의 이동과 카라마니코의 죽음이 그를 행동하도록 부추겼다. 이미 더 이상 카라촐로의 활발한 시대나 혹은 적어도 카라마니코의 무난한 시대가 돌아올 희망은 없었다. 한 달 안에 혹은 1년 안에 몬시뇰 로페스는 스페인 출신의 총독이 되었을 것이다. 아울러 그의 주변에서 귀족들은 카라촐로가 조금씩 없애 버리고 야금야금 빼 버리는 데 성공했던 그 특권을 주장하며 다시 거드름을 피워 댈 것이었다.

그러니 낡은 질서를 힘으로 쳐부술 시도를 하기에 이보다 더 적절한 시기는 없었다. 귀족들이 경멸하고 사람들이 증오하는 총독은 어려운 상황에 도시의 노동자와 왕국의 농민들의 불만에 직면하여 똑똑하고 용기 있는 만큼, 극심하게 사악한 데다 전적으로 부적합했다. 팔레르모와 시칠리아 섬 전체에 있는 수비대는 빈약할 뿐만 아니라 전적으로 안전하지도 않았다. 프랑스인들은 어떤 총을 쏘아 대려는 참인지 알 수 없는 자신들 군대와 함대를 움직이며 나폴리 정부를 큰 불안 속에 빠뜨렸다. 그러나 한편으로는 디블라시 및 그와 더불어 음모를 꾸미는 소수의 그의 친구들에게 그들은 이상이자 열정이었다. 미래의 시칠리아 공화국에 신속하고 형제적인 원조를 해 줄 희망적인 프랑스, 프랑스 혁명, 프랑스 공화국, 프랑스 혁명 군대였다. 프랑스는 그 이름만으로 실패의 부담과 위험이 되었다. 앙주에 대한 기억 그리고 가장 최근 루이 14세의 육군 원수 비본 공작에 의한 활기찬 저녁기도⁺에 대한 기억은 시칠리아 사람들에게 굶주림과 고문을 떠올리게 했다. 사람들은 프랑스인들과 자코뱅당원들에게 증오를 퍼부어 댔다. 그리고 온갖 악을 자코뱅당원들과 프랑스인들, 그들의 친구들 탓이라고 여겼다. 그들이 몰고 와서 위협하는 전쟁과 혁명 때문에, 그들이 야기한 하느님의 분노 때문에 벌어지는 위협적인 온갖 악 말이다.

자코뱅당원으로 불리는 목자들은 거침없이 끔찍하고, 잔혹하고, 아귀 같았다. 그들이 표범, 늑대, 곰, 교활하고 악질적인 여우 같다는 소문이 왕국의 교회 안에 돌았다. 사람들은 성모 마리아와 성인들에게 프랑스인들을 쫓아 달라고 한때 그들이 터키인들을 막아 내기 위해 기도했던 것처럼 기도했다. 악명 높은 자코뱅 분파에 몰래 참여한 같은 지역민들을 합당한 고통으로서 말살하고 악마에게 보내 달라고 청

⁺ 1282년 부활절에 팔레르모에서 프랑스 앙주 왕가의 지배에 반하여 일어난 시민 봉기의 구호. 저녁기도를 드리는 시간에 앙주 왕국 병사의 횡포에 항거하여 시작되었다.

했다. 그런데 프란체스코 파올로 디블라시는 자코뱅당원처럼 과격한 개혁의 봉기를 시도하려는 중이었다.

초기 성공 사례인 스콰르찰루포와 달레시의 동떨어진 사례들 및 폴리아니 총독에 반한 최근의 소요가 디블라시를 위로했다. 한마디로 말해서 시민 폭동이라고 해 봐야 다소 먼 시기에 소수의 사람들이 팔레르모에서 벌였던 게 다였다. 그리고 운동들 자체가 쉽게 실패로 돌아가거나 혹은 쉽게 사그라지는 원인이 매한가지로 성공으로 이끄는 원인이 되기도 한다고 그는 믿었다. 폭동은 4월 5일 발생했다. 위대한 사상에 의해 팔레르모 시 안에서뿐만 아니라 시골에서도 움직인 혁명이었다. 농부들의 참여는 혁명의 성공에 있어서 절대적인 첫 번째 조건이었다. 또한 가담자들이 농부들로 하여금 논란이 되는 기아와 억압의 이름으로 행동하도록 시골을 더욱 들쑤셔 댈수록, 도시는 삭막해지고 불확실해졌다.

그런데 디블라시의 집에서 프랑스인에 대해 그리고 가짜 아랍 고서에 대해 이야기하는 동안 집주인과 벨라의 지지자들이었던 그의 삼촌들이 마음 상하지 않을 정도로 멜리 수도원장은 '옷을 잘못 걸치고 게다가 애첩이 그 옷을 쓰다듬고 꾸미고 있는 듯한 이 아랍어 거짓말을 찾아내라. 고대의 순수한 귀족 혈통이라고 믿고 주장하는 사회 분위기 속에 그것을 공개적으로 펼쳐 보여라'라는 내용의 짧은 시를 암송하고 있었다. 반면에 산자코모 성당에서 80대 본당신부 피치는 공포와 놀라움으로 질겁하며 가담자의 폭로를 고해성사로 듣고 있었다.

10

일하고 있는 은세공업자의 공방에서 나오던 젊은 주세페 테리아카는 며칠 전부터 속에서 느껴지던 응어리를 풀어 버려야겠다는 생각에 휩싸였다. 밤 2시에 산자코모 성당은 아직 열려 있었다. 게다가 무엇보다 부활절이 가까웠다. 그리고 교회가 원하는 대로, 적어도 부활절에는 고해성사를 하고 속을 털어놓을 필요가 있었다. 더구나 그는 선인지 악인지 구별할 수 없는 음모에 걸려들었다는 느낌이었다. 거의 같은 시각에 레지멘토 에스테리의 카를 셸하머 상등병은 테리아카가 성당에 대해 느낀 것과 비슷한 감정을 자신이 속해 있는 군대에 대해 경험했다.

결과적으로 같은 시각에 야우흐 준장과 피치 본당신부가

왕궁에 나타났다. 은세공업자와 상등병은 질질 끌려갔다.

만약 세상에 대한 시각과 연륜을 가졌더라면, 몬시뇰 로페스 이 로요는 그 반역에 대해 듣고 기뻐서 커튼, 휘장, 샹들리에 위로 기어올라 갔을 것이다. 그들은 주세페 벨라스케츠가 최근에 그린 프레스코화 때문에 헤라클레스 홀이라 불리기 시작한 홀에 있었다. 몬시뇰은 이전에 특별한 방문객들을 맞이하던 서재에서, 그를 불신했고 그가 불신하는 엿듣기 전문인 시종들의 귀에 그 끔찍하고 비밀스러운 이야기가 들어가지 않도록, 넓고 소리가 잘 들릴 염려가 없어 더 적합한 이곳으로 접견실을 옮겼다.

은세공업자와 상등병은 피치 본당신부와 야우흐 준장이 그들의 눈앞에 내보였던, 상대적으로 감해질 처벌에 대한 공식적인 약속을 몬시뇰에게서 받아 냈다. 그러고는 몬시뇰에게 자신들의 이야기를 전해서 영광이라고 노래하고 있었다. 세무 변호사 다미아니, 법무관인 카사로 영주, 재판장 카카모 공작이 듣고 있었다. 다미아니는 몬시뇰에 버금갈 정도로 기뻐했다. 그러나 직업상 자제하고 있었다. 반면에 다른 두 사람은 혐오와 진심이 뒤섞인 관심을 가지고 듣고 있었는데, 카카모 공작이 더 그랬다. 사실 몬시뇰 로페스가 그들에게 음모에 연루된 것으로 발각된 이들이나 의심되는 이들을 그리고 특히 디블라시의 경우 신중하게 다루며 잡아들이라는 명령을 내렸을 때, 공작은 긴장한 얼굴로 그러나 단호하고 침착한 어조로 디블라시를 체포하는 일은 정말로 내키지 않는다고 말했다.

"아니 왜?" 언짢은 기색을 보이며 몬시뇰이 물었다.

"왜냐하면 내 친구이기 때문입니다." 공작이 대답했다.

"아, 당신 친구라…… 주님께서 그가 당신의 친구인 걸 알게 되어 기뻐하시겠구려." 몬시뇰이 잔인한 미소를 지으며 말했다.

"나로서는 어쩔 도리가 없습니다." 공작이 말했다. "나는 그의 사상에 동의한 적이 전혀 없습니다. 그의 사상과 성격을 알고 있는지라 그의 죄에 대해서는 일말의 의심도 하지 않습니다…… 좀 더 말씀드리자면 그의 죄는 무서울 정도입니다…… 하지만 그는 내 친구입니다."

"그래 어떤 면에서 친구인 거요? 여인들 꽁무니 쫓는 친구." 몬시뇰의 생각에는 항상 여인만 스쳤다. "카드 치는 친구, 피크닉 가는 친구로군."

"라틴어를 공부하고, 아리오스토♦를 읽는 친구이기도 합니다." 기억에 감정이 격해져 침착함을 잃은 공작이 몬시뇰

♦ Ludovico Ariosto 1474~1533 르네상스 시기를 대표하는 이탈리아 시인. 절대 영웅으로만 그려졌던 중세 기사들의 전형화된 모습에서 탈피하여, 인간적인 면모를 지닌 등장인물들을 통해 오늘날까지 가장 완성도 높은 기사문학 작품으로 평가받는 『광란의 오를란도』를 남겼다.

을 경멸하는 어조로 말했다.

"어리석기는!" 몬시뇰이 말했다. 그러고는 아버지처럼 타이르듯 입을 열었다. "당신은 재판장이오. 이보시오 공작, 당신의 의무가 분명하오. 어쩔 도리가 없지 않소…… 다미아니 변호사와 법무관도 그렇고 관료직에 있는 모든 이가 디블라시에 대해 당신과 똑같은 감정을 느끼리라는 걸 생각해보시오. 그래 무슨 일이 벌어지겠소? 하느님과 왕의 적들이 여기 팔레르모에서 자기들이 원할 때 자기들 방식대로 파티를 벌일 수 있게 될 거요. 그래서 주님께서 당신에게, 당신의 충성심에 맡기신 거요…… 여기에 곧 대혼란과 천벌이 닥칠 거요, 그런데 당신은 여전히 조용히……" 그리고 자리에서 일어서며 분노로 목소리를 높였다. "그리고 주님은, 주님께서는 당신에게 무엇이오, 신발 바닥 닦개요?"

"주님의 이름으로 각하께서는 다른 건 무엇이든 명령하실수 있습니다. 심지어 내 머리에 권총을 겨누라고 하셔도 따르겠습니다, 바로 이 자리에서 각하 앞에서……"

"내 당신에게 그걸 명령할 수는 없소. 하지만 당신에게 기회를 잘 생각해 보라고 말미를 주겠소…… 내 당신에게 명령할 수 있는 건 가택 연금이오. 그다음에 나폴리에서 뭐라고 하는지 들어 봅시다…… 그리고 디블라시 체포는……"

"제가 가겠습니다." 다미아니가 말했다.

"만약에 친구가 아니어서 기꺼이 하시겠다면……" 몬시뇰이 냉소적으로 말했다. 그는 카카모 공작 때문에 피가 솟구칠 정도로 화가 났다. 한 사람이 다른 사람을 전멸시키는 즐거움을 포기해야만 한다고 해서 그의 마음이 똑같은 죄책감에 빠져야 할까? '그럴 수 있지' 하고 그는 생각했다. '체포된 군중들한테서 카카모 공작에게 부담이 되는 뭔가가 튀어나올 수 있겠지…… 박장대소할 만한 게 있을 거야.' 그런데 공작은 정말로 자코뱅당원들을 싫어했다, 거의 몬시뇰 로페스이 로요만큼 그들을 싫어했다. 그저 몬시뇰과 달리 친구들이 있었을 뿐이다. 그리고 그는 집에 가는 길에 우정에 대한 자신의 충실한 몸짓에 감동하면서 다시 되새겨 보았다. 그러나 몬시뇰 로페스의 협박은 공작 스스로가 생각하는 고상한 이미지에 공포의 그림자를 드리우며 불안한 조짐을 전하기 시작했다.

한편 다미아니는 팔레르모의 모든 경찰들을 신속하게 움직였다. 테리아카가 고발한 네 명의 동료들을 체포하도록 경찰 일부를 은세공업자의 지구에 풀었다. 다른 경찰들은 셸하머 상등병이 고발한 팔룸보 상등병과 카롤로 상등병을 체포하러 레지멘토 칼라브리아로 향했다. 그리고 또 다른 경찰들은 두 명의 스파이가 막연하게 가리킨 정보에서 신원이 밝혀진 건축업자 파트리콜라를 체포하러 갔다. 그 파트리콜라는 동시대인들의 시각에서 우리를 애석하게 했던 둥근 돔을 노르만 주교좌성당 위로 세워 올린 공적이 있었다. 죄책감을 덜 느끼고자 그를 먼저 체포하지는 않았다. 다미아니는 훌륭한 경찰이 뒤에 버티고 있음에도 디블라시를 체포하는 부담스러운 일 때문에 주춤거렸다. 디블라시에 대해서는 신중할 필요가 있었다. 그의 신분과 명성에 관한 평가 때문에 그리고 특히 발견되는 모든 가능성에 따라 음모의 주동자가 아니라면 분명히 거물인 그가 가지고 있을 그 자료를 파손할 시간을 주지 않기 위해서 말이다.

디블라시는 집에 없었다. 그는 음모의 가담자들인 포르카리 남작과 돈 가에타노 얀넬로와의 회합이 끝나자 선착장으로 산책하러 갔다. 매일 밤 온화한 날씨였기에 다른 봄과 매한가지로 선착장 산책을 다시 시작했다. 다미아니는 이 사실을 알고 기뻐했다. 그의 주변에 경찰들이 몰래 숨어서 감시하게 시켰다. 문지기에게 문을 조금만 열어 놓고 자러 가라고 강요한 뒤에 다미아니 자신도 건너편 집 현관에 몸을 숨겼다. 그렇게 모든 게 더 쉬워졌다. 그리고 정말로 약 한 시간 후에 손에 횃불을 든 **전령**이 몇 걸음 앞서 길을 밝히고 있는 동안 디블라시는 현관문을 막 열려고 하는 참이었다. 한쪽에는 다미아니가, 주변으로는 경찰들이 디블라시를 에워쌌다. 디블라시는 순간적으로 현기증을 느끼며 찰나 동안 정신이 아득해졌다. 그러나 바로 시합에 졌음을, 자신의 운명이 다했음을 분명하게 알아챘다.

"만약에 이 상황에서 내 말이 무슨 가치가 있다면, 내 집에서는 그 어떤 가치 있는, 말하자면 당신네 주의를 끌 만한 종이 한 장 찾아낼 수 없으리라고 분명히 확언할 수 있소." 환하게 빛나는 횃불에 창백한 그의 얼굴은 더욱더 창백해 보였다. 그러나 그는 침착했다. 재판 중이나 신문 중에 다미아니가 감탄해 마지않았던 그 명확하고 심오한 어조로 말했다. 자신의 감정에 민감한 사람들이 모든 것에 투영하는 그 냉소로 말했다. "내 어머니를 귀찮게 해 드리고 싶지 않기 때문이오, 이 시간에 게다가 중요하신 분들을 대동하고." 그는 경찰들을 가리켰다.

"유감이오." 다미아니가 말했다. 그는 정말로 유감스러웠다. 왜냐하면 이 마을에서는 심지어 왕과 세무 변호사 사이에도 어머니끼리 친교를 맺기 때문이다.

"갑시다." 불을 밝혀 든 **전령**을 앞세우고 계단으로 향하며 디블라시가 말했다. 그 뒤를 다미아니와 경찰들이 따랐다. 그는 서재로 갔다. 그의 어머니가 있었다. 가슴에 손을 얹고 근심으로 타오르는 시선을 한, 재로 만든 동상처럼 방 한가운데에 꼼짝 않고 서 있었다. 종이를 태운 냄새가 났다. 다미아니가 아들을 찾아와 미처 아들을 보지 못했을 때, 그녀는 분명히 그 종이 때문에 아들을 찾아왔다고 직감했다. 그래서 타협할 수 있을 것으로 여겼던 그 종이를 불태우러 서재로 내려갔다. 그런데 무엇에 대해 타협하는가? 그녀는 음모에 대해 아무것도 몰랐다. 서재에 음모와 관련된 종이 한 장만 있는지도 몰랐다. 그녀가 무엇을 태웠을지 누가 알겠는가. 그리고 이제 불신하기 시작했다, 블러드하운드 같은 다미아니를 멈추게 하려고 이미 치워 버렸다고.

디블라시는 이러한 어머니의 행동에 짜증이 났다. '어머니들이란 모든 일을 예감하고 모든 일을 알고 계셔. 그러고는 상황을 더 복잡하게만 만드시지.' 무뚝뚝하게 굳어 버릴 정도로 짜증이 나는 와중에 그는 그렇게 가슴이 찢어지듯 아픈 순간에 필요한 멋진 모습을 보였다.

"여기 신사분들이 이 물건들 사이에서 시간을 좀 보내셔야 한답니다. 이분들의 의무죠…… 한마디로 수색을 해야 합니다."

엠마누엘라 부인이 고개를 끄덕였다. 아들의 눈을 바라보고 회색 머리를 알겠다는 의미로 끄덕였다. 어머니는 이해했다, 항상 이해했다. '운명.' 아들은 생각했다. '어머니는 당신의 삶과 관련된 운명, 고통 그리고 죽음을 항상 이해하셨지.' 그런데 엠마누엘라 부인은 그 순간 아들이 자신을 멀리하고 싶어 한다는 것을 이해했다. 자신의 운명이 즉 배신과 경찰,

죽음과 마주했을 때 사람은 혼자 있고 싶어 한다는 걸 이해했다. 그녀가 말했다. "저기로 가 있으마. 내가 필요하면 부르렴."

그녀가 나가려고 몸을 돌렸다. "고마워요." 아들이 말했다. 그 말은 수년 동안 그녀의 마음속에 생생하게 살아남아 있었다. 끝없이 긴 열띤 대화의 시작이었다. 그녀는 문지방에서 잠시 동안 멈추어 섰다. '돌아보지 마세요.' 아들은 침묵 속에 간청했다. 그의 심장은 심연의 골짜기 가장자리에서, 가느다란 나뭇가지나 덤불을 움켜쥐고 매달려 있는 꿈속에서처럼 두근댔다. 그는 눈을 감았다. 그리고 다시 눈을 떴을 때 그녀는 없었다, 영원히.

다미아니는 책상 서랍을 난폭하게 잡아당겼다. 뭔가를 찾아낼 수 있으리라고 확신하지는 않았지만, 의무는 의무니까. 편지를 한 장 한 장 훑어보았다. 성모송을 읊조리듯 편지들을 빠르게 읽어 내려갔다. 하지만 그 내용에 실망한 그는 초조해졌다. 경찰들이 어떻게 끼어들어야 할지 모른 채 그의 주변을 회전목마처럼 에워쌌다. 그리고 어느 순간 세무 변호사가 명령했다. "책, 책을 다 빼. 아니 내가 여기서 한 달 내내 이러고 있을 거라고 믿나?"

디블라시는 짙은 호두나무로 만든 책꽂이 선반 앞에, 거의 방 한가운데에 앉았다. 그 선반에서 경찰들이 두 팔로 빼

낸 책들을 그의 주변 바닥에 내려놓았다.

'책, 너의 책들,' 디블라시가 스스로 조롱하듯 상처 주듯 속으로 말했다. '낡은 종이, 낡은 양피지에 너는 미친 듯이 매달렸었지…… 이 사람들한테는 쥐 새끼, 책을 갉아 먹는 쥐 새끼보다 가치가 덜 나가지. 그리고 지금은 너에게도 별 가치가 없지. 더 이상 쓸모가 없어. 전혀 쓸모 있었던 적이 없었다는 걸 인정해야지. 이 상황에서 빠져나가지 못한다면 전혀 쓸모가 없어. 그리고 어떤 경우에든 미리 넘겨 버렸어야 했어. 지금이나 20여 년 후에 친척에게, 친구에게, 시종에게…… 그래 어쩌면 어느 젊은이에게 넘겨 버릴 수 있었겠지…… 아니, 너한테는 아니야. 학자인 그 젊은이는 다른 방식으로 책을 아낄 테지. 그러면 너 같은 최후를 맞이하는 위험은 없을 테지…… 이제 너는 더 이상 어쩔 도리가 없어. 이 책들은 네가 공모하여 반대하던 왕의 손에, 이를테면 경찰의 손에 넘어갈 거야. 잘 봐 둬, 마지막으로…… 그렇지, 네가 인간의 평등에 대해 쓴 **소책자**로군, 그래 네게 아메리카를 꿈꾸게 한 디아스테솔리스의 책이네, 이건 백과사전이군, 하나 둘 셋……' 그는 경찰들이 쌓아 놓는 책들을 세웠다. '이건 아리오스토의 책이네. **"오, 젊은이 심장 속 위대한 대립이여, 명성을 향한 갈증과 사랑을 경쟁하는 추진력이여……!"** 그런데 이 책은 아니야, 이건 아니지…… 그렇지 디드로의 책이로군, 1773

년 런던에서 출판된 다섯 권짜리.' 그는 책 더미를 넘어뜨리려고 제일 가까운 더미를 향해 발을 뻗었다. 서랍에서 끄집어낸 편지를 계속해서 읽으면서도 그에 대한 감시를 소홀히 하지 않던 다미아니는 의심스러운 그의 행동을 알아챘다. 그리고 경찰에게 디블라시가 넘어뜨린 책을 한 장씩 일일이 펼쳐 보라고 명령했다.

'멍청이.' 디블라시는 생각했다. '그래, 내가 죽어 가기 시작하는 걸 너는 이해하지 못하는군.'

11

"상황이 전부 명확하지는 않소. 벨라 수도원장이 우리 집에 와서 도저히 믿기지 않는 이야기를 합디다…… 내 생각에는 그 불쌍한 사람이 의심, 비난, 재판 등 일련의 사건을 겪으면서 머리가 이상해진 것 같아요." 무덤에서 기어 나온 시체라도 본 듯한 몬시뇰 아이롤디는 자신과 수도원장 사이에 주고받은 어마어마한 사건에 대해 자기 식으로 호기심을 드러냈다. 그런데 알다시피 벽에도 귀는 있다. 그의 침실에서 두 사람이 마주 보고 주고받은 그 이야기는 이미 팔레르모 전역에 퍼져 있었다. 몬시뇰은 며칠 동안 집에서 나가기를 피했다. 이제 디블라시의 음모 발각으로 사람들이 수도원장의 고백과 가짜 고서에 대한 이야기를 잊었으리라 믿고 몬시뇰은 외출을 감행했다. 그런데 서너 명을 만난 이후 자신이 실수했음을 확인했다. 모든 사람들이 그 엄청난 사건에 대해 이야기를 꺼내서가 아니고, 파이드로스[+]의 개처럼 부주의한 이로 그를 물어뜯어 추락시킬 참이었기 때문이다.

"그래요, 그가 뭔가를 조작했다고 내게 고백했소." 몬시뇰이 인정했다. "하지만 난 잘 알아듣지 못했다오…… 아마 『이집트 평의회』…… 아무튼 『시칠리아 평의회』는 진짜란 걸 확신하실 수 있어요. 증거를 보지 않으셨소?"

산마르티노의 고서를 훼손하고 거짓 번역을 했다는 것을 인정하지 않게 하려고 수도원장과 협상 중이었다. 산마르티노의 고서에서 속표지가 말하는바, **이슬람 통치하의 827년부터 1072년까지의 시칠리아 외교 고서는 지금 처음으로 헤라클레아의 아이롤디 알폰시 대주교에 의해 관리되고 연구되었다.** 그런데 만약 다른 고서의 거짓을 인정한다면 헤라클레아의 대주교가 관리하고 연구했다는 결과가 나올 수 없다. 그 대신 수도원장은 몬시뇰의 관대함을 기대할 수 있을 것이다. 하지만 수도원장은 예라고도 아니요라고도 대답하지 않았다. 그저 집 안에 틀어박혀 있을 뿐이었다. 그리고 몬시뇰의 전령이 그를

[+] Phaedrus 기원전 15?~기원후 50? 고대 로마의 우화 시인. 『이솝 이야기』에 바탕을 둔 많은 동물에 관한 우화를 집대성하여 후세에 남긴 공적이 크다.

찾아가면 화제를 돌려 버리거나 아니면 입을 꽉 다물고 미소만 지었다. 그래서 그날 아침 벌어진 일로 인해, 또한 전령이 전한 소식으로 인해 몬시뇰은 그가 정말로 정신이 나갔다고 여기기 시작했다.

"사실 나는 당신보다도 잘 알지 못해요." 몬시뇰이 말했다. "게다가 그에게 벌어지고 있는 그 모든 일로……"

매년 제비처럼 정확하게 팔레르모의 남녀들은 마리나 광장의 **대담 축제**에 돌아왔다. 늘 같은 이름에, 그 얼굴이 그 얼굴이고, 연애담이나 추문을 다룬 늘 같은 구식 연극이 공연되었다. 그런데 이번 연극은 최근 사건으로 복잡해졌다. 아니 훨씬 풍부해졌다고 말할 수 있다. 왜냐하면 게으른 사회에서 벌어지는 사건이 끔찍하고 치욕스러울수록 그리고 특히 그런 사건의 주인공이 같은 사회의 같은 계층에 속할수록 코미디는 더욱 재미있게 마련이기 때문이다. 아무튼 봄에 벌어진 그 사건은 성주간과 일치하면서, 무대 위에 밴드도 없고, 여인들의 의상도 보라색 일색으로 어두운 탓에 선남선녀의 달콤한 밀회 장면에 슬픔과 애절함이 스며들어 있었다.

"그건 말할 가치도 없소." 몬시뇰 아이롤디가 말했다. "게다가 아직 아무런 생각도 떠오르지 않소. 그 축복받은 수도원장은 내 보기에 병 때문에 충격을 받았소. 그래서 그렇게 이상해진 거요…… 그런데 더 위중하고 더 절박한 문제가 있소……"

"로살리아 성녀께서 우리를 지켜 주십니다." 트라비아 영주의 아내가 말했다.

"생각해 보세요. 하필 오늘 폭동이 일어났습니다." 소식에 가장 밝은 법무관의 아내답게 카사로 영주 부인이 말했다.

"예수 그리스도께서 우리를 보호해 주시겠지요." 빌라비안카 후작이 말했다. "이번 주가 고난주일인 만큼…… 예수께서 직접 그 젊은 은세공업자 테리아카에게 자신의 죄를 고해성사 하도록 영감을 불어넣어 주셨을 겁니다…… 오, 주님은 우리에게 매우 자비로우셨어요. 우리의 죄를, 우리의 자만심을 생각해 보면……"

"오 그래요, 대단히 자비로우십니다." 몬시뇰 아이롤디가 말했다.

"주님께서," 돈 사베리오 차르보가 끼어들었다. "말하자면 직접 관심을 보이신 겁니다. 그들 계획에 따르면 성당이 첫 번째 약탈 대상이었다는 걸 여러분도 아시잖습니까."

"참 대단한 생각들을 했어요." 법무관의 아내가 말했다. "검토해 봐야죠, 성당마다 성목요일에 보물을 행렬에 참가시키는 걸 말이에요."

이는 몬시뇰 로페스의 선동적인 순수함이었다. 그는 봉기하는 사람들에 대해 커다란 두려움을 가지고 있었기에 감정을 건드리는 이야깃거리를 만들어 냈다.

"사실은," 트라비아 영주가 말했다. "우리가 뱀을 가슴속에 따뜻하게 품어 주었던 겁니다…… 이제 나는 평온한 양심으로 말할 수 있어요. 나는 그 디블라시를 좋아했던 적이 없습니다."

"맞아요. 각하께서는 그에게 마음을 열었던 적이 없지요." 멜리가 말했다. 그러나 영주는 그 증언을 그리 탐탁지 않게 여기고, 그에게로 몸을 돌려 차갑게 질책했다. "그런데 당신은 반대로 그를 아꼈지요……"

"우리 사이는 그저 시를 좋아하는 것이었지요." 멜리가 변명했다.

"그래 당신은 그가 좋아했다고 믿으시오, 시를? 그자처럼 속이 시커먼 이가 시를 좋아할 여지가 있었을 것 같소?"

"그는 좋아했지요." 카리 수도원장이 말했다. 고개를 끄덕이며 혼잣말하듯 기어들어 가는 목소리로 말했다. "그는 시를 좋아했어요."

"노망난 노인이로군." 영주가 중얼거렸다. 그러자 멜리가 말했다. "아휴 아니요, 수도원장님, 이제 분명히 말할 수 있어요. 영주님께서 정확하게 보신 대로입니다. 그는 시를 좋아하지 않았어요. 그저 그런 척 눈가림했던 거지요. 나같이 순진한 사람이 속아 넘어가게……" "당신은 시를 안 좋아합니다." 거의 멍한 시선으로 멜리를 바라보면서 카리 수도원장이 말했다. 그리고 힘겹게 자리에서 일어나 지팡이를 짚고 비틀거리는 걸음걸이로 멀어져 갔다.

"나요? 나는 시를 좋아하지 않습니다…… 그런데 저 늙은 멍청이가 하는 말을 들으셨습니까?" 멜리는 주변을 둘러보며 재미있다는 듯 말했다. 그런데 카리가 구석진 곳 어둠 속에서 공포스럽게 말했다. "나는 시를 짓지. 그리고 당신이 죽은 뒤 대리석 묘비에 새긴 당신 이름이 닳아 없어져 버렸을 때 사람들이 내 시에 대해서 말하겠지." 그는 어느덧 멀리 있었다.

"신경 쓰지 마세요. 제정신이 아니세요." 영주의 부인이 위로했다.

"그런데 이해가 되지 않는 게 하나 있다오, 당신은." 트라비아 영주가 멜리에게 말했다. "당신은 그와 자주 어울렸소, 막역한 사이였잖소…… 시를 좋아하는 것에 대해서는 좋소…… 그리고 몬시뇰께서도," 몬시뇰 아이롤디에게 말했다. "그와 전혀 무관하지는 않으시죠……"

"학문적인 이유에서, 그저 학문적인 이유에서 소통했을 뿐이오……"

"학문적인 이유라, 물론 그러시겠죠…… 그런데," 영주가 계속해서 말했다. "인간성의 전문가인 당신께서 보시기에 디블라시의 인간성이 어떤 방식으로든 드러나는 순간이 있었을 겁니다……"

"전혀요." 멜리가 말했다.

"전혀요…… 물론 그가 자기 사상을 가지고 있기는 했소. 그러나 그런 불명예스러운 생각을 품고 있으리라고는……" 몬시뇰이 말했다.

"자기 사상에 대해 말하던가요?" 제라치 후작이 갑자기 끼어들었다. "지금부터 그런 생각을 가진 자가 뱃속에 검을 삼키고 사냥할 것 같습니다…… 우리는 머리카락 하나 차이로 살아났어요. 신의 섭리가 없다면 지금 그 생각은 우리 머릿속에서 난리를 치겠지요."

"오 맙소사!" 부인들이 몸서리를 쳤다.

"생각! 당신 말이 딱 맞습니다…… 그런데 나는," 트라비아 영주가 대담한 생각을 막 밝히려는 사람처럼 입을 뗐다. "말하자면 나는 생각에 대한 생각이 있어요. 특권이 사라져 갈 때 생각이 나기 마련이지요."

이에 대부분 동의했다.

"한마디로 말해서," 영주가 충동적으로 말했다. "수많은 책을 읽고 글을 쓰고 얻어진 생각이 제 갈 길을 가는 도둑놈이 하는 생각이랑 그다지 썩 거리가 있는 것도 아닙니다…… 제 갈 길을 가는 도둑놈은 자기 생각이 있다는 생각 자체를 아예 하지 않아요." 그는 말장난을 즐기고 싶다는 생각이 들었다. "저지르는 행동이 생각에서 나온다는 인식이 없다면, 그런 생각에 대해 책에서 변명을 한다면 그리고 프랑스같이 큰 나라 전체가 실제로 그렇게 하기 시작했다면, 테스타론가 산적이랑 디블라시 변호사랑 무슨 차이가 있겠습니까?"

"전혀 없지요. 내 생각에는 둘 다 잘못되었습니다." 제라치 후작이 말했다.

"우리 생각에 그렇지요." 영주가 바로잡았다. "그런데 그 불쌍한 테스타론가 산적에 대해서는 좀 더 신중하게 말해야겠습니다. 왜냐하면 생각이 있다는 걸 몰랐으니 말이지요."

"그렇군요 그래요 그래." 후작이 말했다. 그리고 영주의 생각을 좇아 집중해서 생각해야 하는 노력에 지쳐 산만해지기 시작했다. "그런데 중요한 건 그들이 오도 가도 못 하게 됐다는 거지요…… 벨라 수도원장을 포함해서 전체적으로 마구간 청소를 다시 할 좋은 기회인 셈입니다."

"그건 별개의 이야기라오." 몬시뇰 아이롤디가 주저하며 말했다.

12

'고문은 권리에 반하고, 이성에 반하고, 인간에 반하는 것이라고 너는 썼다. 그런데 네가 쓴 그 내용에 수치의 그늘이 드리워지겠지, 만약 네가 지금 버티지 못한다면…… **문제가 무엇이냐?**는 질문에 너는 이성의 이름으로, 존엄성의 이름으로 대답했지. 이제 너의 몸으로, 살과 뼈와 신경이 고통받는 몸으로 대답해야만 해. 그리고 침묵하겠지…… 너는 네가 말한 그 **문제**에 대해 말했지…… **문제! 주어진 문제에 관련된 종이 견디는……** 그들이 쓰는 라틴어.' 고통의 안개 속에서 둥둥 떠다니는 판사들의 머리를 보았다. '너의 라틴어……' 고통이 있는 곳에 라틴어가 있다. 고통에 대한 지각이 있는 곳에, 이를테면. 정신을 멸게 하는 고통이 잉크처럼 그의 정신에

흘러내렸다. 그의 몸은 고통으로 뒤틀린 포도나무였다. 헤아릴 수 없이 많은 심각한 뒷이야기가 있다. 피에 얽힌, 인간의 검은 피에 얽힌 뒷이야기다. '고문 중에 인간은 바로 자신의 몸에 대한 개념을 잃어버린다. 너는 베살리우스[+]의 해부대 위에 있는 네 몸을 더 이상 알아볼 수 없다. 몬레알레에 있는 〈아담의 창조〉는 고사하고 말이다.[++] 너의 몸은 더 이상 전혀 인간의 것이 아니다. 그저 피 흘리는 한 그루 나무다…… 고문은 하느님에 반하는 것이고, 인간에게 있는 하느님의 형상을 파괴한다는 것을 마침내 이해시키기 위해 신학자들로 하여금 몸을 살펴보라고 할 필요가 있다……'

갑자기 어두운 바다가 펼쳐졌다. 부러진 날개 같은 마음이었다. 다시 환해졌을 때는 판사들의 테이블 앞이었다. 그의 발이 땅을 딛고 있었다. 손목 위에서만 열렬하고 사나운 고통의 파도가 쳤다. '첫 번째 밧줄 흔적이로군, 다른 흔적도 있을 테지…… 아니 무슨 생각을 하고 있었나, 그들이 너를 저 위에서 떨어뜨리기 전에?' 자신이 떨어진 곳의 높이를 가늠해 보려고 그는 눈을 들었다. 아마도 4~6미터가 좀 덜 되

[+] Andreas Vesalius 1514~1564 벨기에의 해부학자. 근대 해부학의 창시자로, 1543년 발표한 『인체 해부학 대계』는 의학 근대화의 새로운 기점이 되었다.
[++] 시칠리아의 몬레알레 대성당에는 천지창조 여섯째 날을 묘사한 모자이크화 〈아담의 창조〉가 있다.

는 높이 같았다.

"자 그래서?" 아르탈레 판사가 물었다.

"아무것도요." 디블라시가 말했다. "이미 말씀드린 것 이외에 덧붙일 말은 아무것도 없습니다. 당신들이 체포한 사람들은 제 잘못으로 목적을 알지도 못하는 음모에 휩쓸린 겁니다. 그리고 다른 건 없습니다…… 광기였던 걸 이제 압니다. 저 때문에 다른 사람들이 고통받아야 한다는 게 심히 괴롭습니다…… 저는 저에 대한 그들의 믿음을, 그리고 그들의 무지를 이용했습니다."

"좋소. 광기였소." 판사가 말했다. "하지만 이 지경까지는 아니오. 당신의 성공에 대한 희망이 고작 10여 명의 사람을 선동했다는 걸 난 믿을 수 없소. 당신들이 말하고 싶지 않은 또 다른 이들이 있을 거요. 어쩌면 뒤에서 당신 뜻에 따라 행동하던 이들 말이오…… 그리고 프랑스인들은? 프랑스 정부 입장에서 일종의 약속이나 보장을 틀림없이 했을 텐데……"

"저는 프랑스 당원들과 막연하게라도 아무런 관계를 맺지 않았습니다. 그들을 전혀 알지 못합니다, 알았던 적도 없습니다…… 제가 음모 주동자였습니다. 그리고 저는 당신들이 체포한 소수의 사람들만을 속이는 데 성공했을 뿐입니다…… 당신들이 이 말을 믿지 않아 유감입니다. 시간 낭비일 겁니다."

"나도 유감이오." 판사가 말했다.

다시 도르래가 끽끽 소리를 냈다. 형체 없는 어두운 고통이 몸을 감쌌다. '마음이 눈멀지 않게 해'라고 그는 간절히 빌었다. 피 흘리는 어두운 자연에게, 나무에게, 돌에게, 어두운 하느님에게 말했다. '**문제**라고 믿는 판사들은 그걸 비효율적으로 만드는 악마의 마법이 있다는 것을 알아. **내가 여러 곳에 비밀 장소를 만들어 놓고 약간의 주술을 부려 많은 이들을 모은다고 알고 있군.** 그런데 그 악마의 마법이 생각에 불과하다는 건 모르는군. 그리고 마법이란 게 따지고 보면 여전히 스스로 드러내지 않는 생각일 뿐인데. 여전히 드러내지 않거나 혹은 더 이상 드러내지 않지.' 이제 다시 그의 발아래 판사들의 머리가, 그들의 카드가 펼쳐진 테이블이 보였다. '생각해야 돼, 네가 버티고 싶다면 생각해야 돼…… 약 2세기 전에 그들은 안토니오 베네치아노에게 밧줄을 주었다. **그의 앞에 밧줄 일곱 개가 늘어뜨려졌고 그는 밧줄을 붙잡았다. 너도 붙잡아야만 해.** 그는 시인이었다. 너보다 훨씬 더 섬세한 성격에 더 작은 체구였지. 그런데 **붙잡았어**…… 그는 총독에 반하는 풍자시 때문이었고 너는 반대로 국가내란죄야…… 베네치아노의 시를 기억해서 외워 봐…… 난 할 수 없어, 난 못해.' 자기 자신에 대해 마치 다른 사람인 듯 말을 하며 유지할 수 있었던 무심함이 발작적인 경련으로 사라졌다. 사형집행인이 홱 잡아당겼기 때문이다. 디블라시는 속으로 말했다. '이제 너를 밑으로 내리겠지, 정신을 잃지 마.' 그는 신음 소리를 내며 매달렸다.

판사가 테이블에서 일어났다. 그가 디블라시의 주변을 돌더니 바로 앞에 멈추었다. 그는 선량한 사람, 인간적인 판사로 평가받았다. 한 남자가 고문에 저항했다는 사실은 그의 감수성에 상처를 주었고, 그가 범죄자에게도 기꺼이 베풀던 동정에 대한 무례한 거부였다. 분노한 그가 물었다. "란차 대령이 도착할 거라고 당신에게 벌써 공지됐소?"

"란차 대령? 아니 누군데요?"

"누군지 잘 알잖소. 다행히도 그가 누군지 우리도 알고 있소."

"저는 그 이름을 처음 들어 봅니다…… 그래 당신 말대로, 도착할 것으로 알고 있어야 하는 그가 누구입니까?"

"당신 친구들인 공공안전위원회의 요원들 중 한 명이 란차 대령이오. 우리가 알기론 당신과 협력하라고 시칠리아에 파견됐소."

"저보다 더 많이 아시네요." 디블라시가 말했다.

판사가 자리로 돌아가 앉았다. 그가 한숨을 쉬었다. "우리한테는 다른 방법이 있소." 그가 말했다 "내가 당신에게 그 방법을 쓰지 않게 하시오…… 내가 쓰지 않게."

"압니다, 전야, 횃불…… 압니다. 인간의 어리석음이 이 분야에서 놀라운 독창성을 찾아냈습니다. 알아요. 그리고 당신이 저에게 그 방법을 쓰지 않기를 기대하지 않습니다. 당신들이 쓸 수도 있죠. 제가 두 팔 벌려 기다리고 있는 란차 대령이 저에게 그 방법을 쓰도록 허용할 수 있겠죠. 하지만 저는 아니기를 바랍니다. 그래도 제게 약속한 고문들을 생각해 보면 그걸 제외시킬 수는 없겠군요…… 그런데 이 순간에, 이 휴전 동안에 말씀드리고 싶은 게 있습니다, 인간 대 인간으로. 저는 란차 대령이라는 이름이 언급되는 걸 들어 본 적이 없습니다."

"인간 대 인간으로?" 판사가 소름 끼치게 말했다. 판사가 분노하여 벌벌 떠는 손으로 테이블 위에 있던 모래시계를 뒤집었다. 그리고 이는 사형집행인에게 세 번째 밧줄 고문을 하라는 신호였다.

13

.

벨라 수도원장은 디블라시의 체포 소식을 조카딸을 통해
들었다. 부엌에서 그릇을 씻고 정돈해야 할 물건들을 정돈하
면서 조카딸은 사람들에게 벌어진 사건 소식을 그에게 전했
다. 그런데 늘 그렇듯이 다른 생각에 빠져 있던 수도원장은
그 말을 듣고 있지 않았다. 그저 끊임없이 혼잣말을 하는 와
중에 이따금씩 한 문장이나 이름을 들을 뿐이었다. 그러다가
호기심이 생기면 질문을 던지곤 했다. 그날도 그랬다.

"……그래, 도당 우두머리에게 변호사가 있었는데요, 돈
프란체스코 디블라시래요." 수도원장이 그 이름을 포착했다.
지저분한 거리를 걷다가 발밑에서 반짝거리는 동전이나 유
리 조각을 발견한 사람처럼.

"무슨 도당? 그리고 디블라시 변호사가 무슨 상관인데?"

"그는 하느님도 모르고 성인들도 모르는 마녀들 집단의 우두머리래요. 오늘날 무덤에 보관 중인 성당의 은을 훔칠 작정이었는데…… 그런데 체포됐대요."

"디블라시 변호사가? 그럴 리가 없다. 누가 너한테 그런 멍청한 소리를 하던?"

"팔레르모 전체가 이 사건에 대해 떠들어 대요, 그리고 절대 진실이에요. 벌어지는 모든 일을 샅샅이 알고 있어 존경받는 니노가 그 변호사는 카스텔람마레에 갇혀 있다고 제게 말했어요. 그리고 벌써 밧줄 고문을 받았대요." 니노는 조카딸의 남편이었다. 수도원장이 그의 가족을 부양하는 만큼 그는 사창가와 주점을 지속적으로 드나들며 마부들, 문지기들, 성당지기들 사이에 떠도는 소식을 걷어다가 전해 주는 데 헌신적이었다.

"그럴 리가 없다, 그럴 리가 없어…… 그리고 네가 나보다 더 잘 알다시피 니노는 방광이랑 초롱불을 바꾸어 버리고도 남을 인물이지. 특히 몸속에 포도주 반병만 들어가도 말이다."

"그런데 다들 그렇게 말해요."

"네가 들은 모든 걸 하나하나 자세히 말해 보렴."

자신의 방식대로, 조카딸은 사건에 대해 이야기했다. 그녀의 방식대로, 바로 몬시뇰 로페스의 방식대로. 수도원장은 일부가 진실이라 해도 납득할 수 없었다.

뒤늦게 몬시뇰 아이롤디의 전령으로부터 더욱 일관성 있는 이야기를 들었지만 재판에 대해서는 여전히 믿을 수 없었다. 그런데 디블라시 변호사가 체포된 것은 확실했기에, 그와의 연대감과 우정 그리고 친밀감을 표현할 의무가 있다고 느낀 수도원장은 유감스러웠다. 그의 인생에서 처음으로 다른 사람의 죄에 끼어든다는 느낌이 강하게 들었다. 이는 일종의 나약함, 굴복으로 여겨졌다. 비록 향후 비슷한 감정이 드러날 관계로부터 거리를 두라고 스스로 경고할지언정 이 특별한 경우에 후회는 없을 것 같았다. '하지만 위험하지 않아.' 그는 자기 자신에게 말했다. '이미 너는 개같이 혼자잖아.' 그는 너무 호들갑 떨지 않게, 아니 오히려 꿋꿋하게 자신의 고독을 다스렸다.

수도원장은 마차 한 대를 마련하여 산마르티노로 갈 것을 청했다. 짙은 구름 사이로 석양의 태양 빛이 강하게 번득이는 저녁이었다. 나무들이 그 빛에 반짝거렸다. 수도원장은 미신에 사로잡혀 생각했다. '성주간의 시간, 그래 고통스러운 사건에, 고난에 참여하는 시간이지.'

입구에서 디블라시 형제, 즉 조반니 신부와 살바토레 신부에 대해 물었을 때 눈짓과 속삭임이 오갔다. 한참을 기다

린 후에 만나 보기로 했다는 대답이 전해졌다…… 그리고
또다시 꽤 한참 후에 살바토레 신부가, 살바토레 신부만 도
서관에서 수도원장을 기다리고 있다는 대답이 있었다. 왜냐
하면 조반니 신부는, 그 불쌍한 양반은 내켜하지 않았기 때
문이다. '어이쿠 도서관.' 수도원장은 생각했다. 그리고 자신
이 사기를 치던 장면이 다시 떠올랐다. 모로코 대사가 고서
위로 몸을 굽히고 있고, 몬시뇰 아이롤디가 초조하게 대답을
기다리는 장면이었다. '살바토레 신부가 나를 일부러 도서관
에서 보겠다고 했을지 알 게 뭔가. 범죄의 장소…… 아냐, 그
는 머릿속으로 전혀 다른 생각을 하고 있을 거야.'

살바토레 신부는 일하는 중이었다. 그가 몸을 일으켜 벨
라 곁으로 왔다. 그들은 말없이 손을 잡았다. 그러고 나서 수
사신부가 벨라에게 앉으라는 신호를 하고, 자신도 자리에 앉
았다.

"방해해서 죄송합니다." 수도원장이 말했다. "하지만 찾아
뵈러 오지 않을 수 없었어요, 소식을 듣자마자 말입니다. 왜
냐하면 저는 신부님의 조카……"

"압니다, 알아요." 살바토레 신부가 말했다. 그 순간 수도
원장에게 고통의 떨림이 전해지는 것 같았다.

"그처럼 똑똑하면서 마음이 따뜻한 사람은 많지 않아요.
저는 도시에서 떠도는 이야기는 절대 믿지 않습니다…… 성

당을 약탈하고, 무덤의 보물을 파낸다니…… 당신 조카를 알지 못하는 사람들이 떠들어 대는 고약한 소문이에요. 그런 사람들은 고약한 소문을 퍼뜨리는 데에만 관심이 있습니다."

"당신 말씀이 맞습니다. 그 정도로 그 아이가 수준이 낮을 거라고는 믿지 않습니다. 그런데 아시잖아요, 그런 무리에는 다양한 의견을 가진 사람들이 있을 수 있다는 걸. 그래도 그 아이는 끼어 있지 않다고 저는 믿습니다…… 그런데 보시다시피 최악의 상황입니다. 그 아이가 질서를 파괴하고 공화국을 선포하려고 했답니다…… 공화국, 맙소사, 공화국이라니!"

"하지만……"

"이제 당신도 두려우시죠, 그렇게 무시무시한 계획을 세울 수 있다니 전혀 믿기지 않으실 겁니다. 그리고 저는 당신을 이해합니다, 당신에게 찬성한다고 말씀드리겠어요. 만약에 제가 그와 혈연관계로 맺어졌다면 저의 불쌍한 형제에 대한 기억이……" 그가 눈물을 닦으려고 호주머니에서 손수건을 꺼냈다. "휴우 그렇습니다. 당신도 이 일에 대해 두려워할 권리가 있으시죠, **당신도.**"

'이렇게 첫 번째 타격을 날리는군.' 수도원장이 생각했다. 그리고 말했다. "아닙니다. 저는 그를 심판하는 게 내키지 않아요. 그리고 두려운 건…… 아니 오히려 솔직히 말씀드리면, 조금 전까지는 놀라고 믿기지 않았다면 지금은 분명해 졌습니다. 당신 조카가 성당을 약탈할 정도라고는 믿지 않 아요. 그러나 그가 혁명을 준비하던 중이었다는 당신의 말 은……"

"놀랍지 않으십니까?"

"네."

"알겠습니다…… 따지고 보면 바로 그래요, 원래 가족은 혈연이 음모를 꾸미는 광기를 마지막으로 알아채기 마련입 니다. 만약에 천천히 자리 잡아 가는 광기라면 말입니다. 항 상 함께 어울려 살기 때문에 각자 상대방 얼굴을, 나이 들어 가는 걸 눈여겨보지 않습니다…… 진지한 걸로 알았는데 반 대로 미쳤던 겁니다, 미쳤어……"

"제 말씀을 오해하셨군요. 저는 그에게 있어 공화국이 이 상理想이었다는 이야기를 해 드리고 싶었습니다. 아무튼 그 가 그것을 실현하려고 시도했다는 게 놀랍지는 않아요."

"아." 수사신부가 눈을 가늘게 뜨면서 수도원장의 무엇보 다 무표정한 얼굴을 자세히 들여다보았다.

"만약에," 오랜 침묵 후에 수도원장이 말을 이었다. "어떻 게 끝이 났는지 보았기에, 적절한 순간에 힘은 충분했는지, 필요한 만큼 적당히 신중했는지 논의할 수 있다 해도, 한마 디로 말해서 시기와 상황으로 보아, 말 그대로 광기라는 일반적인 의미에 해당하는 건 아니었습니다. 그런데 당신의 조카가 미쳤다고 말하는 것은 그걸 실행에 옮겼기 때문이에요."

"아…… 당신도 혹시 그 아이와 같은 생각이십니까? 혁명, 공화국……"

"제게 공화국과 왕국은 그 밥에 그 나물입니다. 왕이 있고 집정관, 독재자가 있고 혹은 그 어떤 악마라고 불리는 게 있든 저한테는 별자리 움직임만큼 중요하지 않아요, 아니 어쩌면 덜 중요할 겁니다…… 혁명에 대해서는 솔직히 말씀드려서 다른 느낌을 가지고 있지요. 내가 할 테니 너는 손 떼라는데 제가 뭘 할 수 있겠습니까……? 저는 좋아합니다. 권력자들이 굴을 파러 가고 불쌍한 이들이 승리하는 걸……"

"머리들이 떨어져 나가잖습니까." 베네딕트회 수사신부가 냉소적으로 덧붙였다.

"뭐, 누군가의 머리는……" 동요하지 않고 수도원장이 말했다. 그는 불량한 태도를 지적받은 아이처럼 보였다. "누군가의, 아무튼 생각하지 않는 누군가의 머리가 필요하겠죠."

"그렇다면 당신이 국가 형태에, 통치 방식에 그리고 정부 요원에 전혀 관심 없다는 게 사실이 아니군요. 생각하는 머리와 생각하지 않는 머리를 당신이 단두대 선상에서 적절하게 구별한다면, 생각하는 머리에게, **당신 말에 따르면**, 생각하는 머리에게 통치받는 걸 당신은 선호할 게 분명합니다. 추측건대 생각하지 않는 머리는 결국 떨어지겠군요." 살바토레 신부의 목소리가 이제는 생생한 분노를 토해 냈다.

"그렇군요." 수도원장이 말했다. "어쩌면 당신 말이 옳습니다…… 저는 전혀 그런 생각을 해 보지 않았어요…… 오 그래요, 당신이 정말 맞습니다."

베네딕트회 수사신부는 저녁기도 중에 자신이 이 사람을 용서할 수 있게 해 달라고 하느님께 청하는 기도를 올려야겠다는 생각이 들었다. '이 작자가 나를 조롱하고 있다'는 생각이 들었기 때문이다. 그런데 그건 잘못된 생각이었다. 수도원장은 항상 자신과는 거리가 멀고 심지어 모순된다고 간주하던 것에 자신이 흥미를 갖고 있음을 발견하고는 정말로 깜짝 놀랐다. 솔직히 말해서 그는 특히 최근 몇 년 사이에 이런 놀라움에 빠지는 일을 여러 번 경험했다. 다른 사람들의 이야기를 통해서 혹은 고독한 생각에 빠져 있을 때 경험했다. 유년 시절의 기억이 자신에게 벌어지는 그런 경험을 설명하는 우화가 되어 버렸다. 그가 어린아이일 적 교리문답을 들으러 다니기 시작했을 때, 성당 의자에는 참새 떼같이 많은 아이들이 바글거렸다. 그런데 일주일 후 참빗으로 머리를 빗고 있는데 정신없이 가렵기 시작했다. 그의 어머니가 그의 머리에서 이를 발견했다. 빈곤함에도 지나칠 정도로 유별난 청소 의식을 치르는 깔끔한 여인이었던 어머니(사실 수도원장은 어머니를 많이 닮지는 않았다)가 이를 발견한 사건으로 "아이들이 네게 이를 옮겼구나"라고 말하는 걸 들을 때, 위협과 비난으로 느껴져 그의 양심은 괴로웠다. 교리문답의 이, 그리고 지금은 이성의 이다. 매번 그러듯이 그는 그 이미지를, 기억을, 우화를 거칠게 몰아내 버렸다. 교리문답에 반하는 죄, 그리고 지금은 우정에 반하는 죄다.

그가 부주의했다. 자신에게 쏟아지는 이단심문관같이 매몰찬 베네딕트회 수사신부의 시선을 알아챘다. 위축되는 느낌이 들고 혼란스러워진 그가 말했다. "바로 그렇습니다. 사람은 어떤 것에 대해 미처 생각하지 못하다가 나중에 갑자기 자기 앞에 닥쳐야 알지요."

"당신은 전혀 다른 사건에 손을 대셨더군요." 살바토레 신부가 매섭게 말했다.

수도원장의 유치한 반항 기질이 다시 꿈틀거렸다. "그러네요. 그 베네딕트 수도회 전체가 매달린 고서 위조 작업이죠……"

"저한테 하시는 말씀인가요?"

"당신에게 하는 말이기를 원하십니까? 사실입니다."

"그런데 미치광이인 제 조카가 제일 먼저 당신의 사기를 의심했던 거 아십니까?"

"정말입니까? 그래, 언제요?"

"당신이 하거를 박살 낸 날 저녁요, 바로 그날 저녁."

"반가운 소리네요." 수도원장이 말했다. "정말로 반가운 소립니다."

14

'발로 가리킬 때 농부들은 말하지. 존경심을 가지고 대화한다고. 이제 너도 그렇게 말할 수 있겠군, 이성적으로.' 널빤지 위에 뻗어 있던 그의 발이 삐져나와 있다. 밖으로 삐져나온 것은 널빤지가 짧아서가 아니라 널빤지에 발이 닿지 않도록 눕혀졌기 때문이다. 형체를 알아볼 수 없는 발은 뿌리째 뽑힌 관목에 달라붙은 흙덩어리 같았다. 피를 흘리고 고기 껍데기로 뒤덮인 흙덩이였다. 분해되고 불타는 기름 덩어리 악취를 풍겨 댔다.

그런데 그렇게 뻗은 걸 보고 있자니 눈과 발 사이에 비현실적인 거리가 있는 것같이 여겨질 정도로 고통이 아득했다. 습기 찬 지하실에 있는 벌레를 생각했다. 두 동강이 난 그 벌레는 여전히 살아 꿈틀거린다. 그렇게 느껴졌다. 그 자신의 몸의 일부는 고통만 느끼는 육체고, 다른 부분은 정신이다. 단지 그 남자는 벌레가 아닐 뿐이다. 발 역시 정신에 속한다. 판사들이 다시 그를 불렀을 때 그는 어느덧 아득해진 거의 절단된 자신의 몸의 일부를 다시 정복하고, 발더러 땅을 딛고 움직이라고 해야만 했다. 발이 판사들 앞에서 평온함, 정신력을 표현할 차례였다. 발은 이미 일곱 차례나 **불타는 기름 덩어리로 발바닥을 지지는** 고문을 받았다. 그가 버티도록 도와준 건 『신곡―지옥 편』 제19곡의 시구와 단테의 다른 시, 아리오스토와 메타스타시오⁺의 시였다. 그것들 모두는 판사들이 그토록 옳다고 믿는 저주의 형태니까. 고문에 대해 썼던 법률가들인 파리나초와 마르실리 역시 그를 도왔다. 그들이 고문에 대해 내린 정의와 어리석은 판단을 더듬어 가는 일은 그에게 도움이 되었다. 다섯 번의 밧줄 고문과 마흔여덟 시간 동안 잠을 못 자는 고문과 일곱 번의 불 고문을 견딘 후에 그는 더욱 확신을 가지고 말할 수 있었다, 고문을 생각해 낸 사람들과 고문을 지지하던 사람들은 어리석었다고. 그 사람들은 고유한 인간성을 지닌 인간을 집토끼, 산토끼처럼 여길 수 있다는 사람들이다. 인간으로서 그들 자신의 인간성

✦ Pietro Metastasio 1698~1782 이탈리아의 시인이자 극작가. 우아한 시체 詩體로 많은 가극의 오라토리오, 칸타타의 대본을 썼다.

이 사라진 법률가들, 판사들, 사형집행인들은 어리석게도 **문제**에 복수를 했다. '어쩌면 사형집행인은 아니지, 사형집행인은 적어도 잔혹한 사형 집행에서 쓰레기 취급을 받고, 정말로 더러운 인간의 양심을 지녔다고 평가받으니까 말이야.'

그는 열이 났다. 그리고 필사적으로 갈증이 났다. 이따금씩 물통을 바라보았다. 그러나 꼼짝할 수 없었다. 판사가 그를 다시 부를 때까지 움직일 수 없을 것이다. 갈증이 거세질수록 그는 땅에 발을 대려고 안간힘을 썼다. 다른 사람들이 없을 때 그는 살아났다. 다른 사람들. 교도관들, 판사들, 사형집행인이 없을 때 말이다. 그리고 그의 어머니 역시 어느덧 다른 사람들 세상에 속했다. 그가 걷던 그 다른 세상에서는 고통 없이 발이 땅을 디뎠었다. 고문은 그를 절대적으로 고독하게 만들어 버렸다. 다른 사람들은 어느덧 이런 면에서도 그와 달랐다, 그들은 걸을 수 있었다. 그에 대한 처벌 때문에 가슴 찢어지는 슬픔에 빠진 그의 어머니조차 그를 고문하는 저 사람들과 공통점을 가지고 있었다, 침대에서 의자로, 이 방에서 저 방으로 움직일 수 있다는. 그렇게 떠오른 어머니가 조용하고 어두운 집으로 사라졌다. **고독한** 모습. '시칠리아 사람들은 스페인의 성당 안에 있는 피에타 성모는 괴로워하는 모습이라고 말한다. 그런데 스페인 사람들은 **고독한** 모습이라고 말한다. 스페인 사람들에게 고통과 슬픔은 고독이기 때문이다…… 그런데 나의 어머니의 고독은 나의 고독이 아니다. 신체적 고통, 신체의 절단이나 손상은 절대적인 특성을 지닌 고독을 부여한다. 더욱 깊은 영혼의 고통으로 우리와 다른 사람들 사이에 이어지던 가느다란 선이 끊어지고 만다…… 너는 영혼에 대해 말했다…… 고문이 너에게 너의 몸이 전부라는 것을 증명해 주었는데도 정말로 여전히 영혼에 대해 생각할 수 있는가? 너의 몸은 버티었다. 그러나 네 영혼은 아니다. 너의 정신은 몸이다. 그리고 너의 몸은, 너의 정신은, 잠시 후에…… **너와 이 땅이 함께하며 연기와 가루, 그림자로 아무것도 아닌 게 된다**…… 또 다른 시, 이 시는 네가 그다지 좋아하지도 않던 시다. 그런데 지금은 무척이나 마음에 든다. 너는 더 이상 포도주를 구별하지 못할 정도로 취한 술 주정뱅이 같다. 이전에 그렇게 애착을 가져 본 적이 없었던 것처럼, 이전에 그랬던 적이 없었던 것처럼 지금의 너는 삶에 대한 애착이 대단하다. 이제 너는 물, 눈, 레몬, 온갖 과일, 온갖 나뭇잎이 뭔지 안다. 마치 네가 그 안에 있는 것처럼, 마치 네가 그것들의 본질인 듯 말이다.' 그것들은 그의 욕망, 그의 열정이었다. 지금은 버찌가 짙은 녹색 나뭇잎 사이에서 붉게 익어 가고 있었다. 어느덧 귀해진 오렌지는 건포도처럼 훨씬 더 달고 맛이 강해졌다. 그리고 레몬, 레몬과 눈, 얼어 붙은 서리로 뿌옇게 된 컵, 톡 쏘는 향…… 산조반니 델리 에

레미티 성당의 회랑이 보였다. 나무에서 분리하는 게 불가능해 보이는 그렇게 굵고 무거운 삼나무들이 촘촘하게 서 있었다. 산조반니 성당의 회랑, 성당, 붉은 돔, 향기를 잔뜩 풍기는 커다란 나무들. '더 이상 볼 수 없을 거야.' 붉은 돔, 아랍인들, 벨라 수도원장. '그는 자기 방식대로 인생의 사기를 마무리 지었다. 유쾌하게…… 목숨을 건 사기가 아니다. 목숨이 있을 때 친 사기다…… 살아 있을 때가 아닌…… 아니 그래, 살아 있을 때에도……' 열이 나면서 생각이 뒤섞였다. '너의 경우도 사기였다, 비극적인 사기였어.' 이리저리 떠돌던 상념은 그를 음모에 빠뜨린 사람들에 관한 생각으로, 판사 앞에서 자비를 호소하고 참회하며 그를 고발했던 사람들에 관한 생각으로 끝나 버렸다. 그와 같이 **저항한** 사람이 인간적 존엄성을 지녔을까. 줄리오 티날리아, 베네데토 라 빌라, 베르나르도 팔룸보가. 그들을 동정하는 건, 그들의 운명 때문에 후회하는 건 부당할 것이다. 그 팔룸보 상등병. 그의 단호함, 그의 침묵, 판사들에 대한 그의 경멸. 그가 어디서 왔고 무슨 경험을 했는지 알 게 뭔가. 그를 좀 더 잘 알지 못했던 게, 그의 인생에 대해 아무것도 알지 못하는 게 유감스러웠다. 심지어 누가 그를 음모에 가담시켰는지도 기억나지 않았다. 그의 목소리조차 기억나지 않았다. 음울하고 말이 없는 사람이었다. '가끔 너는 그를 의심했었지. 그가 너무 폐쇄

적이기 때문에, 그가 상등병이기 때문에 말이야. 더 나쁜 건 네가 병사를 믿었다는 거지. 반대로……'

그러나 두려워했고, 떨고 간청하고 고발한 것은 다른 사람들, 그를 고문한 다른 사람들이었다. '네가 고독으로 가로막아도 소용없다. 네가 혼자라는 건 사실이 아니다. 너는 그들 가운데 있다. 그들의 비겁함이 너와 동행한다. 그들이 비겁하다면 그건 너 때문이다. 그들이 이를 알아챘을 때 스스로 경멸할 것이다…… 그러나 제도상 너는 그들을 위해 네가 이미 했던 것 이상으로 아무것도 할 수 없다. 그들이 좀 더 가벼운 벌을 받기 희망하고, 무엇보다 그들이 풀려나기를 희망하는 일만 네게 남아 있다…… 왜 그들을 풀어 주면 안 될까?' 그는 명료하게 그들의 변호를 하기 시작했다, 고통스럽고 얼음장 같은 졸음이 그를 덮어 버릴 때까지. 그리고 꿈속에서도 여전히 그 울림과 파편을 계속해서 모았다.

15

몬시뇰 아이롤디와 벨라 수도원장 사이를 왔다 갔다 하던
피시켈라 남작이 이른 아침 수도원장의 집에 도착했다. 대체
로 오후에 모습을 보이곤 했기에 뜻밖이었다. 그는 숨을 헐
떡이고 땀을 흘리고 경황이 없어 보였다. 그는 무엇보다 먼
저 명확하게 전해 주고 싶은 나쁜 소식이 있다고 바로 말했
다. "당신을 체포할 거예요. 저녁 전에 당신을 체포한답니다."

수도원장은 전혀 미동도 없이 있었다.

"몬시뇰께서 유감스럽고 속상해하십니다…… 그분께서는
전혀 예상하지 못하셨거든요."

"나는 예상했었소." 수도원장이 말했다.

"맙소사, 그럼 어디 딴 데로 급히 옮겨 가 몸을 숨기지 않

으시고요."

"난 움직이고 싶지 않았소, 나는 지쳤어요…… 게다가 당신은 나를 미쳤다고 할 테지만, 난 일이 어떻게 끝이 날지 보고 싶었다오."

"그런데 내가 말씀드릴 수 있는 건 그들은 상관없다는 거지요. 그들은 사기가 어떻게 마무리되는지 보자, 벨라 수도원장이 어떻게 헤쳐 나가는지 보자는 입장이에요…… 당신은 이런 상황에 처하신 겁니다." 급히 손을 입 아래에 갖다 대며 물이 이 정도까지 차서 수도원장이 익사할 위험에 처했다는 표시를 했다.

수도원장은 무심하게 어깨를 추슬렀다.

"이해가 안 가요." 남작이 말했다. "내가 전하는 말은 끔찍한 겁니다, 당신을 이해할 수 없어요."

"나도 이해가 안 된다오." 수도원장이 말했다.

"아니 뭐가요, 감옥이라고요……! 충격적이지 않으신가요, 무섭지 않으세요?"

"그 경험은 못 해 본 거요."

"그 경험은 못 해 본 거라고요. 잠깐만, 중요한 이야기를 할 참이었는데…… 아 그래 그렇지, 그 경험은 못 해 본 거라니요…… 내 말을 이해하시겠습니까…… 아니 무슨, 내가 할……"

"당신이 못 해 본 경험은 사람이 할 게 아니라고, 당신이 말하려던 걸 이해하오…… 하지만 감옥은, 그래요, 감옥은 사람과 관련 있어요. 아니 말하고 싶은 건 감옥은 사람 안에, 그의 본성 안에 있다는 거요."

"그래, 그래요, 그렇군요." 거의 노래하듯 남작이 말했다. 그리고 한편 생각했다. '좋은 사람인 줄 알았는데, 여기 이 인간 완전 미치광이네.' 남작이 자리에서 일어났다.

"내가 미치광이 같소?" 수도원장이 물었다.

"천만에요, 꿈에도 그렇게 생각하지 않아요…… 아무튼 내 말을 잘 들으세요. 내가 지금부터 말하는 건 몬시뇰 아이롤디가 당신에게 보내는 마지막 경고입니다. 파손하지 않았다면 당신이 상세하게 번역한 산마르티노의 고서에 대해 군건히 버티고 『이집트 평의회』에 대해서는 마음대로 하시랍니다, 거짓이든 그렇지 않든 당신 원하는 대로요…… 그리고 거짓이라고 고백하더라도, 그걸 증명하고, 당신의 죄를 완화하기 위한 절차가 반드시 있을 겁니다. 사실 『이집트 평의회』는 카라촐로와 시모네티가 구축하려고 시도했던 것을 지지하는 바람에 만들어진 셈이기 때문이죠. 간접적으로 제안을 받았든 혹은 직접적으로 제안을 받아 만들어졌든, 아무튼 당신 마음대로…… 한마디로 말해서 이런 입장을 취하시면 됩니다, 그리고 몬시뇰께서는 당신을 돕는 데 부족함이 없으실 겁니다."

"두고 봅시다." 수도원장이 말했다.

"사람들이 뭐라고 말하는지 아십니까? 하늘은 스스로 돕는 자를 돕는다 하셨지요. 그러니 이런 경우에 당신 스스로 돕다 보면 몬시뇰께서 당신을 도울 상황이 될 겁니다."

"두고 봅시다." 다시 수도원장이 말했다.

그들은 서로 인사를 나누었다. 남작이 내려가는 동안 수도원장은 층계 꼭대기에 서 있었다. 대문에 다다르기 전에 남작이 마지막 인사로 몸을 돌렸다.

"잠깐만요." 수도원장이 말했다. "디블라시 변호사에 대해 당신에게 물어본다는 걸 깜박했소, 새로운 소식이라도 있소?"

"아무것도, 그저 많이 형편없어졌답니다."

"형편없어져요?"

"진술하고 싶어 하지 않았다는군요. 그래서 그를 좀 지져 댄 모양입니다, 당신도 아시잖아요……"

"그랬더니 말했답니까?"

"아니요. 하지만 이미 모든 증거가 입수된 상태인걸요. 내일 재판이 열린답니다…… 기억해야 할 본보기로 엄중한 판결이 있을 거예요." 교수대 이미지를 만들어 보이고자 손을 목에 갖다 대며 말했다.

"그가 이미 알고 있는 결과인 거요?"

"그럼 물론이지요." 남작이 말했다. 손 인사를 한 뒤 대문을 빠져나갔다.

수도원장은 창문 앞에 앉으러 돌아왔다. 마치 마비된 사람처럼 몇 시간 동안 계속해서 그 자리에 앉아 있었다.

법의 잔인함, 고문의 실체, 정의의 무자비한 집행을 과거에 구경꾼으로 본 적이 있었지만 전혀 그의 감정을 불안하게 하지 않았었다. 그는 그 감정을 자연스러운 것으로 이해했다. 혹은 잘 생각해 보면 유사하지 않은 그리고 무엇보다 포도나무나 올리브나무의 가지치기같이 필요한 자연의 수정 작업으로 여겼었다. 베카리아가 쓴 사람에 대한 고문과 사형 제도에 반대하는 책이 있다는 것을 그는 알고 있었다. 바로 그 시기에 몬시뇰 로페스가 그 책의 압수를 명령했기 때문에. 또한 디블라시의 생각을 알았다. 그런데 세상에는 수많은 멋진 생각들이 있다. 상황의 방향이 다르고, 폭력적이고 절망적이었을 뿐이다. 고문으로 파괴되고 사형당할 운명인, 존경과 애정을 받던 아는 사람을 떠올리자, 고문과 교수형이 법과 정의가 된 세상에서 살아가는 게 갑자기 부끄러워졌다. 그 부끄러움은 신체적 불편함처럼 느껴지면서 구토가 날 정도였다. '베카리아의 책을 읽고 싶다. 몬시뇰 아이롤디가 확실히 갖고 있었을 텐데…… 그런데 이제 막 체포

당할 지경에 처했다. 하물며 허용되지 않는 책이라면 읽는 것조차 전혀 허락되지 않겠지…… 나를 대법원으로 혹은 카스텔람마레로 끌고 갈지 알 게 뭔가, 남작에게 물어보는 걸 깜빡했군. 그런데 어쩌면 몬시뇰 아이롤디가 말을 잘해 줘서 카스텔람마레에 갈지도 모르지.' 그에게 감옥은 정말로 두렵지 않았다. 삶의 편리함과 즐거움에 있어 그는 절대적인 무관심 상태에 빠졌다. 그보다는 『시칠리아 평의회』와 『이집트 평의회』에서 찬란하게 증명된 사기와 상상을 세상에 폭로하는 게 훨씬 더 구미가 당겼다. 한마디로 말해서 그는 책을 써서 사기를 쳤다. 마치 몰타의 검고 빛나는 흥분한 말 중 한 마리가 등자에 발이 낀 그를 먼지 속에서 잡아끄는 것 같았다. 게다가 그는 어느덧 자신의 상념에 빠져 있는 데 익숙해졌다. 과거에 한때 복권 숫자를 알아맞히려고 다른 사람들의 꿈 해몽을 하던 것처럼 느낌과 의미를 파악하고자 인생사, 과거 그리고 현재를 쭉 회상했다. '인생은 정말로 한바탕 꿈이다. 인간은 인생을 알고 싶어 하지만 그저 점쳐 볼 뿐이다. 시대마다 점을 치는 신비주의를, 모든 인간은 그 신비주의를…… 그러고는 인생이라는 꿈을 해몽하여 점을 친다. 하느님의 추첨기 혹은 이성의 추첨기로…… 그리고 결국 하느님의 추첨기보다 이성의 추첨기에서 다섯 장의 점괘 패를 추려 내는 것으로 끝나기 십상이다. 인생이라는 꿈 안에 있는 다섯 장의 점괘 패……' 동네에서 꿈을 해몽하여 복권의 숫자를 알아맞히는 **숫자꾼**이라는 오래된 직업이 적어도 비슷하게나마 그의 점치는 신비주의를 표현할 말을 그에게 일러준다. 희미하게 반짝거리는 신비주의는 모습을 감추고 미신으로 시들해진다.

그리고 기억도 있었다. 현재의 꿈속에서 이제 과거를 꿈꾸었다. 기억의 금빛 안개 속 바다 수평선 너머로 몰타가 보였다. 마음속에 있는 망원경의 초점에 맞추어진 듯, 첨탑처럼 뾰족한 종탑, 나지막한 하얀 집들, 오두막 정자들이 눈앞에 불쑥 떠올랐다. 옛 도시의 성벽에서부터 시지위와 제부치 사이에 펼쳐진 들판을 자유롭게 이동했다. 노란색의 마요르카 작물과 아직 새싹인 강렬한 녹색 밀보리로 덮여 있는 들판이었다. 흰색 격자무늬의 건조한 돌벽에 강렬한 붉은 꽃이 활짝 피어 있다. 한 몸처럼 잘 어울린다. 재스민이 피기 시작했다. 테라스에, 거리에 재스민 향이 진동한다. 노인들은 허름하지만 편안한 소파에 앉아 파이프를 피우고, 잎담배 냄새를 즐기고 있다. 여인들은 목화솜을 짜서 작은 크기의 가벼운 천을 만들었다. 몇몇 게으른 젊은이들은 기타를 연주하고, 꼼짝하지 않는 이유를 진지하게 돌아가면서 이야기했다. 그러다 매일 저녁마다 항구 쪽에 시칠리아인, 그리스인, 카탈루냐인, 제노바인 선원들이 도착하는 동안에 기타는 귀뚜

라미처럼 소리를 냈다. 이 기타 소리는 얼마나 멀리 와 있는 지 실감하게 하고 향수를 느끼게 한다. 술에 취한 선원들은 그들이 겪은 세상 이야기를 부채처럼 활짝 펼쳤다. 그는 가장 비참한 사람들에게조차 새로운 장소가 어마어마하고 다양한 모험을 제공할 수 있음을 발견한다. 또한 비참한 사람들이 삶의 기쁨을 포착할 수 있는 유일한 가능성을 본다. 그 선원들은 바다 깊은 곳이나 경건함이 느껴지는 암흑으로 둘러싸인 장소에서 볼 수 있는, 후에 몰타를 유명하게 할 선사시대를 연상시키는 묵직하고 기괴한 아름다움에 깜짝 놀랐다. 그들은 이따금 그와 마주쳤을 때 그에게 여인이란 존재의 정체를 폭로했다. **관음증이 있는** 그의 열렬한 호기심을 불러일으킨 에로틱한 사실에 그는 메스꺼움을 느끼면서 중독됐다. 사실상 그는 여인으로 인해 세상을 위조하기 시작했다. 그는 여인에 대해 알고, 엿보고, 그리고 미루어 짐작한 요소들을 가지고 해가 지날수록 소진되지 않는 완벽한 상상을 하기 시작했다. 여인을 통해, 여인에 대한 상상을 통해, 고향 땅의 사투리와 습관이 녹아 있고 그의 피가 음울하게 불러내는 아랍 세상에 대한 상상에 결정적으로 끼어들었다. '상상하는 것만이 아름답다. 그리고 상상은 기억이기도 하다…… 몰타는 가난하고 씁쓸한 땅에 불과하다, 산파올로가 도착했을 때처럼 사람들은 야만적이다. 그저 바다에서 이슬

Il Consiglio d'Egitto

람 세상의 우화와 그리스도교 세상의 우화를 상상으로 마주할 수 있을 뿐이다. 마치 내가 그랬던 것처럼, 내가 할 수 있었던 것처럼 말이다. 다른 사람들은 역사라고 말할 테지만, 나는 우화라고 말한다.'

16

어쩌면 판사 중 한 명이 판결을 봉투 뒷면에 기록했던, 산 마리나 광장의 **토론장**에 도착했을 때는 어느새 새벽 2시였다. 재판은 폐쇄된 공간에서 진행되었다. 심지어 법정 앞에는 총 검으로 무장한 병사들이 지키고 있었다. 디블라시를 변호하 는 파올로와 가스파레 레오네, 그리고 다른 피고인들을 위한 펠리체 피랄로로의 격렬한 항변 때문에, 판결 심의가 오후 2 시부터 10시까지 오랫동안 이어졌다. 그러나 그 심의는 의 미 없는 잡담에 불과했다. 그래도 레오네는 그들 동료에 대 한 일을 맡았기에 특별히 중요하게 여겼다.

판결문이 적힌 봉투를 빌라비안카 후작이 움켜잡았다. 그 판결문이 그의 일기 자료로 필요하다는 것을 알고 있기에 다들 그의 행동을 묵인했다. 그가 큰 소리로 읽기 시작했다. "이 프란체스코 파올로 디블라시를 화형시키지 않고 참수형에 처한다. 피고는 음모의 우두머리임에도 공범을 입증하지 않아, 형 집행으로 시신이 될 때까지 고문을 받는다. 줄리오 티날리아, 베네데토 라 빌라, 베르나르도 팔룸보는 영혼이 몸에서 분리될 때까지 교수형에 처한다. 이 모든 형은 누오바 성문 밖의 평야에서 집행한다……"

나머지 판결문은 흐지부지됐다. 빌라비안카 후작의 목소리는 위원회의 질문과 답변들로 묻혔다. 그리고 유사한 범죄에 대해 가장 적합하다 할 수 있는 모범적인 판결 때문이 아니라, 정부의 힘을 자코뱅당원들과 서민들에게 과시하는 필요성에 적합한 판결이기에 모두들 만족했다. 법원이 결국 자신들과 같은 계층에 속하는 디블라시에게, 교수형에 처해질 공범자들과 달리 참수형을 내렸다는 사실 때문에 만족스러웠다.

테이블 사이를 바삐 돌아다니며 서양우엉과 과일로 만든 으깬 얼음이 든 소다수를 권하던 시종들은 신사 숙녀에게 "지친 영혼을 정화하세요" 혹은 "다시 채워 드릴까요……"라고 말하며 정신적으로 시중을 들고 있었다. 작은 우물 근처에서 바삐 움직이는 부엌으로 돌아온 다른 시종들은 자신의 주인의 기분이 흡족한 것에 대해 재빠르게 이야기를 주고받으며 논평했다.

"기뻐들 하는군, 교수대에 매다는 대신에 그의 머리를 자르게 돼서."

"우리는 소다수를 만들어 바치고 그들은 그걸 빨아 대는 군…… 교수대 밧줄은 우리에게, 단두대 칼날은 그들에게."

"아니 자네는 생각이 다른가 보지? 머리를 자르는 만족감은……"

"콩 한 접시랑 고기 한 접시를 비교하는 셈이잖아."

"아니, 물질의 문제가 아니지. 차별의 문제지."

"대단한 차별이네…… 나 같으면 내 몸이 온전하게 남아 있는지 아는 걸 선호할 텐데. 관 속에 두 동강이 난 채 누워 있다는 생각에 기분이 나빠질 거야."

"아니 관 속에서 어떻게 생각을 하나?"

"영혼으로, 난 생각할 거야."

"영혼은 생각이 없어. 불타 없어질 건데. 그리고 봐 봐."

"뭘 봐?"

"살아 있는 자들의 **광대극**이거나…… 아니면 아무것도 아닌 게지."

"그렇지만 단두대 칼로 육신은 죽잖아. 그들 역시 이런 면에서 크게 한 입 베어 무는 거지."

"하지만 머리가 없는 채로 남잖아."

똑같은 문제로 단두대 칼이 교수형보다 더 나은지 레갈페트라 백작 부인, 돈 사베리오 차르보 그리고 빌라노바 후작 간에 논쟁이 붙었다.

"원하는 걸 말씀해 보십시오, 그런데 머리는, 맙소사, 머리는……" 후작이 잘 붙어 있는지 확인이라도 하듯 목을 만지며 말했다.

"그걸 그렇게 중요하게 여기시는 줄 전혀 몰랐군요." 항상 톡톡 쏘는 버릇이 있는 돈 사베리오가 말했다.

"그는 중요하게 여겼어요." 백작 부인이 말했다.

"이 좋은 결실을 맞이하려고 말이지요." 후작이 말했다.

"내가 무슨 생각을 하는지 아세요?" 돈 사베리오가 말했다. "백작 부인이 말하는 대로 그는," 그는 백작 부인과 디블라시 사이의 지나간 관계를 암시하고자 그라는 말에 힘을 주어 말했다. "그는 법정이 원했던 이 차별로 인해 가장 강력한 벌을 받은 걸 겁니다…… 그는 평등을 믿었고, 평등을 위해 싸웠죠. 그래서 단두대 칼을 받고 동료들은 교수형에 처해지는 거예요."

"그럼 판결은 이런 관점에서도 무척 공정한 거군요. 형벌은 이런 경우에 대상이 유죄라는 생각의 반대도 포함해야만 하지요." 후작이 말했다.

"그렇군요." 돈 사베리오가 말했다.

"이 순간에 그가 무엇을 생각하는지 누가 알겠어요, 그는 틀림없이 낙담에 빠져 있을 거예요…… 저는 그가 불쌍해요. 전 오늘 밤 눈을 붙이지 못할까 걱정스러워요." 백작 부인이 말했다.

"충분히 그러실 거라 여겨집니다." 돈 사베리오가 말했다.

"당신에게 조언 하나 해 드릴까요? 상추 한 덩어리를 달인 탕약을 한 잔 쭉 드세요, 그러면 천사처럼 주무실 겁니다." 후작이 말했다.

"정말요? 그런데 상추 달인 건 맛이 없어요, 한 잔을 다 마실 자신이 없네요."

"레몬을 조금 넣으세요." 돈 사베리오가 말했다.

17

매일 테레시 신부가 그를 면회하러 왔다. 어쩌면 몬시뇰 아이롤디의 충고 때문인지 무척 조심스러웠다. 하지만 벨라 수도원장은 그다지 썩 반갑지만은 않았다. 벨라는 테레시가 카스텔람마레 감옥의 성당 미사 집전 신부고, 몬시뇰 로페스의 스파이인 것을 알고 있었다. 아무튼 개는 개를 먹지 않으니 괜찮지만, 누구를 만나든 가슴에 손을 얹고 감탄하는 지극히 상냥한 얼굴을 한 테레시를 마주 보고 있는 것은 정말 짜증 나는 일이었다. 그런데 감옥에서 열이레가 지나자 그를 보는 게 습관이 되면서 짜증도 덜 났다. 테레시가 벨라에게 어느 정도의 호의를 베풀기도 했음은 굳이 말할 필요가 없다.

그를 통해서 수도원장은 디블라시가 사형선고를 받았음을, 그리고 판결은 그다음 날 집행될 것임을 전해 들었다. "적어도," 테레시가 덧붙였다. "살인자에게는 절대 부족할 게 없다는 속담이 거짓이 아니지요."

"아니 무슨 일이 벌어졌소?"

"산타테레사 성당 앞 광장에서 교수대를 준비하는 중에, 유명한 디마르티노가 교수대 높은 곳에서 떨어졌소. 그리고 이제 스페달레그란데에 입원해 있답니다. 그런데 그의 몸에서 온전하게 남은 뼈 하나 없다더군요."

"운명의 징후요." 수도원장이 말했다.

"운명은 무슨…… 디마르티노는 이미 한물갔어요. 열정적인 힘은 더 이상 없소, 이미……"

"하지만 그 없이 판결 집행은 불가능할 거요."

"며칠이나 하루 정도 연기해야만 하는 일이 벌어질 수도 있지요. 하지만 다른 이를 찾아낼 거요, 의심할 여지 없이."

"당신에게 부탁이 하나 있소." 수도원장이 말했다.

"내가 할 수 있는 거라면 기꺼이 해 드리지요. 편하게 말씀하시오, 형제지간처럼."

"고맙소…… 저기 디블라시 변호사에게 작별 인사를 하고 싶소."

"형제로서 나를 믿으시오, 그건 불가능합니다. 그의 주변은 깜짝 놀랄 정도로 감시가 엄중하거든요."

'형제 좋아하시네.' 수도원장은 생각했다. "하지만 당신은 그를 보고 그와 말하잖소. 그리고 나도 사제 아니오?"

"똑같지가 않지요."

'그럼 똑같지 않지, 너는 스파이 짓을 하지.' 그러나 수도 원장이 말했다. "그렇지만 최소한 내 인사를 대신 전해 줄 수 있잖소……"

"뭐라고요?" 테레시가 물었다. 그러고는 수도원장이 뭔가 흥미로운, 나중에 몬시뇰 로페스에게 보고할 만한 귀가 솔깃 한 이야기를 꺼내자 갑자기 열심이었다.

"그에게 전해 주시오, 내가 한 짓에 대해 나는 후회하고 있 다고. 그 고서들, 당신도 아시잖소…… 그래요 후회합니다. 그리고 그도 그걸 알았으면 좋겠소. 뭐냐면…… 아무것도 아 니오. 나는 후회합니다, 내 인사를 그에게 전해 주시오."

"아니 뭡니까, 당신의 고해성사요?"

"아니, 아니요 전혀…… 말하기 복잡합니다, 아시겠소? 빌 어먹을 정도로 설명하기 복잡한 거요……" '안전히 복잡한 거지.' 수도원장은 속으로 말했다. '내가 후회한다는 건 전혀 사실이 아니지. 하지만 내가 후회한다는 걸 그가 알게 하고 싶어서 사기 치는 게 아니야. 그를 위로할 생각도 전혀 없다. 따지고 보면 그에게 나와 내 고서가 무슨 상관이 있으랴, 더

구나 이런 시점에. 그저……'

"그에게 전하리다. 내 더 전해 줄 수도 있어요. 잠시 후에 사람들이 그를 데리고 갈 거요, 다시 고문하기 위해서……"

"또 고문이오?"

"판결이 그러합디다. **형 집행으로 시신이 될 때까지 고문을 받는 다**…… 당신은 성벽 문루에서 산책을 할 수 있을 거요, 내 감시병에게 말해 놓겠소. 그리고 당신이 큰 안마당이 보이는 옆쪽에 있으면, 마차로 가는 그를 볼 수 있을 거요. 내 그에게 당신이 성벽 문루에서 산책 중이라 말하리다. 그럼 그가 잠시 눈을 들어서 보겠지요. 이러고 있을 게 아니라 내 바로 가 봐야겠소."

"당신 말대로 하겠소." 수도원장이 말했다. "그리고 내가 말한 걸 그에게 전해 주는 것을 잊지 마시오."

15분 정도 후에 감시병이 산책을 위해 그를 데리러 왔다. 태양에 눈이 부셨다. 수도원장은 가벼운 현기증을 느꼈다. 그다음에 바다에서 불어오는 바람에 펄럭이며 휘날리는 백합 장식의 깃발✦처럼 자유롭고 가벼운 느낌이 들었다. 큰 안마당에 반짝거리는 자갈 위 바퀴벌레처럼 새까만 마차 한 대가 서 있었다. 수도원장은 성무일도서를 펼쳤다. 그것을

✦   프랑스 부르봉 왕가의 깃발.

읽는 척하며 눈은 마차에 고정시켰다. 그리고 자신이 하려는 짓이 얼마나 멍청하고 심지어 우스꽝스러운지 혼잣말을 했다. 마치 모든 일이 감정에 의해 결정되는 것처럼, 단지 감정 영역에서만 의미가 있고 반면 현실에서는 괴기스러웠다. 그런데 사실은 불안하고 감동적이었다. 그의 존재 전체가 기다림으로 떨렸다.

어쩌면 반시간도 채 지나지 않았다. 네 명의 병사들이 마차를 향해 안마당을 가로질러 갔다. 그들 뒤 다른 두 명의 병사 사이에 비틀거리며 느린 걸음으로 가는 사람이 보였다. 바로 프란체스코 파올로 디블라시였다. 멀리 떨어진 거리 때문에, 비스듬히 떨어지는 태양 때문에 안마당에서 움직이는 인물들은 투사되는 그림자보다 크지 않고 납작하게 짓눌려 보였다. 그러나 마차에 가까워졌을 때 한 병사가 붙잡고 있는 열린 마차 문 앞에서 디블라시는 다시 자신의 키를 회복하는 듯했다. 그는 몸을 돌려 성벽 문루를 향해 머리를 들었다. 그다음에 모자를 들고 가볍게 고개 숙여 인사를 했다. 그 찰나 수도원장은 충격과 공포에 휩싸였다. 저 아래에 있는 사람이 하얗게 센 머리로 자신에게 인사를 건넸다. 검은 옷을 입고 검은 마차에서 그리고 그늘 속에서 그 예상치 못한 백발은 강렬한 공포를 불러일으켰다.

수도원장은 얼굴 윤곽을 알아볼 수 없었다. 하지만 아래

의 그 흰머리는 건조하고 푸석푸석해 보였다. 그는 성무일도
서를 흔들어 대며 인사에 답했다. 디블라시는 마차 안으로
사라졌다. 아뜩하게 정지된 침묵이 마부의 목소리로 깨지고,
마차 바퀴가 자갈 위에서 날카로운 소리를 냈다.

"맙소사." 수도원장이 중얼거렸다. "하느님, 맙소사."

그는 살아오면서 이렇게 경악스러운 충격을 받은 적은 없
었다. 그는 하얀 모습으로 갑자기 모습을 드러내는 악귀 이
야기가 떠올랐다. 그리고 디블라시가 산 사람에서 악귀로 변
모하는 것을 보았다.

몇 분 후에 그에게 디블라시의 대답을 전해 주러 올라온
테레시는 난간에 기대어 늘어져 있는 수도원장을 발견했다.
창백한 얼굴에 깜짝 놀라 휘둥그레진 눈은 초점이 없었다.

"어디 아프시오?" 테레시가 물었다.

"태양." 수도원장이 말했다. "태양에 현기증이 났소, 머리
가 아프네요."

"내려갑시다." 수도원장을 부축하며 테레시가 말했다.

'어쩌면 정말로 태양 때문일 거야.' 수도원장은 생각했다.
그는 그 광경에서 그 기억에서 벗어나고 싶었다. 그는 두려
웠다. 미사 집전 신부가 디블라시의 전갈을 가져왔는지 알고
싶지도 않았다. 그런데 "당신이 그에게 말하고 싶어 하던 걸
내가 그에게 전해 주었소" 하고 테레시가 말했다.

수도원장은 공허한 시선으로 그를 뚫어져라 바라보았다.

"그가 이렇게 대답합디다." 미사 집전 신부가 말했다. "인생은 대단한 사기다, 적어도 당신 인생은 유쾌하다는 장점이 있다. 어떤 의미에서는 유용하다고 하더이다. 그리고 당신의 상상력을 칭찬했소."

"그가 그런 말을 했소?"

"정확하게…… 그리고 당신이 빨리 자유롭게 풀려나기를 바란다며 인사를 전했소."

"당신은 그가 여전히 고문을 받을 거라고 했지요?"

"그렇소, 하지만 형식상의 일이라는 생각이 들어요. 그의 다리는 석류처럼 쪼그라들었소. 의사가 다시 불 고문을 받으면 위험할 거라고 했다는군요…… 그리고, 내가 무슨 말을 하던 중이었죠? 아 판결은 내일 집행된답니다, 정해진 시각에. 대법원의 죄수들 중에서 임시 사형집행인 지원을 받았는데, 스무 명 정도 지원했다는군요. 그중에서 힘 좀 쓰는 자를 한 명 골랐다는데, 누군지는 정확히 말할 수 없소. 그 작자는 16년이 감형된다네요. 사면을 기대할 수 없는 자였다는데…… 아 그래요, 옛사람들 말이 항상 옳아요, 사형집행인은 절대 부족하지 않다."

18

그는 신발을 벗었다. 그러자 다시 물에 뛰어들 힘을 얻으려고 물 밖으로 솟아오른 사람이 숨 쉬듯 편안해졌다. 이제 발에서 피와 고름이 엉겨 붙은 양말을 벗어 버릴 필요가 있었다. 그는 엄청난 의지와 손으로 순식간에 양말을 벗겨 내기로 결정했다.

판사들은 이를 보지 않으려고 자기들끼리 의논하는 척하며 그에게 등을 돌리고 있었다. 심지어 간수들도 다른 곳으로, 창문이나 천장으로 눈을 돌렸다. 그들이 다시 그를 바라보았을 때, 디블라시는 더 이상 양말을 신고 있지 않았고 그의 발은 엉겨 붙은 녹색 고름 덩어리로 뒤바뀌어 있었다.

"우리 서두릅시다." 판사들 중 한 명이 말했다. 녹아 버린 라드 냄새와 뒤섞인 그 썩은 악취에 그들은 구역질이 났다. 녹아 버리고 펄펄 끓는 라드가 이번 고문 요소였을 것이다. 의사의 소견에 따라 죄인이 더 이상 견딜 수 없는 정도일 것이라는 불꽃 고문 대신에 말이다.

"당신에게 최소한으로 고문을 하게 될 거요, 형체를 유지할 정도로만, 이번 고문은." 재판장이 말했다.

"감사합니다." 디블라시가 말했다.

"고문에 반대한 건 의사였소." 재판장이 말했다. 그는 국가의 죄인이 하는 감사 인사를 받지 않으려고 애를 썼다.

고문으로 라드는 이미 녹아 줄줄 흐르는 지경이었다. 고문실 부엌에서 나는 그 지독한 냄새는 지독한 고통으로부터 조금이나마 그의 주의를 돌리게 했다. 간수들과 판사들에게는 기괴하고 우스꽝스러운 뭔가가 있었다. 부엌에서 여인들이 돼지고기를 마지막으로 도살할 때 돼지비계를 정제하여 만든 요리용 라드를 준비하는 것 같았다. 그는 잠시 동안 라드를 준비하는 날 오븐에 구운 맛있는 돼지 껍질을 먹으려고 아이가 부엌을 들락거릴 때의 기억을 더듬었다. 연기가 자욱한 어둠 속에서 구리 냄비와 프라이팬이 작고 어스름한 후광처럼 보이는 널찍한 부엌이었다. 그가 부엌에 더 이상 안 들어간 지, 그리고 오븐에 구운 돼지 껍질을 더 이상 안 먹은 지도 여러 해가 지났다. 유년 시절과 관련되어 남아 있는 맛과 광경이다. 그런데 기억 속에 불안하고 고통스러운 생각이 끼어들었다. 판사와 간수들 역시 유년 시절이 있었을 것이라는, 어쩌면 그들에게도 그 냄새는 아득한 행복이나 가정의 평온함과 따스함에 대한 기억을 불러일으킬 것이라는, 또한 점점 진행되어 가는 고문실의 성가신 일은 잠시 후에 달콤하고 친숙한 안개 속으로 가라앉을 것이라는 생각이 슬며시 들었다. 성가신 일이란 고문을 하는 것이다. 그들은 먹고 잘 것이다. 그들은 자기 아이들과 놀아 주고, 사랑을 나눌 것이다. 그들은 자기 아이들이 감기에 걸릴까 봐 혹은 개가 급성전염병 디스템퍼에 걸릴까 봐 걱정할 것이다. 지는 해, 날아가는 제비, 마당에 피운 연기에 그들은 우울해하거나 혹은 기뻐할 것이다. 그런데 지금 그들은 고문할 채비를 하고 있다. 그는 '사람에게 이런 일이 벌어져서는 안 된다'고, 이성으로 환하게 빛나는 세상에서는 더 이상 벌어지지 않을 것이라고 생각했다(그리고 절망이 그의 생의 마지막 시간을 함께했을 것이다. 미래에 국민 전체가 다른 사람을 고문하는 쪽에 투표할 거라는 걸, 가족들의 사랑을 받고 동물이 존경하며 따르던 전형적으로 문화적이고 음악을 사랑하는 사람들이, 잔인한 방법으로 잔인한 과학으로 수백만의 다른 인간 존재를 파괴할 거라는 걸, 심지어 이성의 가장 직접적인 상속인들이 세상에 그 **문제**를 제기할 거라는 걸 분명히 볼 수 있으리라 예감했더라면 말이다. 그리고 적어도 그가 고통을 받는 순간에는 권리로서의 필요조건이 아니라 바로 존재의 필요조건인 그 **문제**를 말이다).

"상처 위에 말고." 불쌍한 디마르티노를 대신하여 충원된 새 간수에게 판사가 말했다. 그 순간 디마르티노는 스페달레 그란데에서 의사와 간호사의 돌봄은커녕, 땅바닥에 던져진 짚으로 만든 매트리스에서 신음하고 있는 중이었다. 그는 개처럼 아니 개보다 못한 상태였다. 한편 새 간수는 외관상 딱 맞아떨어져서 간수가 되었다. 그는 그 사실을 주변에서 알지 않기를 바랐다. 간수로서 짊어진 이미 견딜 수 없는 불명예에 고문관이라는 오명까지 덧붙여질 것이기 때문이었다. 그래서 그는 범죄자를 괴롭히지 않으려는 데 열심이었다. 양심상 말할 수 있는, 그리고 함께한 동료들의 증언에 따른 그의 고문관으로서의 일은 정말로 죄수를 고통스럽게 하지 않도록 행해졌다. 다른 고문관의 손에서는 반면에 고통스러웠을 것을 고려하면 말이다. 잘 생각해 보면 이는 많은 이들이 고문관이라는 직업이니 그들의 소명의 정당성을 주장하는 이유다. 아무튼 그때에 그는 정말로 가볍게 고문했다고 증명했다. 죄수의 몸에서 흘러나온 피가 어느 정도 공기 중에 식어 흘러내리게 하는 방식으로 만들어진 일종의 커피포트 같은 고문기를 높이 들어 올렸다. 그는 고문기를 천천히 기울였다. 목에서부터 발까지 줄처럼 연결되어 흐르는 피가 염증과 물집이 아직 없는 곳으로 한 방울씩 흐르도록 말이다.

디블라시는 단지 바늘로 콕콕 쑤신다고 느끼는 정도로 고통에 익숙해졌다. 그리고 1분도 채 계속되지 않았다. 판사가 "충분하오"라고 말했을 때 그의 몸은 판사들이 보기에 존재하기를 끝냈다. 그때야 판사들은 그의 영혼이 안식을 취하도록 백의 순례자[*]에 넘겨주었다.

아무튼 그를 산자코모의 군사 지역으로 옮겨 갈 것이다. 그 지역 안에 마달레나 성당, 산파올로 성당, 산자코모 성당이 있다. 그리고 산자코모 성당이 중심 성당이기에 주요한 범죄자들의 안식처로 삼았다. 팔룸보 상등병은 산파올로 성당에, 티날리아와 라 빌라는 마달레나 성당에 잠들 것이다.

프란체스코 파올로 디블라시의 마지막 시간을 편안히 해 주고자, 백의 순례자로 활동하는 산주세페 영주 돈 프란체스코 바를로타가 이미 대기하고 있었다. 그는 딱 필요로 하던 인물이었는데, 왜냐하면 죽음조차 일종의 해결안으로 여겨지는 마지막 스물네 시간을 함께하였기 때문이다. 그러나 디블라시는 죽음을 일종의 해결안으로 받아들이기를 원하지

---

[*] 신심과 그리스도교적 자선사업에 공동으로 참여하기 위해 신자들이 조직한 교회 단체인 신심회의 하나. 1400년 교황 보나파키우스 9세의 성년 선포 때, 백의에 복면 차림으로 순례했던 이들에서 유래했다.

않았다. 산주세폐 영주를 잘 알았기에 그런 사람과 병자성사 면담을 하게 될 것을 알고 깜짝 놀란 디블라시는 거의 산책 하다 혹은 살롱에서 만난 것처럼 편안하게 그와 몇 마디 주 고받은 뒤에 쓸 게 있다고, 자신의 마지막 시간을 보내는 느 낌과 자신의 뜻을 종이에 적는 게 바람이라고 말했다. 사실 그는 아무것도 쓸 게 없었다. 그저 자신에게 남은 그 시간을 혼자 보내기를 원했다.

병자성사에 대한 화제를 막 꺼내려고 하던 영주는 분명 실망했다. 그는 열심히 준비했었다. 부테라 영주가 속어로 풀어 쓴 책 『확산된 무지』를 읽었다. 왜냐하면 오월이었고, 마리아 주간이라는 뜻의 『헤브도마다 마리아나』는 너무 두 꺼웠기 때문이다. 책을 많이 읽고 그렇게 자신의 죄에 있어 오만한 자에게는 흠 잡을 데 없는 교리와 빛나는 진실에 대 한 이야기가 필요했다. 성스러우신 마리아의 즐겁고 고통스 럽고 영광스러운 신비에 대한 이야기가 필요했다. 그런데 디 블라시가 쓸 게 있다는 이유로 물러나자 영주에게는 디블라 시를 위해 기도하는 일밖에 남지 않았다. 그래서 영주는 가 져온 다른 책에서 자비를 청하는 기도 및 행복한 죽음과 구 원을 위한 기도를 읽기 시작했다.

디블라시는 속에서 날뛰는 진실하고 심오한 이야기를 쓸 수 없었고 써서도 안 된다고 느꼈기에 시를 쓰기 시작했다.

당시의 시에 대한 개념에 따르면 시에서는 거짓말도 할 수 있다는 생각이 퍼져 있었기 때문이다. 오늘날 시에 대한 개념은 그 생각과 맞아떨어지지 않지만, 어쩌면 시 자체는 여전히 그러하다.

19

선하신 주님, 당신의 모든 창조물을 사랑으로 살펴보시고, 제가 그분께 간구하는 바에 있어 제 마음을 보고 심판하는 분이십니다. 무엇보다 특히 이 왕국의 선을 위해, 그리고 성스러운 배우자와 성가정과 더불어 당신의 성스러운 주인께서 무엇보다 오랫동안 행복을 유지하시길 저는 주님께 간구합니다.

"이 왕국의 선." 벨라 수도원장이 쓴웃음을 지었다. 그는 펜을 내려놓고 종이 위에 약간의 모래를 흩뿌렸다. "다 했다, 몬시뇰 아이롤디가 드디어 마음을 놓겠군." 그는 입김을 불어 모래를 날려 버리고, 편지지를 정리했다. 다시 읽어 보았다. 편지에서 가장 아름다운 부분은 거짓을 부인하면서 미묘하게 그것을 인정하게 되는 부분이었다. **아무튼 만약에 제가 알**

아맞히거나 상상하는 것 말고 다른 것을 하지 않았더라면, 더욱 옳게 알아맞힐 수 없었고, 더욱 활발하게 상상할 수도 없었을 것이라는 데 동의할 필요가 있습니다. 그리고 아랍어로 쓰인 고서의 겸손한 번역자라는 것 말고 다른 명성을 갖지 못한 저는 창조주께서 그렇게 각각 만드신 것이라고 감히 말합니다……

멀리서 울려 퍼지는 종소리가 죽음을 알린다. 수도원장은 성호를 긋고, 프란체스코 파올로 디블라시를 위해 영원한 빛을 간청했다. '잠시 후에 그는 진실의 세상에 있을 테지.' 그는 생각했다. 그런데 당황스럽게도 진실의 세상이 여기일 것이라는 생각이 불쑥 들었다. 살아 있는 사람들의 세상, 역사의 세상, 책의 세상인 여기 말이다.

바로 그 순간에 똑같은 생각을 하며, 그러나 더욱 근본적이고 더욱 분명한 생각을 하며 디블라시는 단두대 위로 올라가고 있었다.

광장은 거의 텅 비었다. 그저 애호가들만 있었다. 그들은 사형 집행이 끝나고 시신을 치우자마자, 즐기며 지켜본 **정의**의 유물인 닳은 밧줄을 훔치려고 달려든다. 운명적으로 느껴지는 동종 요법의 부적을 만들어 교수형을 방지하기 위해서 말이다. 추레하고 남루한 행색의 몇몇 사람들 무리 중에 옷을 잘 차려입고 불그스름한 얼굴에 머리를 단정히 빗은 하거 박사가 눈에 띄었다. 디블라시는 생각했다. '이 사람들은 모든 걸 알고, 모든 걸 보고 싶어 하는군. 하지만 본질적인 것, 진짜 중요한 것은 보지 못하고 끝나지…… 일기에다 내 참수형에 대해 쓸 테지만, 내가 참수당하는 이유에 대해서는 단 한 마디도 쓰지 않겠지.' 몬레알레까지 괴테와 동행했던 봄날을 그는 떠올렸다. 셀리눈테의 질그릇에, 시라쿠사의 동전에 감동받던 한 남자를 생각했다. 그 남자는 몬레알레에서 거의 짜증이 날 정도로 꼼짝하지 않고 남아 있었다.

단두대는 검은색으로 장식되어 있었다. 시신 곁에 켜질 검은 양초가 준비되었다. 고인의 수준에 맞게 준비를 했다. 디블라시 가문의 상복을 입은 시종도 있었다. 시종은 떨어진 그의 머리를 담을 커다란 은쟁반을 손에 들고 있었다. 가장 어린 시종이었는데, 그 참담한 의무를 떠안게 된 것이 다른 시종들의 설득이었는지 혹은 강압에 의한 것인지 모를 일이다. 그의 눈에는 눈물이 가득했고 춥기라도 한 듯 마구 떨어 댔다. '내 어머니조차 나를 이해하지 못하셨지. 어머니조차 내 마음을 이해하지 못하셨어. 불쌍한 이 어린아이에게 상복을 입혀 은쟁반과 검은 양초를 들려서 이 자리에 보냈다면 말이야.'

그는 시종에게 다가가 한 손을 어깨 위에 올렸다. "그 순간이 오면," 아이에게 그가 말했다. "눈을 감으려무나."

아이는 알겠다는 표시로 고개를 끄덕였다. 디블라시가 아이로부터 몸을 돌렸다. 울음을 터뜨릴까 봐 두려웠다.

이제 앞에 사형집행인이 있다. 사형집행인은 건장한 사람이었지만 그 순간에는 움츠러들고, 꺼림칙해하고 겁먹은 듯 보였다. 그의 이름은 칼로제로 갈리아노였다. 그는 이미 한 사람을 죽인 지르젠티의 염소 치는 이였다. 그에게는 다른 사람을 죽이는 것보다 나쁜 짓은 없는 것처럼 여겨졌다, 더구나 정의의 이름으로 그리고 아직 복역해야 하는 16년을 사면받는 조건으로 말이다. 교수형에 처해야 할 다른 세 사람에 대해서 그는 아무런 생각도 들지 않았다. 그런데 한 신사의, 한 변호사의 머리를 잘라야 한다는 사실은 그에게 두려움을 불러일으켰다. 그래서 말을 더듬거리며 그에게 다가갔다. "나리, 저를 용서하세요."

"당신의 자유에 대해 생각하시오." 죄수가 그의 용기를 북돋아 주었다.

산주세페 영주가 그에게 흰색 비단 손수건을 내밀었다. 사제의 가장 높은 목소리와 대조를 이루면서, 그가 두건 아래서 중얼거리며 기도를 올리기 시작했다. 디블라시는 마지막으로 광장으로 시선을 돌렸다. 다시 하거를 보았다. 하거는 산마르티노의 고서 한쪽을 살펴보듯이 집중하고 있었다. 구경꾼들이 성호를 그었다. 사형집행인도 성호를 긋고 기도하기 시작했다. 그는 자신의 하느님에게, 염소와 악마의 눈

의 하느님에게 기도했다, 단호한 손으로 밧줄을 잘 자르게
해 달라고, 단두대 칼이 잘 떨어지게 해 달라고.

참수가 완료되었다.

(1963)

작품 해설

샤샤는 실제 사건이나 사회현상을 재해석하여 거의 그대로 작품 속에 옮기는 글쓰기를 한다. 그렇게 다시 쓰인 소설 속 사건은 간과할 수 없는 위중한 현실을 직접적으로 드러낸다. 추리소설 형식의 글쓰기를 한 샤샤를 역사소설가의 분류에도 포함시키도록 하는 작품 『이집트 평의회*Il Consiglio d'Egitto*』(1963) 역시 18세기 역사 기록물을 다시 옮겨 쓰는 방식으로 구성된다. 3부로 구성된 이 소설에서 먼저 1부는 도메니코 시나가 당대 사건을 기록한 『18세기 시칠리아 문학 편람*Prospetto della storia letteraria di Sicilia nel secolo decimottavo*』(1827)에 실린 주세페 벨라 수도원장의 고문서 사기 사건을 중심으로 전개된다. 2부에는 고문서 사기 사건을 꾸민 벨라 수도원장이 시칠리아 왕에게 보내는 일종의 고문서 소개 글이 당시 언어 표현으로 작성되어 사실감을 더해 주고 있다. 그리고 3부는 당시 시칠리아 왕국 사교계의 온갖 추문과 사건을 적어 놓은 빌라비안카 후작의 일기 『팔레르모 일지Diari della Città di Palermo』(1746~1784)에 기록된, 자코뱅당의 혁명 음모 혐의로 사형당한 파울로 디블라시 변호사의 이야기를 담고 있다.

당시 시칠리아에서는 이슬람 지배하에 쓰인 모든 아랍어 문서가 손실되었고 단지 노르만 지배 시기의 작가들이 쓴 역사, 지리, 법률 혹은 일반적인 문학 기록만 남아 있었을 뿐인데 이는 원전을 바탕으로 쓴 것으로 더 이상 활용 불가능했다. 이슬람 시대에 대한 연구는 톰마소 파첼로의 『시칠리아의 수십 년 역사De rebus Siculis decades duae』(1558)에서 시작되었다. 아랍어와 아랍 문화에 깊은 지식이 있는 듯 떠들어 대면서, 이 역사 시기에 대한 관심을 다시 불러일으키며 두 개의 아랍어 문서를 만들어 낸 주세페 벨라(1749~1814)는 소설에서처럼 몰타 섬 출신인 변변치 못한 처지의 수사신부이다. 신변의 안락함을 위해 고문서 사기 사건을 꾸미고 수도원장까지 된 그는 사기 사건이 발각되어 감옥에 갇히나, 몇 년 후 풀려나 한적한 곳에서 단조로운 노후를 보냈다.

반면에 팔레르모의 귀족이자 변호사인 프란체스코 파올로 디블라시(1753~1795)는 카라촐로와 카라마니코 총독 편에 선 지식인이었다. 그런데 1789년 프랑스 대혁명을 급진적으로 이끌었던 정치 분파인 자코뱅당 음모 주동자로 1795년에 재판을 받고 사형당했다. 고문을 받으면서도 공범의 이름을 일절 발설하지 않았다. 디블라시는 1773년 팔레르모의 주교이자 삼촌인 세라피노 필란지에리를 찾아온 젊은 필란지에리를 알게 되었다. 그는 샤를 3세로 거슬러 올라가는 개혁의 여파로 움직였고, 팔레르모에서 디블라시가 포함된 젊은 문학가들 주변에서 매우 열렬한 분위기를 발견했다. 시칠리아에서 실제로 발생한, 그러나 수포로 돌아간 혁명의 분위기가 무르익고 있었다.

『이집트 평의회』에 등장하는 다른 등장인물이나 사건 추이는 실제로 벌어진 사건 기록과 동일하다. 심지어 두 주인공에 대한 묘사에서도 역사 기록물 내용에 근거하여 작가의 상상력이 발휘되고 있을 정도이다. 예를 들어 실제로 디블라시 변호사는 여성 편력으로 유명하였고 심지어 스캔들로 시비가 붙기도 했다. 이러한 디블라시의 특징은 소설 속에서 어느 귀부인 유부녀와의 정사 장면으로 묘사되어 전달된다. 만남이 이루어지는 방에 걸린 회화 한 점은 그들의 만남의 성격을 은유적으로 암시하는 샤샤 소설에서의 거의 유일한 정사 장면이다.

한편 소설의 플롯을 이끌어 가는, 일종의 사실 기록과 대조적으로 작가 샤샤의 상상력이 발휘되는 부분은 주인공들의 대화나 상념 묘사이다. 이에 주목하여 샤샤의 상상력이 전하려는 메시지를 가늠하는 즐거움도 상당할 것이다.

샤샤는 『이집트 평의회』를 통해 독자들로 하여금 이 세상에서 이성과 진실은 어떤 위치를 차지하고 있는가? 아니 어떤 위치를 차지해야 하는가?를 자문하도록 이끈다. 이 소설은 진실이 혼란스럽고 오히려 거짓이 진실처럼 여겨질 수 있고, 오늘 허구인 것이 내일 비열한 거짓이 될 수 있음을 전한다. 샤샤는 빛을 등지고 있는 진실을 다룬 이 역사소설을 통해, 거짓은 진실보다 그리고 삶보다 더 강하다고 경고한다.

언어학적, 문학적, 사회적 독창성을 띤 사기를 둘러싼 배신의 문화와 범죄 모방을 그리며, 18세기 말엽 시칠리아에서 벌어진 두 개의 혁명을 다룬 이 소설은, 1782년 12월 항해 중이던 압둘라 무함마드 벤 올만 대사가 시칠리아에 도착하면서 시작된다. 도메니코 시나의 기록에 따르면, 나폴리 궁정에 머물던 그는 성탄절을 보내러 본국으로 돌아가는 길이었는데, 시칠리아 해안에서 멀지 않은 곳을 지나가다 폭풍우 때문에 배가 좌초되었다. 다행히 목숨을 건진 외교관은 팔레르모에 머물게 된다. 그러면서 한 세기가 넘도록 아무도 읽어 낼 수 없었던 아랍어로 적힌 문서를 소유한 그 지역의 교회 계층에게 절호의 기회가 찾아온다. 드디어 그 문서가 진귀한 보물인지 아니면 별로 중요하지 않은 서류 뭉치인지의 여부를 일말의 의구심 없이 알 수 있게 된 것이다. 그런데 해결하기 쉽지 않은 문제가 있다. 압둘라 대사는 프랑스어도 못 하고 나폴리어도 못 한다. 게다가 교회나 총독 관저에 아랍어를 할 줄 아는 사람이 단 한명도 없다. 몰타 수도회 소속의 성당 미사 집전 신부와 복권 숫자를 알아맞히는 숫자꾼을 병행하며 도시에서 빈둥거리는 주세페 벨라는 별로 눈에 띄지 않는 인물이다. 그는 힘들게 사는 것도 아닌데 자신의 처지에 만족하지 못한다. 조카딸 집에 얹혀살 수밖에 없는 자신의 현실과 달리, 그는 머릿속에 떠오르는 그 어떤 바람도 실현시킬 수 있을 정도로 안락하고 부유하고 편안한 삶을 꿈꾼다. 그러던 중 벨라는 별로 유창하지도 못한 자신의 아랍어 실력 덕분에 총독의 부름을 받는다. 빈약할지언정 요긴하게 쓰일 만한 상황이었다. 미사 집전만 하던 신부는 시칠리아에 머무는 기간 내내 대사를 돌보는 일을 떠맡게 된다. 그렇게 대사의 뒤를 따르면서, 벨라가 항상 원하던 삶이 현실이 된다. 아름다운 여인들, 화려한 불빛, 감동적인 음악, 감미로운 노래 사이에서 유명 인사들과 진수성찬을 맛보며 달콤한 저녁 시간을 보낸다. 새로운 환경에 기뻐하는 와중에 스멀스멀 불안감이 피어난다. 고귀하신 벤 올만이 집으로 가는 여정을 다시 시작하여 팔레르모를 떠난다면 모든 것을 잃어버릴 게 확실하므로. 벨라는 조삼모사를 궁리하기에 이른다. 사실 문서는 시칠리아와 전혀 상관없는 예언자 마호메트의 일상에 대한 기록에 불과했다. 그러나 문서에 대한 대사의 말을 번역하는 순간에, 벨라는 거짓말을 하기로 결정하고 어마어마한 가치를 지닌 증거 서류로 탈바꿈시킨다. 대사가 이것이 귀중한 문서이고 이와 비슷한 문서는 그의 본국에서도 본 적이 없으며 시칠리아 정복과 지배 사건에 대한 내용이라 말했다고 일부러 오역한다. 주세페 벨라의 계획은 단순했다. 대사가 이야기하는 내용을 문서에서 자신도 읽어낸 척함으로써, 문서 번역자로서 자신의 입지를 다지는 것이다. 그럼으로써 약 한 달 뒤 대사가 모로코로 떠난 뒤에도, 그렇게 중요한 인물 가까이에서 직접 맛보았던 온갖 혜택을 보장받는다. 역시 도메니코 시나의 기록에 따르면, 심지어 주교로부터 대학 참사회에서 아랍어 강의를 위임받을 정도로 신임을 얻는다. 한편 벨라의 문서 해독 결과, 귀족들이 차지한 대부분의 자산은 나폴리 왕과 왕권 침해의 결과임이 드러나면서 나폴리 권력자들의 입지가 뒤흔들리게 된다. 그러나 결국 벨라의 정체에 의심을 품기 시작한 귀족들에 의해 그의 사기극이 드러난다. 그의 아랍어가 결국에 그의 빈약한 아랍어와 그의 모국어인 몰타어의 혼합물임도 밝혀진다. 벨라의 정체를 제일 먼저 의심한 사람은 바로 또 다른 주인공인 프란체스코 파올로 디블라시 변호사이다. 그는 10여 년 정도 신부를 지켜본 뒤 의심을 품었다. 디블라시는 이성의 대표자이고 진취적인 자코뱅의 추종자이며 평등사상의 열렬한 후원자이다. 귀족 집안 출신의 그는 자신이 누리는 온갖 혜택에 적대적이다. 그는 자신의 신념 때문에 값비싼 대가를 치르고 구질서에 반대하는 공모를 한다. 디블라시는 번갈아 드러나는 권태와 아이러니에서 사람의 깊은 우울을 알아챌 수 있다고 믿는다. 젊은 변호사는 사람에게 패배와 죽음에 대한 명민한 자각이 있어야 한다고 생각한다. 활기 넘치는 정신과 성격으로 온갖 장애물과 저항으로부터 결단력과 에너지를 얻은 디블라시는 수 세기에 걸친 시칠리아 봉건제도를 직접 공격했다. 맹목적으로 특권을 탐하고, 삼부카의 시칠리아 후작을 관리자로 앉혔던 나폴리 정부 휘하에 있는 폐쇄적인 귀족의 공공연한 저항을 해결해야 했다. 그런 상황에 몰린 그가 할 수 있었던 것은, 시칠리아 역사상 가능한 혁명의 조건을 제시하는 것이다. 그는 시칠리아인 삶의 마비된 신경과 약점을 알아채고 공개하였다. 비록 마비된 신경과 약점을 회복시키거나 절단하는 데는 성공하지 못했을지언정, 실제로 걱정하고 진심으로 괴로워하는 소수의 사람들에게 한 가지 가능성을 남겨 주었다. 질서 정연하고 정당하고 시민적인 정부가, 특권을 누리는 봉건귀족과 성직자의 무정부를 대신할 가능성에 대해 정확한 평가를 내렸다. 그리고 디블라시는 도시와 시골에서 벌어지는 혁명을 준비하고 뛰어든다. 총독과 벨라 신부를 고발하지만 결국 체포당하고 만다. 역시 체포된 벨라는 나폴리 왕에게 자비를 청하고 주교에게 무죄 방면을 호소한다. 아울러 어찌 됐든 자신의 일이 나폴리 왕의 영광에 일조했음을 피력한다. 1783년부터 1795년 사이 유럽 전역에 유명해진 이 사건으로 벨라는 15년형의 징역을 받고 디블라시는 고문 및 참수당하는 최후를 맞이하면서 소설은 끝난다. 벨라는 사회 지도 계층의 어리석음을 조롱하고, 디블라시는 수많은 희생자를 대가로 하는 분야에서 근본적인 변화를 시작한다는 점에서 둘 다 탐욕, 무지, 최대 권력에 대한 혁신의 대변자 역할을 하는 등장인물이다.

우아한 문체로 진실과 거짓, 인간의 욕망에 대해 써 내려간 이 소설은 2002년에 실비오 오를란도와 톰마소 라뇨 주연으로, 에미디오 그레코 감독에 의해 영화화되었다.

기사와 죽음

Il cavaliere e la morte

예전에 한 나이 든 덴마크인 주교가 내게 진실에 다다르기 위한 수많은 길이 있다고, 그리고 부르고뉴 와인은 그 수많은 길 중 하나라고 말했던 게 기억난다.

이사크 디네센, 『일곱 개의 고딕 이야기』에서

그림에서 시선을 들자, 좀 더 정확히 말해서 길고 딱딱한 등받이 위에 머리를 기대자, 그림 속의 온갖 특별한 표시들이 보다 분명하게 보였다. 1513년에 알브레히트 뒤러가 완성했을 때와 똑같은 판화 그림을 다시 만들어 낼 수 있을 정도로 정확하고 세심한 그의 시선은 미세한 점 하나 놓치지 않았다. 그는 그림이나 책 앞에서 불현듯 자신을 덮치곤 하는 조급한 소유의 열망 때문에 여러 해 전 경매에서 이 그림을 구입했다. 그림을 더 끈질기게 원하는 다른 사람과 시비가 붙어 다투기까지 했었다. 결국 그림은 그의 차지가 되었고 그림 값을 지불하는 순간, 자신의 두 달 치 봉급에 해당하는 어마어마한 금액에 그는 당황했다. 그런데 지금은 물가 상승률이 현기증이 날 정도로 치솟고, 뒤러 및 다른 모든 유명한 판화가의 작품 가치가 터무니없이 올랐기 때문에 이 그림의 보유 가치는 엄청났다. 그림은 이리저리 자리나 사무실을 옮길 때마다 항상 그의 책상 앞에 걸렸다. 하지만 이 사무실에 걸린 이후 여러 해가 지나는 동안 단 한 사람만이 멈추어 서서 그림을 감상했을 뿐이다. 그 사람은 조사실 안에서 결정 난 몇 년간의 황폐한 감옥살이 운명을 기꺼이 받아들인 영리한 사기꾼이었다. 그는 취리히와 파리 화상들의 최신 카탈로그에 올릴 그림이라며 높이 평가하였다.

그 평가에 그는 약간 긴장했다. 그는 불쑥 치밀어 오르는 탐욕과 불안감에 그림을 집으로 가져가야겠다고 마음먹었지만 곧 잊어버렸다. 사무실에서 많은 시간을 보내는 그는 어느덧 그림을 사무실 책상 앞에 걸어 두고 있는 데 익숙해졌다. 그림 뒤 보호 판지에 독일어와 프랑스어로 〈기사, 죽음 그리고 악마〉라는 제목이 연필로 쓰여 있었다. 그는 수집가인지 화상인지 아무튼 어느 누군가가 뒤러가 그림 속의 기사를 통해 상징적으로 표현하려고 한 인물의 이름을 비밀스레 말한 기억이 떠올랐다. **그리스도**였나? 아니면 **사보나롤라**✦

✦ Girolamo Savonarola 1452~1498 이탈리아의 종교개혁자. 교회의 부패와 메디치가의 전제에 반대하고 신권정치를 단행했으며, 로마 교황과 대립하여 처형되었다.

였나? 어느 이름이었는지 자문했다. 누구라고 했던가?

그는 이따금씩 신문을 보면서 자문하는 경우가 있었다. 그런데 지금은 피곤 때문인지 아니면 통증 때문인지 등받이 위에 머리를 기대고 그림을 바라보았다. 그 그림을 구입하기 몇 년 전부터 느껴지던 통증을 떠올리며, 죽음과 저 위에 있는 도달할 수 없는 성채城砦의 의미를 찾으려고 생각했다.

밤중에 피워 대는 수많은 담배부터, 매번 예고 없이 불규칙적인 강도로 찾아와 보다 광범위한 고문으로 변색되는 통증을 떠올렸다. 그렇다, 변화하는 고통의 특성에 따라 색상별로 이름을 붙일 수 있었다. 순간 보라색 고통에서 붉은색 고통으로 변했다. 갑자기 널름대며 그의 몸 전체를 핥아 대는 불꽃 같은 붉은색이 몸 전체에 타오르다가 사그라진다.

그는 자동적으로 다시 담배 한 개비에 불을 붙였다. 그런데 만약에 카포가 들어와서 백해무익한 흡연에 대한, 늘 하던 잔소리를 늘어놓지 않았다면, 재떨이 위에 올려놓은 담배는 다 타 버릴 때까지 그냥 방치됐을 것이다. 어리석은 악습, 어리석은 죽음. 금연하고 6개월째에 접어든 카포는 굉장히 자랑스러워했다. 그러나 아직 금연의 고통에 시달리고 있어서 다른 이들이 흡연하는 걸 보면 부러워하거나 괴로워한다. 카포는 담배 냄새를 맡으면 메스꺼워서 역겹다고 사방팔방 떠벌리거나 동시에 잃어버린 낙원처럼 흡연에 대한 기억을 곱씹어 댔다.

"아니 여기서 숨 안 막히나?" 카포가 말했다.

재떨이에서 담배를 집어 든 비체는 만족스러운 듯 관능적으로 한 모금 빨았다. 정말 그랬다. 숨이 막혔다. 방은 담배 연기로 가득했다. 여전히 켜져 있는 전등 주변에 담배 연기가 자욱했다. 매일 아침 빛이 통과할 때마다 색상이 바뀌는 창문 유리를 담배 연기가 마치 속이 비치는 얇은 커튼처럼 가리고 있었다.✦

"알겠네." 너그럽게 봐주겠다는 어조로 카포가 말했다. "딱 끊어 버릴 의지가 없군 그래. 자꾸 고집 부리고 피워 대며 죽음을 재촉하는데…… 내 처남은……" 카포는 비체를 분명히 죽음으로 이끄는 그 병명을 직접적으로 이야기하지 않으려고 조심스럽게 몇 개월 전에 세상을 뜬 지독한 애연가였던 자신의 처남을 들먹였다.

"압니다. 제 친구였어요…… 제 생각에 서장님은 죽음의 방식을 스스로 이미 선택하셨습니다. 때가 되면 어떤 방식을 선택하셨는지 서장님께 물어볼 겁니다. 저도 그 방식을 선택하게 될지 누가 알겠습니까?"

✦ 등장인물의 이름인 '비체'와 '카포'는 이탈리아어에서 보통명사로, 비체vice 는 조직의 장 바로 다음가는 직급(여기서는 부서장)을, 카포capo는 조직 의 장(여기서는 서장)을 가리키는 말이다.

"나는 내 죽음의 방식을 선택하지 않았고 그리고 선택할 수도 없지. 담배를 끊었으니 다른 죽음을 맞이하기를 바랄 뿐이네."

"물론 서장님은 스페인에서 가톨릭 종교재판소를 만들어 낸 게 유대인 개종자들이었던 거 아시지요."

카포는 그 사실을 알지 못했다. 아무튼 카포는 이렇게 말했다. "우리끼리 하는 말인데, 사실 난 유대인을 좋게 여긴 적이 없다네."

"압니다. 그런데 서장님께서 개종자들에 대해 약간의 관심을 가지시길 기대합니다." 카포 서장과 비체 부서장은 여러 해 동안 알고 지내는 동료였다. 그래서 별다른 악의 없이 약간 무례하고 냉소적이고 신랄한 말싸움을 주고받는 게 가능했다. 한편 카포는 자신에게 이해할 수 없는 충성을 바치며 복종하는 비체를 내버려 두었다. 카포는 그처럼 충성스러운 부서장을 본 적이 없었다. 비체는 무엇보다 숨겨진 단서를 찾으려고 고심했다. 그런데 지금은 단서가 없다는 걸 알고 있었다.

"개종자건 아니건 유대인을 전혀 좋아하지 않네. 반면에 자네는……"

"반면에 저는 유대인이건 아니건 개종자를 좋아하지 않습니다. 더 나아지는 것처럼 보일 때조차도 개종으로 인해 항상 최악이 되거든요. 개종할 능력이 있는 사람에게 가장 최악은 항상 최악 중의 최악이 된다는 점이죠."

"그런데 개종은 금연과는 아무 상관이 없지 않나. 대체로 개종하는 것은 비열하다는 건 인정하네만."

"상관있습니다. 상관있어요. 아직 담배를 피우는 사람들의 박해자가 되는 순간부터요."

"박해자는 무슨! 내가 자네라면 이 사무실을 **금연** 표지판으로 도배를 하겠네. 그리고 어쩌면 건강을 위해서도 한번 생각해 볼 만하지, 자네 건강을 위해서 하는 말이네, 내 처남은⋯⋯."

"알겠습니다."

"아무튼 그만하지. 자네 철학만큼 내 생각도 분명하네." 그는 엄지손가락과 검지로 딱 소리를 냈다. 이는 그가 뭔가 정리할 게 있을 때 자주 하는 행동이었다. 그리고 이따금 딱 소리가 나지 않으면 어린애같이 안달하며 반복해서 그 행동을 하기도 했다. "자, 이제 뜻밖의 할 일이 있네. 나랑 같이 가세."

"어디를요?"

"벌써 알지 않나, 가세."

"아니 좀 이르지 않습니까?"

"아니, 벌써 7시일세. 게다가 자네의 담배 철학을 듣느라

시간을 낭비했어."

"이룹니다, 항상 일러요."

그는 꼭두새벽 아니면 더 자주 한밤중에 감옥에 처넣거나 수색 및 신문하거나 탐문 수사를 하는 경찰의 습관을 증오했다. 하지만 동료나 후배들은, 심지어 가능성이 희박하고 정당성이 모호할 때조차, 문 뒤에서 전혀 낌새를 못 챈 가족이 휴식을 취하거나 자고 있는 집의 문을 시끄럽게 두드려 대는 걸 놓칠 수 없는 재미로 여겼다. 오히려 꿈이 더 명확하고 덜 불투명한, 자고 있거나 피곤함에 절어 지쳐 있는 시간에 방문하는 것을 더 즐겼다. 문 뒤에서 불안해하는 목소리가 들린다. **누구세요?** 그러면 근엄한 저음으로 대답한다. **경찰입니다.** 문이 빼꼼 열리고 그 틈으로 졸음과 불신이 가득한 눈이 내다본다. 거칠게 문을 밀치고 쳐들어간다. 그다음에 집 안에서 잠에서 깬 가족들이 잔뜩 흥분해서 두려움과 놀라움으로 비명을 지르고 아이들은 울어 댄다. 계급에 상관없이 고하를 막론하고 아무도 그런 재미 때문에 잠을 놓치는 것을 후회하지 않았다. 하지만 비체는 적어도 한 시간 정도 독서를 한 뒤에 자정부터 7시까지 자는 걸 좋아하는 것과 별도로, 이따금 직접 그런 작전에 참여할 일이 생길 때 그리고 항상 그런 작전에 속한 일원으로서 거의 고통스러운 부끄러움을 느꼈다.

"7시야." 카포가 말했다. "게다가 빌라세레나에 도착하려면 거의 반 시간이나 걸리지. 정황상, 그리고 특별히 봐줄 수는 없네."

"이미 봐주셨잖아요." 비체가 빈정대며 대꾸했다. "적어도 세 시간 전부터 거기에 진을 쳤을 테고, 그 집을 뒤집어엎었을 거잖아요, 만약에 그자가 아니었더라면."

"어련하시겠나." 비꼬는 말에 기분이 상한 카포가 말했다.

조화로운 회랑이 있는 바로크풍의 아름다운 안마당에서 검은 차 한 대가 그들을 기다리고 있었다. 그 차를 운전하는 형사에게 어디로 갈 것인지 말할 필요는 없었다. 벌집처럼 웅성거리며 깨어나던 중인 그 경찰서 건물에서는 다들 잘 알고 있었다. 그리고 비체는 프레지던트에게 막 맞이하게 될 경찰 방문을 경고해 주기 위해 그 건물에서 걸었을 전화가 몇 통이나 될지 자문했다. 얼마나 많은 통화들이 오갔을까? 프레지던트. 그렇다 연합산업의 프레지던트라고 덧붙일 필요가 없다. 왜냐하면 그 도시에서 프레지던트는 절대적으로 그자 한 명뿐이기 때문이다. 다른 기업의 프레지던트나 설명할 필요가 있을 따름이었다, 공화국의 프레지던트를 포함해서.

차가 달리는 반 시간 내내 그들은 아무 말도 하지 않았다. 점점 더 심해지는 교통 체증 때문에 정말로 달렸다. 카포는 프레지던트에게 할 말을 연습하고 다듬고, 다시 연습하고 다시 다듬었다. 그는 치통을 앓는 사람처럼 잔뜩 찌푸린 얼굴로 걱정에 휩싸였다. 그리고 비체는 카포가 무엇을 걱정하는지 세심하게 파악할 정도로 그를 잘 알았다. 카포는 거의 한 단어 한 단어씩 지우고 고치고 다시 바꿔 쓰며 고심했다. 원래의 글자를 지우고 다시 쓰는 재생 양피지 사본처럼.

그들이 저택에 도착했다. 차를 운전하던 형사(갑자기 드라이버라는 단어가 떠올랐다. 그 단어를 쓰는 게 어색하다는 생각이 들었다. 여러 번 사용했던 게 후회스러웠다. 내가 어렸을 때처럼 **운전자**라고 말할 수 없는 걸까?)가 내려 수위실의 벨을 오랫동안 거만하게 눌렀다. 카포의 찌르는 치통이 뚜렷해졌다. 이러지 말지, 맙소사! 이러면 안 되지. 그는 습관대로 참으며 아무 말도 하지 않았다.

밖으로 나와 문지기에게 간 카포는 자신의 이름만을 말했다. 그로서는 경찰이라는 말을 하지 않는 게 프레지던트에게 해야 하는 첫 번째 배려인 것 같았다. 그러나 문지기는 경찰관 나리 두 분의 도착을 알려야 할 필요가 있음을 알아챌 정도로 눈치가 빠르고 경험이 풍부했다. 약간 남쪽 출신임을 드러내며 그러나 확실하게 경멸을 담아 나리라고 말했다. 그러고는 아무 말 없이 돌아와 대문을 열고 길을 따라서 가도 된다는 신호를 했다. 길 양쪽으로 나무가 나란히 선 끝에 있는 저택까지 아름다운 전경이 한눈에 보였다. '건설이 노래할 때, 건축이다'라고 노래하는 듯했다.

현관, 계단, 복도, 도서관, 프레지던트의 서재가 온통 섬세하고 음악적인 로코코 취향으로 꾸며져 있었다.

그들은 오래 기다리지 않았다. 프레지던트가 뒤에 있는 커튼에서 소리 없이 홀연히 모습을 나타냈다. 그는 부드러운 실내용 가운을 입고 있었으나, 이미 면도를 하고, 어느덧 너무 많이 입어서 더 이상 유행은 아니지만, 패션 잡지가 인정하는 우아하고 엄격하고 진지한 옷차림으로 차려입을 준비를 하고 있었다. 그리고 연합산업의 고층 빌딩으로 가기 위한, 거의 매일 아침 출근하는 정확한 일상을 늦추어야 한다는 걸 불쾌해하는 분위기가 그의 주변에 감돌았다. 그는 하늘과 터놓고 지내다시피 할 정도로 제일 높은 층에서 매일매일 항상 올바른 결정을 내렸다. 한편으로는 경제 문제를 위한, 또 다른 한편으로는 질병 문제를 안고 있는 나라 전체가 부와 복지 선상에서 신경 쓰는 것을 위한 결정이었다.

"어쩐 일로 이렇게 뜻밖의 방문을 하셨는지요?"

프레지던트가 카포와 오랫동안, 그리고 비체와 잠깐 동안 악수를 나누며 물었다. 그는 뜻밖의라는 단어를 강조하여 발음했다.

카포는 정신을 놓은 듯 말을 더듬거렸다. 준비한 모든 말이 구멍 난 풍선에서 공기가 빠져나가듯 사라져 버렸다. 그가 말했다. "당신은 산도츠 변호사를 잘 아셨습니다, 그래서……"

"우린 친구요." 프레지던트가 말했다. "하지만 잘 알고 있는지에 대해서는…… 아이들조차 서로 잘 알지 못하지요, 아니 오히려 잘 모르는군요, 전혀…… 아무튼 결론적으로 산도츠 변호사는 내 친구요, 우리는 자주 만난다오. 우린 공통의 관심사는 없지만 비슷한 관심사는 가지고 있소. 그런데 당신은 내가 그를 **알았다**고 말한 것 같은데요. 어쨌든……"

카포와 비체가 재빨리 눈짓을 주고받았다. 믿지 못하고 의심하는 데 익숙하고, 말의 함정을 경계하거나 혹은 함정이 될 수 있는 단어를 포착하는 데 익숙한 그들 마음속에 프레지던트가 산도츠의 죽음을 이미 알고 있다는 확신이 들었다. 물론 경찰서 내부에 그에게 충성하는 추종자들이 있다는 걸 고려할 때 당연한 일이었다. 그런데 흥미로운 것은 그가 모르는 척한다는 사실이었다. 하지만 카포는 바로 그 생각을 지워 버렸다. 프레지던트 입장에서는 자신의 정보원들을 건드리면 안 된다는 마음일 거라는 생각이 들었다. 카포가 말했다. "안타깝게도 산도츠 변호사는 더 이상 없습니다. 어젯밤에, 추측건대 자정 이후에 살해당했습니다."

"살해당했다고요?"

"살해당했습니다."

"아니 그럴 리가……! 나랑 자정 조금 전에 헤어졌는데, 옛날 요리 레스토랑 앞에서 인사했는데…… 살해당하다니! 아니 왜, 누가?"

"우리가 그걸 안다면 당신을 귀찮게 하며 여기 있지 않습니다."

"믿을 수 없어!" 프레지던트가 다시 말했다. 그리고 말을 정정했다. "믿을 수 없다고 말하지 않을 수 없군요. 물론 모든 게 믿을 만하지요, 이미 우리 나라에서는 모든 게 가능해요…… 나는……" 비체가 생각하기에 그는 우유부단했다. 프레지던트는 자신들에게 작별을 고하기를 바라는 척하는 것과, 반대로 더 볼일이 있음을, 대답해야 할 질문이 더 있음을 알아차렸다고 과시하는 것 사이에서 갈팡질팡하고 있었다. 안락의자의 팔걸이에 손을 올려놓으며 그는 선택했다. 그 자리를 벗어나 그만 작별 인사를 나누기로 결정한 척하기로. 어설펐다. 카포는 본능적으로 이를 알아챘다. 그리고 의식하지 못한 채 그때까지 느끼던 불편함에서 벗어났다. 습관처럼 신문을 시작할 때 나사로 조이듯 안락의자에 자리를 잡고 앉았다. 그의 목소리는 평소처럼 **당신이 무슨 말을 하든지 내가 그 말을 믿으려고 여기 있는 게 아니다**라고 말하는 듯 울렸다. 준비됐던 공격이 개시되었다. "우리는 이 적절치 못한 시각에 당신을 귀찮게 하려고 왔습니다. 아무 의미도 아닐 수 있는 뭔가가 어떻게 수사의 출발점일 수 있을지 물어보려고 합니다, 물론 수사를 위해서입니다. 아무튼 당신에 대한 수사는 아닙니다, 귀하 개인……" 말을 건너뛰었다. 그리고 다시 말했다. "우리는 산도츠의 재킷 주머니에서 이 메모를 발견했습니다." 이어 그는 주머니에서 상아색의 사각형 종이를 꺼냈다. "한쪽 면에는 인쇄된 글자로 당신의 이름, **체사레 아우리스파, 연합산업 프레지던트**가 적혀 있고, 다른 면에는 손 글씨로 **나는 너를 죽일 거야**…… 지정석 이름표임을 한눈에 알 수 있죠. 그런데 **나는 너를 죽일 거야**라니요?"

"바로 실행에 옮긴 협박이라고 생각하시겠지요, 그래 이해가 되네요, 왜 나를 찾아왔는지." 프레지던트가 웃었다, 냉소적으로, 쓸쓸하게, 그리고 관대하게.

카포의 직업적으로 찡그린 얼굴이 순식간에 사라졌다. 당황하며 카포가 반박했다. "아니 무슨 말씀이십니까……? 제발 그런 말씀 마십시오……! 전혀 그렇게 생각하지 않습니다……"

"오, 아니요." 프레지던트가 관대하게 말했다. "그렇게 생각할 수도 있지요. 실수겠지만요. 그 실수도 당신 입장이라면 충분히 할 수 있는 거지요. 쉽게 의심할 만한 상황이니까요. 정상적인 거요. 지극히 정상적이오. 이따금 가장 단순한 일이 재수 없게 복잡해지지요…… 당신이 그렇게 넘겨짚는 게 맞아요. 그건 엊저녁에 보르크 백작의 이름을 따서 지은 시민 문화단체에서 기획한 만찬에서 내 자리를 표시하는 이름표였소. 그리고 **나는 너를 죽일 거야**는 내가 쓴 거요. 나와 산도츠 사이의 농담이오. 무슨 말인지 바로 설명하지요…… 내가 그 메모를 웨이터에게 주었지요. 내 자리에서 대여섯 자리 떨어진 맞은편 테이블의 산도츠에게 갖다 주라고 말이오…… 농담이었소. 우리 둘 다 데마티스 부인을 좋아하는 척했소. 그런데 비슷한 종류의 다른 만찬에서처럼 데마티스 부인이 그의 옆에 앉았기에……"

"당신들이 그녀를 좋아하는 척했단 말이죠." 직업상 부주의하게 건너뛰었던 카포는 슬그머니 의심이 들기 시작했다. 프레지던트는 싫어하는 내색을 하며 불쾌해했다. "내 말을 믿어도 돼요, 어쨌든 부인을 보면 충분히……"

"감히 의심하지 않습니다." 카포가 말했다. 그런데 비체는 생각했다. '의심했군, 아직도 의심하고 있어. 그게 당신, 아니 우리 직업이 하는 일이지.' 프레지던트는 탐구하고 확인하는 경찰의 질문에 대답하지 않으려는 결심이 수포로 돌아가게 내버려 두었다. "그리고 산도츠 변호사는 자신의 지정석 이름표에 써서 답장을 했소……"

카포는 믿을 수 없다는 듯 그를 바라보았다. 그렇게 프레지던트는 바로 그 순간에 자신의 존재감을 드러내는 듯했다. "그래요, 나에게 답장을 했소. 장난으로. 위험을 받아들이겠 다고 했거나 아니면 그 비슷하게 썼지요."

"그런데 당신은 그 이름표를 따로 보관하지 않으셨습니 다."

"테이블 위에 두었소. 어쩌면 지정석 이름표용 작은 금속 장식에 끼워 넣었을 거요. 내 기억이 틀리지 않는다면, 꽃 모 양이었소."

"불쌍한 산도츠 변호사는 반대로 당신이 보낸 이름표를 주머니에 넣었습니다. 무심코 자동적으로 말입니다." 불신과 의심을 딱딱한 문장 안에 감춘 채, 카포가 말했다.

"그렇군요, 무심코 자동적으로요." 프레지던트가 동의했 다.

"문제로군요." 카포가 말했다.

"그런데 당신은 나를 만나면 사건이 해결될 것이라 믿고 여기 온 거요?" 프레지던트가 물었다, 냉소적으로, 경멸하듯 그리고 거의 화가 난 듯.

"아니, 아닙니다, 절대로. 그저 필요해서, 당장 이 단서들을 분명히 밝혀 제거할 필요가 있어서입니다. 앞으로 진행하기 위해서입니다, 다른 수사 방향으로……"

"그럼 어느 방향으로 진행할 거요?"

"현재로선 아무것도."

"무슨 의미가 있을지 모르겠군요, 내 생각에 별 의미는 없을 듯한데, 어쩌면 내가 단서 하나를 줄 수 있을 거요." 카포를 초조하게 만들 정도로 그는 오랫동안 침묵했다. 비체는 진실이라기에는 지나치게 침묵한다고 느꼈다. 어쨌든 과할 정도로 침묵한 이후에 프레지던트는 단서를 막 밝히려고 마음먹는 동시에 그 내용의 사소함 때문에 유감스러운 표정으로 바꾸었다. 그리고 사실 내용은 이러했다. "주요한 단서인 것 같지는 않은데, 아니 오히려 내 생각엔 농담 같소. 불쌍한 산도츠가 나한테 한 농담처럼……" 비체는 생각했다. '또 농담이군. 이 사람들은 농담밖에 할 줄 모르나.' "바로 어제저녁에 레스토랑에서 나오면서 그가 내게 협박 전화 한 통을 받았다고 말했소. 어쩌면 한 통 아니 여러 통인가, 잘 기억이 안 납니다. 아무튼 누구한테 걸려 온 전화였는지 기억해 볼까요. 이런 순간에 기억이 안 날 수가 없는데, 아 기억났다, **99년의 소년들**✦…… 아니 그럴 리가 없지요. **99년의 소년들**은 1917년에 벌어진 카포레토 전투✦✦ 이후 징집된 소년병들이

✦ 1899년에 태어나 1917년에 18세가 된, 제1차 세계대전 중에 징집된 이탈리아 소년병들을 가리킴.

✦✦ 제1차 세계대전의 가장 성공적인 전투 중 하나로 꼽히며, 기습 작전으로 감행된 이 전투로 인해 이탈리아 쪽에서는 20만여 명의 사상자가 발생했다.

오. 피아베 강이 흐르고 전투가…… 아무튼 그 소년들 중 누군가 아직 살아 있다면, 현재 아흔 살이지요. 게다가 이미 지나칠 정도로 애국적인 사건에 관련된 대상이 살인을…… 가능하지 않소…… 생각 좀 해 봅시다……" 그들은 그가 생각하게 내버려 두었다. 그의 얼굴이 다시 떠올린 기억으로 환해지는 걸 볼 때까지. "그렇지, **89년의 소년들**, 내 생각엔…… 그렇지, 89년의…… 그런데 잘 생각해 보면 소년들이 아닌데, 아마도 아들들……"

"89년의 아들들." 카포가 곱씹었다. 그러다가 이해할 수 없는 씁쓸함을 찾아냈다. "89년은 아무튼, 아무튼 1989년, 바로 올해의 아들들."

비체는 프레지던트가 기억을 짜낸 결과가 의아했다. 피아베 강과 관련된 1899년보다 새해 명절이 지난 지 얼마 되지 않은 1989년을 기억하는 게 훨씬 더 쉬웠을 텐데, 라고 생각했다. 그가 이렇게 말했다. "차라리 프랑스 대혁명이 일어난 1789년이라면. 기가 막힌 생각입니다."

카포도 프레지던트도 그가 끼어드는 것을 달가워하지 않았다. "자네는 항상 역사에 대해 생각하는군." 카포가 말했다. 그러자 프레지던트가 물었다. "어떤 생각이오?"

"1789년에 대한 생각 말입니다. 어디에서 혁명에 대한 생각을 뽑아낼 수 있겠습니까, 그해가 아니라면? 금방 인정하게 됩니다, 한때 어느 음료수에 대해 말했던 것처럼, 최초였던 게 최고로 남는다고…… 아 그렇습니다, 기가 막힌 생각입니다."

"뭐 그렇게 기가 막힌 것 같지는 않네." 카포가 말했다. "두고 보면 알겠지. 아니 오히려 곧 알게 될 거라고 나는 생각하네…… 그보다 여기서 지금 중요한 건, 프레지던트의 소중한 시간을 계속 뺏을 수 없다는 것이지. 그래서 딱 한 가지만 더 질문드립니다. 어제저녁 이 89년의 아들들에 관해서, 그들의 협박에 관해서 말할 때 불쌍한 산도츠 변호사가 당신에게 속을 터놓았단 말입니까?"

"제발요, 우리는 속을 터놓고 말하지 않아요. 그저 무관심하고 가볍게 이야기를 주고받지요. 아까 내가 말했듯이, 그는 농담처럼 받아들였소."

"그렇지 않습니다." 카포가 말했다. 갑자기 그러나 완강하게 89년의 아들들에 대한 집착을 보였다. 끈기 있고 가장 오래된 투견종 마스티프처럼.

"뭐 더 이상 달리 할 말이 없군요." 자리에서 일어나며 프레지던트가 말했다. "불쌍한 산도츠의 다른 친구들이나 가까운 동업자에게 물어보시오."

"그렇군요." 비체가 말했다. "우리 프레지던트께서 무대 밖으로 빠지셨어요."

"그럼 자네는 더 붙들고 있고 싶은가?"

"아, 아닙니다, 그저 몇 가지 궁금해서요."

"조용히 하게." 카포가 짜증을 내며 딱 잘라 말했다. 그리고 더 딱딱하게 덧붙였다. "내 자네를 알지, 자네가 궁금해하는 걸 알아. 보이지도 않을 정도로 사소한 것에 대한 궁금증이지."

"서장님도 납득하실 만한 이유가 있습니다."

"아니 됐네! 난 궁금하지 않고 다른 이들도 마찬가지일 걸세. 타당한 거라면 언젠가 알아채겠지. 사소한 것에서 일이 터지기 마련이지. 쓸데없는 궁금증 때문에."

"알겠습니다." 다른 것에 살짝 정신을 빼앗기며 비체가 말했다. 왜냐하면 어느 사이에 다시 찾아온 통증이 온갖 색상과 이미지, 특히 생각으로 그를 덮치고 있었기 때문이다(그렇지만 밤 시간에 찾아오는 끝을 알 수 없는 통증처럼 그와 온 세상을 덮쳐 버릴 것 같은 정도는 아니었다). 지금은 회색빛 납덩이가 움직이듯, 서서히 밀려오는 느린 파도 같은 통증이 거슬릴 정도로 느껴지고 자각되었다. 그런데 그에게 미심쩍은 관심을 불러일으킨 프레지던트와의 면담이 정말로 그의 생각을 사로잡았고, 지금은 카포와의 대화로 이어지고 있다. 비체가 카포에게 아첨하듯 말했다. "에이 서장님도 궁금한 게 있으시잖아요."

"이번만 예외로 함세. 먼저 자네의 궁금증을 말해 보게. 그러면 나도 말하지."

"산도츠가 아우리스파에게 보낸 메모에 정확하게 뭐라고 쓰여 있었는지 알고 싶습니다."

"그렇군, 어쩌면 궁금할 수 있겠지. 하지만 개인적인 변덕은 밝혀내야 하는 수사에 아무 쓸모가 없어."

"그래서 궁금합니까, 아닙니까?"

"궁금하다고 치지. 그런데 이런 궁금증에 의한 수사는 프레지던트를 곤란하게 할 거야."

"그는 산도츠의 답장에 대해서는 그렇게 불확실하고 부주의했습니다. 농담이라고까지 했어요, 우리한테는 자신과 헤어지자마자 살해당한 사람의 마지막 메모입니다…… 우리는 형식적이고 일상적인 조사를 할 수밖에 없습니다. 한마디로 말해서 그와의 연관성을 마무리하기 위한 조사입니다."

"알았네, 자네를 레스토랑 앞에 내려 주겠네. 자네를 도와 이름표를 찾을 경찰 두 명을 보내 주지. 하지만 잊지 말게, 우리 수사 선상에서 아무런 의미도 역할도 하지 않는 종이 나부랭이일세."

"벌써 수사 선상인가요?"

"그럼, 곧, 한두 시간 후에 이야기하도록 하지."

"맙소사!" 비체가 부르짖었다.

카포는 그의 얼굴에서 분노를 읽어 냈지만 무뚝뚝한 침묵으로 대응했다. 이윽고 그들은 레스토랑 앞에 도착했다. 비체가 차에서 막 내리려고 하는 참에 그가 물었다. "뭐가 납득이 안 가나?"

"89년의 아들들요. 만약에 서장님이 찾아다니기라도 한다면, 얼마나 성공할지 보시게 될 겁니다. 남부 시칠리아의 파키노부터 북부 피에몬테의 도모도솔라까지 열 명 정도 살고 있을 겁니다."

"아니 나는 찾아다니지 않을 걸세. 희생자의 친구나 동업자가 나에게 확인시켜 주지 않는 한. 그리고 좀 더 특이 사항이 드러나야지."

"확인시켜 줄 겁니다, 그리고 특이 사항도 드러날 겁니다."

"나는 자네 같은 낙천주의자를 본 적이 없네."

"반대로 저는 그렇게 염세주의자였던 적이 없습니다."

"제발 부탁일세." 명령조로 서장이 말했다. "골치 아프게 하지 말게나."

비체는 알겠다는, 복종의 몸짓을 했다. 그리고 레스토랑 문을 열어 달라고 하기 위해, 기대하던 뭔가를 찾기 위해, 레스토랑 주인에게 전화하러 카페 가까이 갔다.

뼈와 관절에 날카로운 통증이 느껴지는 우중충하고 꽁꽁 얼어붙은 아침이다. 별나고 부수적인 이런 통증은 중심의 거대한 통증을 완화시키는 힘이 있고 그리고 어쨌든 그렇게 착각하게 만든다.

비체는 연이어서 진한 커피 두 잔을 마셨다. 사람들은 커피를 마시면 통증이 더 심해진다고들 말한다. 하지만 그에게 커피는 통증을 잘 견디어 내도록 정신을 차리게 해 준다. 비체는 한편 잠시 후에 파헤치게 될 쓰레기 더미에 대해 생각했다. **폐기물 과학이다.** 일종의 비유고 은유다. 이제 우리는 쓰레기 더미에서 찾아내고 처리하고 알아내야 한다. 진실의 잔해가 혹 있는지 물어야 한다, 쓰레기에게. 어느 기자는 가장 비밀스러운 정치의 비밀을 헨리 키신저의 쓰레기에서 찾아냈다. 미국 경찰과 시칠리아계 미국인 마피아인 조지프 보나노의 경우도 있었다. 쓰레기는 절대 거짓말을 하지 않는다. 사회학적 교훈이다. 그런데 보나노의 쓰레기는 에만 경찰관에게 거짓말을 했다. **티토네에게 작업하라고 전화하고 스칸나토레에 대해 지불하라**는 메모가 발견됐다. 에만에게 이보다 더 분명한 것은 없었다. 만약에 스칸나토레가 이탈리아어로 도살업자라면 도살업자는 도살을 직업으로 하는 자다. 피란델로의 영감을 받아 시칠리아 출신 감독이자 작가인 니노 마르톨리오가 쓴 희곡 『대륙의 공기』를 적어도 알아야 할 필요가 있었다. 시칠리아 사람이 나름 표준 이탈리아어를 말하기 시작하자마자 바로 사투리에 대해 느끼는 열등감이 어떠한지 이해하려면 말이다. 아무튼 보나노의 집안에서는 시칠리아 사투리 **스카나투리**를 나름 이탈리아어화해서 **스칸나토레**라고 했다. 발견된 그 메모는 커다란 식탁 하나를 만든 티토네란 이름의 시칠리아계 미국인 목수에게 지불하라고 상기시키는 메모였다. 단단한 나무를 매끄럽게 잘 다듬어서 만든 식탁 위에서 한때 시칠리아 여인들이었던 그러나 어느덧 미국 여인들이 빵을 반죽하고 탈리아텔레✦와 라자냐, 포카치아✦✦ 그

✦　파스타의 한 종류로 면의 모양이 칼국수처럼 길고 납작하다.
✦✦　밀가루와 이스트를 넣고 납작하게 구운 이탈리아 전통 빵.

리고 피자를 만든다. **스카나투리**는 '밀가루 반죽 혼합기의 일종'이라고 1754년에 예수회 수도사 미켈레 델보노가 정의했다. 그런데 보나노는 천재적으로 이탈리아어화했던 걸까 혹은 에만에게 농담을, 유리한 농담을 하고 싶었던 것일까?

비체는 농담이라는 말이 지난 몇 시간 사이에 빈번히 등장하는 게 흥미롭다고 생각했다. 심지어 그가 카포에게 하고 있었던 것도 농담이었다. 그 전날 만찬 쓰레기에서 산도츠의 이름표를 찾을 수 없으리라고 그는 확신했다. 그리고 사실 두 시간이 넘도록 뒤졌지만 이름표를 찾을 수 없었다. **쓰레기는 절대 거짓말을 하지 않는다.** 이 경우에는 들어맞지 않았다. 그런데 또 다른 생각이 그를 불안하게 했다. 쓰레기 더미에서 그 남자가 죽어 가기 시작했다.

카포의 머리를 돌아 버리지 않게 하려고, 그는 불쌍한 산도츠의 친구들과 동업자들의 신문을 조용히 도왔다. 산도츠가 살아 있을 적에는 그 누구도 불쌍한 산도츠라고 말하지 않았을 것이다. 그는 재능 많고 재산 많고 권력 있고 여성 편력도 심한 부자였다. 너무 부자여서 불과 몇 시간 전에 불쌍한 이들의 하늘나라로 가 버렸다는 게 의심스러울 정도였다. 그들은 이를 확인하고 특히 하나하나 자세히 다루었다. 그랬다, 불쌍한 산도츠는 89년의 아들들에게서 걸려 온 전화에 대해 말했었다. 하지만 농담으로 받아들였다, 왜냐하면 마지막 통화조차 작은 목소리로 거의 말을 더듬듯 주저하는 것이 마치 아이 목소리 같았기 때문이다. 다른 네다섯 통의 전화에 대한 기억도 더듬어 보았다. 매번 다른 목소리에 다양한 연령층이었다. 모두 장난 전화로 이해했다. 어쩌면 매번 같은 사람이 전화를 걸었던 것도 같았다. 첫 통화만 나이 든 어른의 목소리였고, 차츰차츰 바뀌더니 마지막 통화에서는 어린아이 목소리를 들은 듯했다. "다음번에는" 불쌍한 산도츠가 비서에게 말했었다. "젖먹이 애가 전화를 걸어올 거야." 그렇게 그는 전화 통화에 대해 농담을 했다. 심지어 비서에게 누가 이런 장난 전화를 하는지 알겠다고도 말했다. 89년의 아들들이다, 별 희한한 일이다! 제일 먼저 산도츠가, 그리고 다들 1989년을 생각했다. 막 생겨난 혁명가들이 차츰차츰 변하는 연령대의 목소리를 낸 것이다.

"보다시피," 카포가 말했다. "1789년은 수포로 돌아갔군."

"그럴 수도 있겠네요." 비체가 말했다.

"물론 이따금 자네 고집이 쓸모가 있었던 걸 부정하지는 않겠네. 하지만 지금보다 다음 기회를 위해 고집 피우는 게 나을 걸세. 내 말을 믿게나."

"다음 기회가 있을 것 같지 않습니다. 하지만 서장님 골치 아프게 하고 싶지는 않습니다, 괴롭혀 드리고 싶지 않아요."

"나를 괴롭히고 있네."

"제 생각에는, 우리가 계속해서 농담이라고 하는 그 농담은 두 가지 가설을 연속으로 만들어 내도록 의도된 겁니다.

첫 번째 가설은, 산도츠가 살아 있었던 동안에 주로 산도츠 입장에서 악의 없고 웃어넘길 만한 진짜 농담거리를 농담이라고 한 거죠. 두 번째 가설은 전혀 농담일 수 없는 살해당한 산도츠입니다. 첫 번째 가설에서는 1989년이 먹혔죠. 어떤 혁명의 신생아를 만들어 낸 우스꽝스러운 장난으로, 말뿐이었죠. 두 번째 가설에서는 협박이 먹혔어요. 산도츠 살해로 영광과 공포를 다시 불러일으키는 1789년에 대한 가설이 만들어지고 그 후속 조치가 실제로 벌어지기 시작하죠."

"자네가 부르기 좋아하는 대로 농담, 그래 두 개의 농담이 연결되어 있다는 거지, 동의하네."

"그런데 아직 말씀드리지 않은 게 있습니다. 이 점에 대해서는 서장님께서 동의하지 않으실 겁니다. 우리가 알아차리지 못하는 사이에 혁명 사건을 알게 되면서 본질적으로 혁명의 원칙을 확신하는 파괴 단체가 생겨났고 그리고 이제 그 단체는 과거에 스러진 영광을 복원하려는 음모 준비에 매달리는 겁니다. 이게 89년의 아들들이라는 명칭의 의미입니다. 그런데 이 단체는 존재하지 않습니다. 그저 전혀 다른 의도로 장막을 친 채 존재하는 척하는 겁니다. 자, 서장님 생각엔 누가 이런 기발한 생각을 했을 것 같습니까?"

"자네 방금 기발하다고 말했나, 바로 마음에 쏙 들었나 보군. 첫눈에 반하는 사랑Coup de foudre처럼." 거의 히스테릭하게 비꼬며 카포가 말했다.

"누가 그 생각을 했는지 저는 모릅니다. 알 수 있으리라고 생각한 적도 없어요. 그런데 기발하다는 건 확실히 그렇습니다. 아마 그런 효과가 있을 겁니다. 생각해 보십시오, 거의 전멸하여 사라져 버린 어떤 혁명의 깃발이 오늘날 약한 사람들, 지루해하는 사람들, 재판에 지고 희생하는 변호사들, 자신들의 직감에 가치를 부여하고 싶어 하는 폭력꾼들의 정신을 홀리며 휘날릴 수 있다면요? 있다고 믿는 사람들의 말대로 89년의 아들들이 존재한다는 서장님의 확신을 언급하지 않아도, 생각이 멋진 만큼 분명해 보이는 결과입니다."

카포가 진지하고 엄숙하고 권위적으로 단호하게 말했다. "내 말을 들어 보게. 레스토랑의 쓰레기 더미에 대해서만큼은 자네 말대로 했네. 자네와 경찰 두 명이 시간 낭비만 했어. 내 속이 얼마나 터질 지경인지 하늘만 알지……" 카포는 인력과 물자 부족에 대한 서글픈 한숨을 습관대로 내쉬었다.

"시간 낭비만은 아닌 것 같아요, 예상했던 대로 이름표는 없었거든요."

"그럼 더 안 좋군. 없을 거라고 예상한 걸 찾느라 시간을 버렸어…… 이제 내 말을 듣게. 난 멍청이가 아닐세. 자네의 의심, 자네의 의도, 어떤 방향으로 수사하려는지 눈치챘어. 이제 분명하게 말하겠네. 아닐세. 내가 자살할 의향이 전혀 없기 때문일 뿐만 아니라 자네의 수사 방향은 너무 소설 같기 때문일세. 왜 있잖나, 이미 영리해진 독자들이 첫 페이지를 읽고 나서 어떻게 끝날지 알아맞히게 되는 전형적인 추리소설 말일세…… 아무튼 소설 같은 소리 집어치우게. 침착하게 잘 생각하고, 성급하고 무모하게 결정 내리지 말고, 변덕 부리지 말고, 특히 편견 없이, 선입관에 사로잡힌 가설 없이 행동하라고. 이제 사건은 판사의 손으로 넘어갈 걸세. 판사가 자네만큼 소설을 좋아한다면, 자네랑 같이 궁리하기 시작할 테지. 아무튼 나는 손을 떼겠네…… 그리고 자네의 심사숙고가 유망하다고 말하고 싶은 가설을 간과하고 말았다는 걸 자네가 알아차렸으면 싶네. 즉 만찬 식탁에 앉아 있던 누군가가 두 사람 간의 장난을 눈치챘고, 산도츠가 **나는 너를 죽일 거야**라고 적힌 메모를 주머니에 넣는 걸 보았고, 그 기회를 이용해야겠다는 생각이 들었을 수도 있지."

"이론상으로 맞는 가설이지만, 사건의 본질상 의미 없다고 여겨지는데요."

"절대 모를 일이지, 증명해 보게. 그 문화단체에다 초대객 명부를 요청하게. 산도츠와 프레지던트 가까이에 앉아 식사하던 사람 중에 그 장난을 알아챈 사람이 있는지 알아봐. 그러면 사람들 중에 산도츠를 끔찍이 싫어할 만한 사연이 있는 사람이 누구인지 밝혀지겠지. 그리고 제발 부탁인데 성급하게 결론 내리지 말고, 나한테 보고하지 않은 채 단 한 발자국도 움직이지 말게, 알겠나?"

산도츠 옆에 앉아 식사한 이는 배우였다. 어느 사교적인 사람이 함께 사진을 찍었던 산도츠와 배우를 기억하고, 장난 전화를 할 가능성이 있는 사람으로 배우를 지목하였다. 여러 목소리를 내는 데 전문가인 작자의 소행이라고 생각하지 않을 수 없는 농담 같다고 산도츠가 말했었기 때문이다. 카포는 그 배우가 연극계와 영화계에서 여러 사람의 목소리를 흉내 내는 것으로 꽤 유명하다는 이야기를 들은 기억이 났다. 남부 이탈리아 출신 배우인 무스코가 목구멍에서부터 내는 카타니아 사투리부터 북부 이탈리아 밀라노 출신인 귀족적인 배우 루제로 루제리의 음악같이 듣기 좋은 공손한 어투까지 흉내 낸다고 했다. 소신 없이 이미 89년의 아들들에

사로잡힌 카포는 그 배우를 찾아 이탈리아 전역을 샅샅이 뒤지도록 명령을 내렸다. 그러다가 조간신문의 공연에 할애된 지면을 보고, 그 배우가 어디에 있는지 바로 알게 되었다.

전화상으로 그를 찾는 이유를 간단하게 설명하자 배우는 산도츠를 알고 있었다고 인정했다. 늘 그렇듯이 경찰이 추궁하는 질문에 답하면서 겨우 인정했지만 그런 장난 전화를 할 정도로, 특히 그렇게 멍청한 장난을 칠 정도로 잘 알지는 못했다고 진술했다. 그리고 이 진술은 89년의 아들들의 전화 통화와 살인 사이에 밀접한 관련이 있으리라는 수사 방향이 빗나갔음을 경찰과 판사에게 확인시켜 주었다. 한편 이 사람 저 사람 바꾸어 가며 수사가 진행될 때 늘 그렇듯이 89년의 아들들에 대한 소식이 신문에서 터졌다. 그럴 수밖에 없는 것이 바로 1989년이었기 때문에 거의 모든 신문들이 갓 태어난 새롭고 차이 나는 전복적인 테러 집단의 명칭에 지면을 할애했다. 그런데 경찰, 사법부, 기자들의 무지와 맹목을 비난하는 익명의 전화가 제일 큰 신문사에 걸려 와, 1789년에 최고라고 했다. "우리는 다시 '테러' 할 거요." 익명의 통화자가 말했다. 산도츠를, 안타깝게도 단두대를 사용하지 못했지만, 자신들이 심판했다고 덧붙였다. 첫 번째 메시지였다. 또 다른 전화는 더욱 정확하고 간결한 표제 같은 말만 했다. **89년의 아들들, 생쥐스트+의 행동 단체.**

"자네 말이 맞았군." 카포가 말했다. 그는 자존심이 상했지만 너그럽게 인정하는 듯했다. 부하가 옳다고 인정하는 카포의 너그러움인 셈이다.

"그런데 그게 중요하지 않습니다. 핵심은 89년의 아들들이 지금 생겨나고 있는 중이라는 거죠. 허언증 때문에, 지루함 때문에 아니면 적어도 음모를 꾸미고 범죄를 저지르려는 작자들 때문에요. 라디오, 텔레비전 및 신문에서 이 소식을 떠들어 대기 1분 전까지만 해도 존재하지 않았습니다. 산도츠를 살해하거나 살해하도록 시킨 사람의 계산으로 만들어졌어요. 우리를 혼란스럽게 하기 위한 최소한의 결과를 정확하게 계산하면서 말이죠. 아니 어쩌면 어느 멍청이가 사실이 아닌 89년의 아들들이 사실이라고 주장하면서 맞장구칠 최대 효과도 계산했겠네요."

"난 더 이상 자네 말에 동의할 수 없네, 소설 같은 자네 말에 따를 수 없어."

"이해합니다. 아무튼 서장님께서 저와 의견이 같다고 한들 우리 둘뿐입니다." 산도츠 변호사에 대한 시민의 애도와 정부의 장례식은 별개였다. 그리고 정치범죄의 희생자, 비민주적인 분노의 희생자, 체제 전복적인 광기의 희생자보다 더

✦ Louis Antoine de Saint-Just 1767~1794 프랑스 혁명 시대의 정치가. 로베스피에르의 오른팔로 불렸다.

욱 초라한 무덤에 누울 용기를 누가 내었겠는가?

"자네가 그걸 인정하니 기쁘군…… 우리 둘뿐이야. 자네의 소설 같은 사건 설명 중 몇 가지 요소가 내 주의를 끈다는 건 인정하겠네."

"그런데요, 소설 같은 사건 설명을 계속하기 위해서 말입니다…… 우리가 맞닥뜨린 문제는, 89년의 아들들이 산도츠를 죽이기 위해 만들어졌는가 아니면 산도츠가 89년의 아들들을 만들어 내기 위해 살해되었는가입니다. 딜레마에 빠진 거죠."

"그건 자네가 해결하게. 내가 양보함세. 나는 산도츠가 89년의 아들들한테 협박 전화를 받았다는 사실에만 집중할 거네. 산도츠는 살해당했네, 89년의 아들들은 그 살인에 책임이 있다고 분명히 밝혔고. 우리의 과제는 그들을 찾아내고, 그들이 말하는 대로 정의를 보장하는 걸세."

"89년의 아들들 말이죠."

"그렇지, 바로 89년의 아들들이지. 이보게, 자네의 딜레마가 내 생각에는 추상적인 장난이고 소설인 것 같네. 우선 두 가지 극단적인 가설을 고려해 보면, 먼저 첫 번째는 89년의 아들들이 산도츠를 더욱 편하게 살해하기 위해 만들어졌는데, 왜냐하면 범인을 찾아내기 어렵게 하거나 심지어 불가능하게 만들기 위해서라는 거지. 그렇다면 내 자네에게 두 번째 극단적인 가설인 산도츠가 89년의 아들들을 만들어 내기 위해 살해당했다는 걸 조사하도록 맡기겠네. 재미 보시게."

"경찰은 반세기 이상 약간의 재미를 보는 권리를 행사하며 수많은 두꺼비를 꿀꺽 집어삼켰습니다. 이 기관에 몸담고 봉사하면서 거의 30여 년 동안 제가 개인적으로 꿀꺽한 건 별개로 해도 말이죠."

"두꺼비가 한 마리 더하건 덜하건 뭐 그리 대수인가……자네 생각에 이 일도 꿀꺽해야 할 또 다른 한 마리의 두꺼비로 윤곽이 잡힌다 싶으면, 집어삼킬 준비나 하게."

비체는 불복종했다, 불복종하는 중이었다. 응접실의 그 옆
자리에 데마티스 부인이 앉아 있다. 그녀는 호기심 때문에
본능적으로 신체적 접근을 하면서 아주 친한 사이인 양 붙
어 앉았다.

"수위가 경찰관이 나랑 이야기하고 싶어 한다고 말하자마
자, 알았어요. 당신이 분명 사흘 전에 산도츠와 아우리스파
가 서로 주고받은 그 메모에 대해 알고 싶어 한다는 걸요."

그녀는 지적인 얼굴과 아름다운 눈을 가지고 있었다. 눈
에서 냉소적이고 재미있어하는 기색이 보이는 듯했다. 그녀
는 전혀 못생기지 않았다. 그녀를 보기만 해도 그녀 가까이
에 있고 싶어 하는 바람이 장난일 수밖에, 가짜일 수밖에 없

다는 걸 충분히 이해할 수 있다고 말한 아우리스파는 여성미에 있어서 그다지 섬세하지 않은 취향을 가졌음이 분명했다. 부인은 말랐지만 보기 싫은 정도는 아니었다. 그녀의 움직임, 그녀의 몸짓이 살짝 떨릴 정도로 경쾌해서 그녀는 가벼워 보인다고 말할 수 있었다.

"바로 말씀드려야겠습니다, 그렇습니다, 저는 경찰입니다. 하지만 절대적으로 비밀스럽게, 개인적으로 부인을 찾아왔습니다."

"내게 사실대로 말해 보세요, 그를 의심하시죠?"

"제가 누구를 의심합니까?"

"그 사람요, 아우리스파." 푸른색도 아니고 보라색도 아닌 그녀의 눈 색깔이 화려함을 더하면서 냉소적이고 재미있어 하는 기색이 커지는 것 같았다.

"아니요, 그를 의심하지 않습니다."

"적어도 그를 용의자로 여기는지 알 수 있으면 참 좋을 텐데……"

"정말입니까?"

"아, 그럼요, 정말로요! 언젠가는 그랬으면 좋겠어요. 그는 너무도 많은 비밀스러운 일에 관여하고 있어요."

"그런데 왜 부인이 좋을까요?"

"정의 때문이라고 대답할 수 있겠죠. 하지만 그게 다는 아니에요. 나는 그 사람이 싫어요, 불쾌해요. 아주 차가운 남자예요. 동전에 새겨진 것처럼 옆얼굴로만 존재하는 것 같아요."

"특별히 말씀하실 건 없습니까?"

"없어요, 전혀. 더 이야기해 봐야, 그는 뭔가 모호하고, 정확하지 않다는 거죠. 항상 내게 모호하고 부정확한 인상을 주었어요. 나는 실수하지 않아요, 믿으셔도 돼요…… 그런데 당신은 내게 아무 말도 하지 않으리란 걸 알겠어요. 아무튼 당신이 나한테 하는 질문에서 뭔가 알아챌 수 있을지 두고 보죠."

대단하다, 아주 대단한 여인이라고 비체는 생각했다. 거의 공포감이 들 정도였다. 뜸을 들이며, 부인이 짐작해 낼 만한 의심스러운 질문을 걸러 내면서 그가 말했다. "질문도 아닙니다, 제가 묻는 건."

"아무튼 계속하세요." 점점 더 재미있어하며 부인이 강력히 권고했다.

"평범한, 아주 평범한 재구성에 대한 겁니다. 이 사건에서처럼 편견을 갖게 할 때에도 우리는 무의미하다고 여기지만, 산도츠 변호사가 숨을 거두기 전 몇 시간에 대한 재구성을 해야 할 의무가 있습니다."

"평범한, 아주 평범한 재구성이네요, 게다가 무의미하고요." 부인이 메아리처럼 따라서 말했다. 그녀는 무슨 말인지 알아들었다며 그렇게 생각하는 것을 봐주겠다는 이해와 관용의 아이러니를 즐기고 있었다. 그러나 웃음을 꾹 참고 있는 듯했다. "질문하시죠."

"부인께 말씀드렸듯이, 질문도 아닙니다…… 추측건대 부인께서는 그 두 사람이 농담을 주고받는 중인 것을 아셨습니다. 말하자면 부인에게 서로 잘 보이려 하면서 말입니다. 아우리스파 경영자는 부인 옆에 앉지 못해서 유감스러워했습니다. 그리고 며칠 사이에 두 번이나 부인 옆에 앉는 행운을 누린 산도츠 변호사한테 화난 척했습니다……"

"두 번 이상이었어요. 왜 이 지겨운 공식 만찬이나 오찬에서 나를 항상 지루한 산도츠 옆에 앉혔는지 모르겠어요. 그래요 나는 그가 지겨웠어요. 아니 오히려 당신이 나를 두고 서로 잘 보이려 했다고 규정한 그 농담에 짜증 났어요. 그들끼리 서로 '불쌍한 여자, 이렇게 늙고 이렇게 못생겼는데 적어도 이렇게라도 위로를 해 줄 필요가 있지'라고 말하는 것처럼 말이죠. 왜냐하면 나는 아름답지도 않고 심지어 늙기까지 한 걸 알기 때문이죠. 그런데 내 생각에는, 그 두 어리석은 존재가 내게 그걸 알려 주느라 저녁 내내 시간을 허비한다는 게 좋은 핑곗거리 같진 않네요."

"아휴 아닙니다, 그런 말씀 마십시오." 부인이 이해한 대로 정황이 딱 그러했으므로 비체는 아우리스파에게서 익힌 대로 위선적으로 말했다.

"당신도 나한테 잘 보이려 하지 마세요."

"잘 보이려 하는 게 아닙니다. 부인, 실례입니다만, 부인을 처음 봤을 때 더 이상 만날 기회가 없으리라는 생각이 들었습니다, 부인같이 빛나는 분을……" 자신도 모르는 사이에 그 말이 나왔다. 거의 즉각적으로 사랑에 빠진 듯이. 그런데 더욱 날카로운 통증이 생생해졌다. 이미 정확하게 사랑에 빠졌음을 그에게 알려 주는 통증이었다.

"빛난다고요. 멋지네요. 기억할게요. 이 정도 인생을 살다 보면 그렇게 기쁠 일이 별로 많지 않거든요. 내 나이가 쉰인 거 아시죠……? 자 그러면 다시 질문으로 돌아가죠."

"그러죠. 경영자가 변호사에게 메모를 보냈습니다, 다음과 같이 적혀 있었죠."

"나는 너를 죽일 거야."

"변호사가 똑같은 이름표에 답장을 썼습니까?"

"아니, 아니요. 아우리스파의 메모를 내게 읽으라고 보여 준 뒤에 주머니에 집어넣었어요. 내가 보기에 진귀한 서명을 드디어 받아 낸 서명 수집가처럼 즐거워하는 것 같던데요. 그는 은으로 만든 것치고는 지나치게 은 같은 일종의 붓꽃 모양으로 된, 앞에 있던 지정석 이름표 꽂이에서 자신의 이름표를 빼더니 거기에다 답장을 썼어요."

"그래, 그자가 이름표 뒤에 뭐라고 쓰던가요?"

"나한테 안 보여 줬다는 게 이상해요. 나 역시 그가 쓰는 동안 힐끔거릴 정도로 궁금하지는 않았어요. 난 그 사람이 지겨웠어요. 그 바보 같은 놀이도 지겨웠고요……"

"그럼 아우리스파 옆에 누가 앉아 있었는지 기억하십니까? 두 명의 부인 가운데였을 것으로 여겨집니다만."

"그럼요, 두 명의 부인 사이에 앉아 있었죠. 초르니 부인과 시라구사 부인이었어요. 그런데 초르니 부인이 그 사람 오른쪽에 앉아 있었어요. 아름다운 여성이죠. 약간 멍청하긴 해도요, 내 생각엔. 하지만 다른 그 어떤 여성보다 그녀에게 시선을 빼앗길 정도로, 대부분의 남성들 눈에는 가장 아름다운 여성으로 보이죠."

"부인은 메모가 아우리스파에게 전달되는 걸 보셨나요?"

"정확하게 본 건 아니에요. 조심스럽게 말하자면 거의 불안한 듯이 아우리스파를 보고 있던 산도츠를 관찰하고 있었어요…… 한마디로 말해서, 장난스러운 경박한 행동에 대해, 재미를 넘어서 그 효과를 염탐하는 듯 보였어요…… 게다가 산도츠가 미소를 짓는 걸 봤어요. 그래서 나는 아우리스파를 보려고 시선을 돌렸죠. 그 역시 미소를 짓고 있더군요. 그런데 두 사람의 미소가 뭐랄까? 긴장되고 쑥쓰한…… 그들 사이에 주고받는 그 미소에 깜짝 놀랐어요. 그래서 몇 시간 뒤에 산도츠가 살해당했다는 이야기를 듣고, 아우리스파에게 혐의를 두고 있는지 당신에게 물어본 거예요."

"아니요, 혐의를 두고 있지 않습니다."

"의심해야 할 필요가 있어요. 어쩌면 유치하게 들릴 수도 있지만 그 사건 소식을 처음 들었을 때부터 나는 살해당했다는 말에 청소했다는 생각이 연결되더군요…… 당신네 경찰은 그를 청소했다는 생각도 하나요?"

"가능한 가설은 일단 다 세우지요."

"그렇군요, 가능한 가설요. 아무튼 아우리스파에 대한 혐의가 있을 거예요. 물론 많지는 않지만요, 그렇죠?"

"많진 않죠."

"만약에 당신이 내게 많지 않다고 대답한다면, 전혀 없을 수도 있다고 추론할 수 있으리라 여겨져요. 그리고 내 생각에 당신은 그것 때문에 괴로워하는 것 같아요."

"저는 여러 가지 일 때문에 괴롭습니다, 이미."

"당신이 왜 경찰관이 됐는지 알면 좋을 것 같네요."

"그 질문에 정확한 대답을 한 적이 한 번도 없습니다. 저 역시 어느 순간 자문합니다. 가슴으로 노래하는 테너처럼, 이따금 높고 고상한 대답을 찾기도 하고 그리고 좀 더 자주 훨씬 하찮은 다른 대답을 떠올리기도 합니다. 먹고살려면 일이 필요하죠, 우연히 어쩌다 보니, 게을러서……"

"당신은 시칠리아 분이세요?"

"그렇습니다, 그런데 추운 시칠리아 출신이죠. 산으로 둘러싸인 내륙의 작은 마을입니다. 겨울이 길어서 눈이 내리죠, 아니면 적어도 내렸었죠, 제가 어릴 적에는. 여기서는 아무도 상상하지 못할 시칠리아지요. 제 인생에서 그 마을에서처럼 그렇게 지독하게 추웠던 적은 없어요."

"나도 기억해요, 당신이 말하는 추운 시칠리아를. 대체로 여름에 거기에 가곤 했지만, 이따금 성탄절에도 갔어요. 내 어머니가 시칠리아 분이셨고, 조부모님은 평생 고향 마을과 자신들의 그 큰 집을 멀리 벗어난 적이 없는 분들이셨어요. 그 집은 여름에는 시원하고 겨울에는 굉장히 추웠죠. 그 집에서 두 분 다 돌아가셨어요. 그리고 그분들이 돌아가시기 전에 그 집에서 나의 어머니도 돌아가셨죠. 나는 더 이상 거기에 가지 않았어요. 그곳에 사는 친척 한 분이 매년 11월 2일이 지나면 그분들의 묘지를 찾아갔던 이야기를 편지로 써서 부치죠. 꽃이며, 묘지를 밝히는 등불에 대한 내용도 적혀 있죠. 거의 나를 꾸짖는 것처럼 여겨져요. 왜 내 어머니가 그곳에 죽으러 가고 싶어 했다는 사실 때문에 내 마음이 불편해야만 할까요. 실상 따지고 보면 그 또한 어머니의 뜻이잖아요. 이 생각을 하면 당황스러워요. 지금까지도 그곳 그 사

317
기사와 죽음

람들을 사랑할 수 없어요. 고통스러웠던 장소고 전혀 마음이 안 맞던 사람들인걸요. 내 어머니는 그곳에서 자신의 삶을 괴로워하셨어요. 그런데 그곳에 저항해서 도망치셨죠. 그곳에 대한 사랑은 죽음을 넘어서는 것이었어요…… 그곳을 생각할 때마다 왜 내가 당혹스러운지 아세요? 그곳에 대한 어머니의 사랑, 기억, 반항의 메아리를 들을 때마다 깜짝 놀라기 때문이죠…… 아니 어쩌면 내 친척이 나한테 느끼게 해주고 싶어 하는 약간의 양심의 가책에 불과한 것일지도 몰라요."

"혹시 부인께서는 베르가의 소설『돈 제수알도』에 대해서 쓴 D. H. 로런스의 글을 아시나요. 이런 구절이 있죠, 그런데 제수알도는 시칠리아인이다, 그리고 이 때문에 어려움이 생긴다……"

"어려움이라고요…… 그렇군요, 어쩌면 그런 의미에서 내 삶의 어려움도 비롯되는가 보군요." 그리고 화제를 바꾸기 위함인 듯, 가볍게 물었다. "독서를 많이 하시나 봐요, 그렇죠……? 난 많이는 아니에요, 게다가 읽은 책을 다시 읽는 게 더 재미있어요. 처음에 읽을 때에는 없던 내용들이 발견되거든요, 말하자면 나한테는 없던 거죠…… 내가 무슨 책을 다시 읽는 중인지 아세요?『죽은 혼』이에요. 이전에 읽을 때 보지 못한 내용으로 가득해요. 20년 후에 다시 읽게 되면 또 어떤 새로움이 발견될지 누가 알겠어요…… 그런데 책 이야기는 그만하기로 하죠. 왜 경찰이 되셨는지 이야기하는 중이었죠."

"왜냐하면 어쩌면 우리에게 벌어지는 범죄에 대해 좀 더 알기 위해서죠."

"그래요, 맞아요, 우리에게 벌어지는 범죄, 그리고 범죄를 저지르는 누군가도 있죠."

초르니 부인이다. 심심하게 완벽한 진짜 미인이다. 그리고 그 완벽함에 딱 맞아떨어지는 엄청난 수다쟁이다. 허황되고, 머리가 텅텅 비고, 상상할 수 없을 정도로 바보스러움의 극치를 보이며 횡설수설한다. 그녀는 자신이 명석하고 깊이 있고 게다가, 지식인들이 그녀를 보면 얼마나 매력적인지 알고 두려워한다고 생각한다. 사람들이 그녀에게 질문하는 바를 전혀 알아듣지 못하는 것 같지만, 그래도 그 질문의 느낌은 그녀의 대단한 머리 어딘가에 둥지를 틀었음에 틀림없다. 모자이크를 만드는 방식으로, 더 적절하게 어울리는 대답을 다양한 색깔의 돌무더기에서 선택하듯, 어느 순간엔가 대답을 하기도 했다. 비체가 해야만 하는 일이자 사람들이 해야 하는 건 어쩌면 그 대답에서 숨겨진 것을 짐작하는 방식으로 이야기를 꿰맞추는 일이다.

그랬다, 그녀는 두 사람이 데마티스 부인에게 치던 연민과 조롱 사이의 그 장난을 알고 있었다. 프레지던트가 그녀에게 알려 주었다. 그녀는 프레지던트가 **나는 너를 죽일 거야**라고 적는 것을 보았고, 이에 대해 그들은 웃어 댔다. 그녀는 나름 매력이 있는 데마티스 부인이 그렇게 못생겼다고 보진 않지만, 그 말을 하는 걸 중요하게 여겼다. 그리고 그녀는 산도츠 변호사의 답장 메모를 읽었다.

"내용을 기억하십니까?"

"당연히 기억하죠. 나는 기억력도 좋답니다." 이는 그녀가 자신이 미인인 걸 알고 있음을 어느 정도 인정하는 말이기도 하다. "두 줄이었어요."

"두 줄요?"

"짧은 두 줄이었어요, 시처럼 쓴. 그리고 운도 맞추었고요. 짧은 노래 같아서, 불러 보고 싶을 정도였죠." 그녀가 몇 년 전에 유행한 한물간 노래에 맞추어 그 내용을 흥얼거렸다. "나는 네가 그걸 시도할 걸 알아. 그런데 성공할까?"

비체는 의기양양해지는 느낌이 들었지만 차분하게 말했다. "프레지던트가 그 메모를 읽었습니까, 부인에게도 보여 주었나요……?"

"아니요, 나한테 보여 주지 않았어요. 그가 읽는 동안 내가 봤어요. 그리고 그가 이름표를 주머니에 넣었어요."

"프레지던트가 이름표를 주머니에 넣은 게 확실합니까?"

"확실하고말고요." 그런데 그녀에게 한 가지 걱정이 떠올랐다. "그가 주머니에 넣지 않았다고 우기던가요?"

"그 경우에도 부인께서는 여전히 확신하시겠습니까?" 비체는 그녀가 잠시 불안해하도록, 고스란히 땅속에서 발굴해 낸 동상 같은 그녀의 완벽한 확신에 흠집을 내고자 일단 그렇게 말했다.

"그분이 흠잡을 데 없는 신사지만 뭔가 확실치 않아 착각할 수도 있지요."

"부인은 계속해서 확실하다고 말하셔도 됩니다. 프레지던트는 이름표를 무의식적으로 주머니에 넣었다고 말했습니다. 단지 나중에 매한가지로 무의식적으로 어딘가에 버렸답니다."

부인은 안도의 한숨을 내쉬었다. 그 순간 복제품은 생명을 다시 들이마셨다. 비체는 그녀가 정말로 바보는 아니라는 생각이 들었다. 이탈리아와 같은 질서 체계에서는 말하기와 말하지 않기에서 바보가 아니라는 게 최고의 평가다.

비체는 약간 어지러운 기분으로 초르니 부인의 집을 나섰다. 트레비 분수처럼 솟구치고 마구 쏟아져 나오고 여기저기로 튀고 가려 버리고 흘러가 버리는 대화에서 정확한 답을 추려 내기란 꽤 긴장되는 일이었다. 더구나 지금은 피곤이 몰려오고 혼란스럽기까지 했다. 멍해지고 덜 날카롭지만 더욱 묵직하고 광범위한 통증도 느껴진다. 육체적인 통증 같은 고정된 원인도 더 나빠지지 않고 변함이 없다면, 경우에 따라 그리고 만남에 따라 희석되고 그 강도와 질이 변화할 수 있을지 궁금하다.

그는 그 이름표에 대해, 이름표에 적힌 글귀에 대해, 매우 아름답고 젊고 유연하고 조화로운 몸을 지닌 초르니 부인에 대해 생각하면서 광장의 회랑 아래를 지나갔다. 그런데 그에게 있어 더욱 아름다운 만큼 더욱 욕망하게 되는 나이 쉰의 데마티스 부인을 떠올리자 그녀에 대한 찬란한 욕망 속에 갑자기 고통이 엄습해 왔다.

그는 회랑을 어슬렁거리며 걷기를 좋아했다. 그가 태어난 섬에는 회랑이 있는 도시가 없었다. 아치는 하늘을 가장 아름답게 돋보이게 한다고 시인은 말한다. 회랑이 도시를 가장 문화적으로 돋보이게 할까? 그가 태어난 고향 땅을 사랑하지 않는다는 게 아니다. 하지만 매일 그곳에서 들려오는 무겁고 비극적인 모든 소식이 그에게 일종의 증오를 심어 주었다. 수년째 그곳에 돌아가지 않은 탓에 그런 일이 벌어지는 그곳 너머로 더 이상 존재하지 않는 뭔가에 대한 기억과 감정이 자리 잡았다. 그리고 환상적이고 신비화한 그곳을, 이민자로서, 망명자로서 찾아 헤맨다.

마지막까지 계속 불복종할 필요가 있었다. 위험을 무릅쓰고 초르니 부인을 만났다. 언젠가는 부인을 찾아갔던 일이 효과를 발휘할 것이다. 자신의 방문에 대해 침묵해 달라는 부탁 대신, 침묵할 필요 없고 원하는 만큼 떠들어도 된다고 일러 준 건 그녀에게 순전히 형식적이고 불필요하고 하는 사람도 성가신 조사일 뿐이라는 인상을 확실하게 남기고도 남았다. 그런데 그녀의 기억력이 워낙 잊어버리는 데 약하다 보니 그리고 잊어버리지 않은 탓에 한두, 세 명의 친구에게 그 조사에 대해 말하는 경우는 당연히 있을 것이다. 게다가 그 친구가 또 다른 친구에게 말하고 이윽고 그 소식은 프레지던트에게, 프레지던트에게서 카포에게 혹은 카포보다 훨씬 높은 자리의 윗분 누군가에게 전해질 것이다. 반면에 데마티스 부인과는 아니다, 전혀 위험하지 않다. 비체와 데마티스 부인 사이에 거의 공모할 정도의 호감이 생겨났기 때문이다.

이름표 교환에 관한 이야기를 듣다 보니 한 가지 질문이 떠올랐다. 정확한 대답을 해 줄 만한 정도의 사람에게 물어보아야 하는 질문이었다.

대학을 졸업한 조반니 리에티가 운영하는 **쿠빌라이 여행사**다. 그의 전공이 무엇인지는 절대 알 수 없다. 오래전부터 알던 사이다. 오랜 세월 동안 인간적으로 애정을 가지고 대했기 때문에 어쩌면 친구라고 이야기할 수 있었다. 그들의 인연은 1939년에 그들의 아버지들 세대에 시작되었다. 비체의 아버지는 유대인인 리에티의 아버지가 우연히 태어난, 시칠리아 작은 마을의 호적계 공무원이었다. 리에티 아저씨는 절망에 빠져서 로마 시청에서 쓰러지셨다. 자신의 출생증명서에 아마도 유대인이라고 간주할 수 없음을 증명하는 데 기반이 되는 어떤 단서라도 있을지 찾다가 말이다. 아무런 단서도 없었기에 호적계 공무원, 시장, 수석 사제, 시청 경비원이 단서를 만들어 주었다. 다들 주머니에 슬쩍 보아도 금방알 수 있는 당증과 배지를 가진 파시스트였다. 그리고 수석사제는 당증도 배지도 가지고 있지 않았지만 감정적으로는 그러했다. 그런데 모두들 리에티 아저씨, 아저씨의 가족, 아저씨의 아이들을 망치고 싶어 하는 그 법에 그들을 내버려 둘 수 없다는 데 동의했다. 그래서 그들은 편지를 쓰고 가짜 서류를 작성했다. 왜냐하면 그들에게 한 남자가 유대인이라는 것은 전혀 중요하지 않았다. 그가 얼마나 위험한지, 절망했는지가 중요했다(이런 일에 있어서 얼마나 대단한 나라였는지, 어쩌면 여전히 그렇다, 이탈리아는!).

사람들은 그 가족에 대해, 리에티 가족에 대해 더 이상 아무것도 몰랐다. 그가 열 살이 채 되기 전에 벌어진, 흔적을 남긴 사건들 중에 그 사건을 기억할지언정, 그 가족의 이름은 잊었다. 그런데 어느 날 저녁 도시에 다시 정착해서 몇 년째 살아가던 중에 지방행정부가 주최한 파티에서 대학을 졸업한 리에티가 비체 앞에 등장했다. 비체는 그의 이름을 들었을 때 혹시 시칠리아 출신인지 혹시 그 작은 마을 출신인지, 또 호적계의 그 공무원을 알고 있는지 물어보았다. 그렇게 다시 만나게 되었다.

그들은 여러 차례, 어느 정도 정기적으로 만났다. 그런데 어느 순간 카포가 교묘하게 말을 할 듯 안 할 듯하면서, 리에티와 너무 자주 어울리는 모습을 보이지 말라는 조언을 비체에게 했다. 카포는 여전히 말을 할 듯 안 할 듯하면서, 다른 지역에서 과거에 유능하다고 알려진 요원이 비체에게 그런 말을 해 주라는 조언을 했다는 걸 비체가 알아차리게 했다. 어쩌면 그 요원은 현시점에는 유능하다고 말할 수 없을지도 모른다. 그렇기는 하지만 어쨌든 요원은 어떤 것들을 알고 있었다. 카포가 한 모든 말 중에 **하이라이트**는 다음과 같다. "그들끼리는 서로 알더군." 각국에서 활약하는 요원들끼리 서로 안다는 건 대학을 졸업한 리에티 역시 요원이라는 뜻이었다. 그리고 그들끼리 교류하는 것은 허용되지만, 정부의 다른 모든 공무원들, 특히 경찰 공무원과의 교류는 일반적으로 권장되지 않는다.

비체는 계속해서 리에티를 정기적으로 만났다. 그러나 바에서 한잔하거나 레스토랑에서 식사하는 것을 피하면서 좀 더 신중하게 만났다. 왜냐하면 경찰서 내에서 그가 피우는 게으름 때문에, 그리고 경제 및 금융 거래, 부서 내에서의 경쟁, 동맹 맺기 및 동맹 깨기, 법정의 사실과 테러 행위의 음모에 관한 그의 해박한 지식으로 인해 비밀 활동에 대한 의혹을 받을 수 있었기 때문이다.

그의 병 때문에, 그리고 더욱 길고 위중해지는 병의 증상 때문에, 밀린 일 때문에 비체는 적어도 두 달 동안 리에티를 보지 못했다. 리에티는 건강한 그를 보고 기뻐하며 유쾌하고 친근하게 환영했다. "자네가 아팠다는 이야기를 들었어. 며칠 전 저녁에 자네 사무실 사람이 그러더군. 그런데 지금은 좋아 보여. 물론 조금 마르긴 했지만. 그런데 마른 게 훨씬 좋다고들 하지."

"그렇지만 자네는 별로 좋다고 여기지 않는군."

"솔직히 말하지. 오히려 가족이나 지인 중에 그렇게 마르고 불균형해지는 걸 볼 때, 다이어트를 발명한 이들이나 과학자들은 마약상이나 매한가지로 평가받아야 한다는 게 내 생각일세…… 그런데 자네는 정확하게 어디가 아팠나?"

"정확하게 방사선 요법이나 비슷한 치료를 받아야 하는 병이지."

"그 정도일지는 몰랐네."

"그 이상이기도 해. 나는 죽어 가는 중이야." 비체는 상대가 막 하려는 말을 거짓말처럼 얼어붙게 만들 정도로, 아주 평온하게 그 말을 했다. 상대는 간신히 이렇게 대꾸할 뿐이었다. "맙소사." 그다음에 긴 침묵이 흐른 뒤 덧붙였다. "그런데 치료는……"

"다른 사람들만큼 나는 과학에 의지하고 싶을 뿐만 아니라 게다가 무척 고통스럽기도 하지만, 과학에 의지해서 도움받으며 죽고 싶지는 않아. 도움을 받아야 할 필요가 느껴진다면, 가장 오래된 치료법을 쓸 걸세. 아니 오히려 치료를 받아야 할 필요가 느껴진다면 좋겠네. 하지만 나는 그럴 필요를 못 느껴." 비체는 가볍고 거의 유쾌하게 말했다. "자네도 그런가? 이 도시에서는 지루할 틈이 없네. 지금은 89년의 아들들에 매달려 있지."

"그렇군. 89년의 아들들." 리에티가 냉소적으로, 적의를 가지고 말했다.

"그것에 대해 어떻게 생각하나?"

"내 생각에는 억지로 만들어 낸 이야기 같네. 꾸며 낸 이야기지. 자네 생각은?"

"내 생각에도 그래."

"나랑 같은 생각이라니 기쁘군. 그런데 기자들에 의하면 신문사에서는 진지하게 다룬다더군."

"그럼, 당연히 그러겠지. 자네라면 그렇게 기발한 기삿거리를 놓칠 텐가? 장난이라 해도 잘 따져 보면…… 흐루쇼프 다음에, 마오쩌둥 다음에, 피델 카스트로 다음에 그리고 지금은 고르바초프에 대해 여전히 뭔가를 믿고 싶어 하는 불쌍하고 할 일 없는 작자들이 뭐라도 떠들고 두들겨 댈 게 필요하지 않겠나? 그러니 포카치아라도 그들에게 던져 주어야지. 200년 후에 다시 오븐에 넣을 부드럽고, 기막히게 고소하고, 재발견되고, 재평가되는 포카치아를 말이야. 그리고 치아를 박살 내 버리려고 집어넣던 숫돌⁺을 안에 넣어서 말

✦　숫돌은 고통스러운 현실 자체를 의미하는 것으로 이해된다.

이지."

늘 그렇듯이 리에티와는 사건을 평가하고 해석하고 사건의 처음과 끝을 보는 데 있어서 일치했다. 그리고 주로 사건에 대해 암시와 비유와 은유로 재미있게 말하게 된다. 마치 그들의 머릿속에 똑같은 회로와 똑같은 논리 과정이 있는 것 같다. 불신과 의심과 염세주의의 컴퓨터 같다. 유대인, 시칠리아인은 자신들의 상황에 대해 조상으로부터 전해져 오는 유사성을 보인다.✦ 힘과 방어와 고통에 대해서도 그렇다. 16세기의 한 토스카나 사람은 시칠리아인들은 메마른 지성인들이라고 말했다. 유대인들 역시 그러하다. 그런데 전쟁이 지금 그들을 습격했다. 다른 방식으로, 그렇더라도 역시 전쟁이다.

"자네한테 알고 싶은 게 있네, 우리가 안 이후로 처음으로." 그리고 리에티의 정말로 비밀스러운 활동이 어느 것인지 잘 알고 있다는 암시를 하면서 비체가 말했다. "단도직입적으로 묻지. 산도츠와 아우리스파는 어떤 사이였나?"

"서로 굉장히 싫어하는 사이였지."

"왜?"

✦ 디아스포라의 운명으로 떠도는 유대인과 역사적으로 늘 외세의 지배하에 있었던 탓에 반역사성을 지니고 진실을 믿지 못하는 시칠리아인들의 운명적인 유사성을 가늠해 볼 수 있다.

"애초부터 그렇게 시작했으니까, 서로 적대적으로. 왜인지는 나도 모르지. 아무튼 뭐라 단정 짓기 어려운 사이야. 내가들은 대로라면 그들은 학교 친구였다네. 그런데 그들은 겉으로는 항상 친구 사이인 척 유지하면서, 아우리스파는 산도츠의 사업을 방해하고, 산도츠는 별로 효과는 없지만 아우리스파의 사업을 방해하는 데 서로 전력을 기울였다고 알고 있네. 그런데 산도츠가 패배에 굴복하지 않다가 재복수하겠다는 차원에서 증언했는데, 별 효과가 없었지. 그렇다 보니 비록 두어 달 후에 증거 부족으로 무죄방면 될지언정 아우리스파에 대한 체포 영장이 어느덧 산도츠 인생의 꿈이었지, 그래 바로 꿈이 됐네."

"그런데 재복수의 근거는?"

"그나마 덜 시시한 게 심각한 부패에 대한 거였고 그리고 계속해서 국가에 해가 되는 아우리스파가 저지른 사기였지. 내가 보기에 산도츠는 이에 대한 증거를 가지고 있거나 혹은 가질 거라고 믿고 있었던 것 같아. 하지만 나는 산도츠가 그 증거를 내놓기로 결정했으리라고 생각하지 않아. 분명하게 아무 탈 없이 빠져나갈 수 없으리라는 일종의 협박이 있었을 테니까. 아우리스파는 단지 산도츠가 돌아 버릴까 봐 걱정했을 수 있지. 산도츠가 자신의 사원, 그들의 사원, 많은 이탈리아인들이 중요하게 여기는 사원까지 무너뜨리게 되는 위험을 무릅쓰면서, 신중하게 감히 그 사원의 기둥을 옮기려고 한 이후로 줄곧 말일세…… 다른 재복수의 근거는 사적인 걸세. 더구나 적어도 30년이나 지난 일이더군. 여자, 마약, 뭐 이런 건 이미 별로 충격적이지도 않지?"

"그럼 그들의 사업은?"

"전쟁이지, 온갖 종류의 전쟁. 세상에는 수많은 전쟁이 있지, 무기, 독…… 게다가 그들은 엄청난 사업을 벌이잖나!"

"내 생각에 자네는 산도츠 살해에 대해 아우리스파 입장을 생각해서 영장 발부를 안 할 것 같군. 그런데 오히려 산도츠의 위협 및 재복수는 산도츠를 제거하기에 충분한 동기가 될 수 있을 것 같은데."

"정확하군."

"다른 이유라는 거지, 아무튼."

"자네는 맞는 말을 했네, 충분히 말일세. 산도츠의 위협은 아우리스파가 주변에서 그를 제거해 버릴 결정을 내리기에 충분한 동기를 제공하지 않았었지. 그런데 어느 순간 다른 필요성 때문에 적어도 예상치 않았던 산도츠의 제거 계획을 냉정하게 세우던 중 기회가 온 거야. 그래서 속담에서 말하듯이, 단 한 번의 여행으로 두 가지 볼일을 해결한 셈이지."

"자네 말뜻은 희생자가 산도츠가 아닐 수도 있었다는 거로군. 말하자면 매한가지일 테니까. 그런데 산도츠는 다른 가능한 희생자들보다 조금 더 성가셨기 때문에 선택이 됐어."

"바로 그거야."

"내 의견이기도 하지. 아우리스파의 말을 듣자마자, 바로 내 상관 카포는 당연히 내가 딜레마로 생각하는 걸 전혀 대수롭지 않게 여겼지. 그래서 내가 89년의 아들들이 산도츠를 살해하려고 만들어졌는지 아니면 산도츠가 89년의 아들들을 만들어 내려고 살해당했는지가 문제라고 말했네. 그리고 지금은 자네가 말한 대로 단 한 번의 여행으로 두 가지 볼일을 해결한다는 의미에서 딜레마를 풀어 보고 싶어지는군. 그러니까 89년의 아들들 만들기가 근본적인 것이겠지…… 아니 그런데 왜?"

"그 왜는 오래된 예감과 덜 오래된 경고 때문일 걸세. 우리는 그걸 잘 아는 건 아니지만 아무튼 알고는 있지…… 우리가 어렸을 적에는 제대로 알려지지 않았지만 필수 불가결한 범죄와 관련된 권력에 대해 이야기하는 걸 지금보다 더 많이 들었지. 그 권력은 역설적으로 건전하고 건강하다고 말할 수 있지. 오늘날에 권력자들의 범죄는 항상 정신분열증과 비교해서 이해하게 되지. 특히 과시적이고 심미적으로 장식된 그들의 범죄는 자신의 것 이외에 다른 것을 인정하지 않는 데서 분명하게 드러나지…… 그러니 굳이 건강보다 정신분열증을 선호한다고 말할 필요도 없을 테지. 어떤가, 자네도 동의할 거라고 여겨지는데. 정신분열증을 염두에 둘 필요가 있네, 그렇지 않으면 어떤 사건은 설명 불가능하거든. 가끔씩 아주 천천히 움직이고 있는 만연한 어리석음, 그 어리석음 자체를 고려해야 할 필요가 있지…… 눈에 보이고 이름 붙일 수 있고 열거할 수 있는 권력이 있고, 열거할 수 없고 이름도 없고 물밑에서 움직이는 또 다른 권력이 있지. 눈에 보이는 권력은 물밑의 권력과 겨룬다네. 숨어 있다가 난폭하고 잔혹한 모습을 드러내는 순간에 싸우는 거지. 그런데 사실은 그럴 필요가 있다네…… 자네가 나의 이런 사소한 철학을 용서해 주었으면 싶네. 그런데 내가 생각하는 권력은 이게 다야."

"그래서 첫머리의 기사로 나열되는 비밀스럽게 구성된 조직의 존재를 의심할 수 있다는 거로군. 권력의 안전은 시민들의 불안에 근거하니까."

"실제로 모든 시민의, 그들을 포함해 불안을 확산시키며 안전하다고 믿는 이들까지도…… 이게 바로 내가 말하던 그 어리석음일세."

"아무튼 우리는 짧은 **풍자극** 속에 있는 셈이지. 다시 지금 사건으로 돌아가서, 비록 기자들이 말하지 않았을지라도 자네는 아우리스파와 산도츠가 서로 주고받은 메모에 대해 확실하게 알고 있군, 그 만찬에서 장난으로 주고받았다는……
그 장난에 대한 자네 생각은 어떤가?"

"그 장난에 대해 당시에는 별로 신뢰할 만한 추론을 할 수
있으리라 여겨지지는 않았지만 간과할 수 없는 일이라는 생
각은 들었지. 적당히 모호한 게, 사건에서 아우리스파의 역
할을 분명히 해야만 그 일도 밝혀낼 수 있을 거야…… 이미
벌어진 바대로, 주인공이자 우두머리인 그가 이름표 장난으
로 바로 사건에서 빠져나올 계산을 했는지, 아니면 보조적인
역할일 뿐 사건이 언제 일어나는지를 알지 못했던 것인가에
대해 말이야. 그러면 그 장난의 우연성이 결국 우연한 행운
에 불과한 건지도 밝혀지겠지."

"나는 그가 우두머리라는 가설에 심증이 가는군."

"그럴 수도 있지. 그럴 수도 있어……" 리에티가 정중하게
말했다. 리에티는 분명 그 이상의 뭔가를 알고 있었다. 혹은
알고 있다고 여겨졌다. 그런데 그 점에 대해 우기는 건 적당
치 않았다. 그래서 "궁금한 게 하나 더 있는데, 어쩌면 내가
자네에게 할 수 있는 가장 무분별한 질문일 걸세. 자네는 말
하자면 어제까지만 해도 자네의 일 때문에(이미 더 이상 둘
러말하기는 없다. 그들의 우정을 위해서도 솔직한 게 나았
다) 산도츠나 아우리스파의 사업에 관심이 있었나?"

"애석하게도 두 사람의 사업에 대해서는 아닐세. 하지만

자네가 말하듯이 어제까지는 산도츠의 사업에 관심이 좀 있었지. 그들 사업이 혐오스럽다는 표현에는 어쩌면 그들에 대한 혐오도 포함되지."

건물 전체가 성난 벌 떼처럼 다시 윙윙거리기 시작했다. 89년의 아들이 전화를 하는 사이에 체포됐다. 믿기지 않는 사건이었다. 귀먹고 벙어리인 한 농아가 교외의 공원 벤치에 앉아 있었다. 그리고 그 벤치 전방으로 삼사 미터 떨어진 곳에 공중전화 부스가 있는데, 그 전화 부스 안에 한 젊은이가 긴장한 듯 통화를 하고 있었다. 밖에 있는 누구든 수족관의 물고기처럼 입만 벙긋거리는 그의 모습을 보았을 테지만 농아의 경우는 달랐다. 그는 젊은이가 통화하는 입 모양을 보고 무슨 말을 하는지 열심히 읽어 내는 중이었다. 통화하는 젊은이의 입 모양에서 **89년의 아들들**이라는 단어가 10여 차례 읽혔다. 또한 **혁명과 진실**이라는 단어도 여러 차례 읽혔다.

농아의 손에는 89년의 아들들에 대한 기사가 실린 신문이 들려 있었고 주머니 안에는 주홍색 잉크의 굵은 펜이 들어 있었다. 그는 신문에 '89년의 아들, 공중전화 부스'라고 썼다. 자리에서 일어난 그는 공원의 보안 요원을 찾아 나섰다. 그는 도시의 보안 요원 중 한 명을 찾아냈다. 옆구리에 권총 대신에 권총과 비슷한 형태의 봉을 매달고 있는 교통경찰이었다. 그런데 교통경찰은 적힌 내용을 보고 깜짝 놀랐지만, 진지하게 여기지 않고 농아의 뺨을 손가락으로 튕기며 묵살해 버렸다. 그러나 흥분한 농아가 과장되고 극적인 몸짓을 계속하는 바람에 교통경찰은 그를 쫓아 공중전화 부스로 갔다.

젊은이는 공중전화 부스 안에서 여전히 통화 중이었다. 그런 유사한 전화에 어떻게 대응할지 적당한 절차에 따라 교육을 받은 전화교환원의 수당을 위해, 그는 방금 읽은 프랑스의 역사가 알베르 마티에의 『프랑스 혁명』의 한 장을 요약하는 중이었다. 그의 기억으로는 공중전화를 오래하면서 테러 공격의 완성에 대해 떠들어 대는 사람을 경찰이 체포하는 일은 절대 벌어지지 않았기에, 그는 비록 초조하긴 했지만 안심하고 통화 중이었다. 교통경찰은 목련나무 뒤에서 통화가 끝나기를 기다렸다. 그리고 그의 등 뒤로 조용히 다가가, 다행히도 89년의 아들이 안전장치 푸는 것을 잊었던 권총이 콩팥 끝에 분명히 느껴지도록 세게 붙잡았다. 그렇게 그는 농아에 의해 가장 가까운 경찰서로 잡혀갔다. 그런데 경찰서는 그다지 가까운 거리에 있지 않았다. 그래서 경찰서에 도착하기 전에 무리 지어 뒤쫓아 오는 사람들에게 89년의 아들 용의자를 잡아가는 중이라고 여러 차례 경고해야만 했다. 그러나 다들 알다시피 현재 통용되는 언어에서 용의자는 범죄자와 동의어로 인식되고 있다. 어느 순간 뒤에 늘어선 사람들이 고함치는 소리가 들려오자, 교통경찰은 두려움으로 식은땀을 흘리기 시작했다. 사람들이 느린 정의에 반하여 재빠른 정의를 행사하기를 원하게 되면 느린 정의를 억지로 옹호해야 하는 자신 역시 힘들어질 것이라는 생각에 두려워졌다.

천우신조로 다들 경찰서에 도착했다. 그곳에서 89년의 아들, 교통경찰 그리고 농아까지 세 명 모두 승합차에 올라타 중앙 관서로 향했다.

지금 젊은이는 카포의 사무실에 있다. 젊은이는 전화 통화 내용을 부정했다. 하지만 거기에 있던 농아가 이따금 공백이 있기는 해도 통화 내용을 적어 냈다. 결국 젊은이는 통화 내용을 인정했지만 장난이었다고 했다. 또다시 진실이 아니고 장난이다. 그는 그 전화로 89년의 아들들의 일원이 되거나 혹은 적어도 일원으로 추천받을 수 있으리라고 믿었다. 그런데 그의 장난이나 스스로에 대한 광적인 확신을 보는 것만으로도 산도츠 변호사 살인범과는 전혀 상관없음을 금방 알아챌 수 있었다. 카포의 사무실 문을 열자마자 비체는 이 생각이 들었다. 젊은이는 비탄에 빠졌다. 반면에 결승선에 먼저 도착한 기진맥진한 승자의 행복이 카포의 커다란 머리 주변에 후광처럼 뿜어져 나왔다.

열린 틈으로 복도에 모여 서 있던 기자들의 탐욕스럽고 분주한 시선이 흘러드는 문을 조심스럽게 닫았다. 기자들 중에 성가시게 달라붙기를 잘하는 기자는 위대한 기자라는 뜻의 이름을 가진 그란데 조르날리스타였다. 그가 쓴 기사는 전혀 도덕적이지 않은 위선자들을 매번 취하도록 마시게 만들며 그에게 엄격하고 냉혹한 명성을 안겨 주었다. 그 명성은 침묵해야 할 필요가 있는 사람을 위해 높은 수수료를 받고 세간의 주의를 다른 데로 돌리게 하는 기사를 쓰는 것이었다.

자신의 사무실로 향하던 비체를 그란데 조르날리스타가 인터뷰를 청하며 불러 세웠다. "짧게 하지요, 아주 짧게." 그가 계속해서 분명하게 말했다. 비체는 승낙이라기보다는 체념에 가까운 몸짓을 했다. 그러자 주변을 둘러싸고 있던 무리들로부터 나지막한 항의가 터져 나왔다.

"사적인 문제요." 그란데 조르날리스타가 말했다. 그러자 무리들로부터 놀라움과 냉소가 터져 나왔다. "그러셔?" "어런하시겠어.""그럼 알다마다."

사무실 안에 그들이 마주 앉았다. 그들 사이에 놓인 책상은 서류, 책과 담뱃갑으로 어수선했다. 그들은 불신의 침묵 속에 서로 상대방의 동태를 살폈다. 누가 더 오랫동안 침묵하는지 흡사 시합을 벌이듯이. 그런데 조르날리스타가 한쪽 주머니에서 수첩을 굴리고 다른 쪽 주머니에서 연필을 꺼내 들었다.

비체는 오른손 검지를 세우고 느리지 않게 그리고 단호하게 흔들어 댔다.

"무의식적인 몸짓, 직업적인 버릇이군요…… 당신에게 물어볼 게 하나 있어요. 물론 대답을 기대하진 않습니다."

"그러면 왜 질문을 하지?"

"왜냐하면 나도 당신도 바보가 아니니까요."

"고맙네…… 그래 질문하시지."

"89년의 아들들 이야기는 당신들이 만들어 낸 건가요, 아니면 이미 만들어진 채 당신들에게 전달된 건가요?"

"이제 내가 대답하지. 우리가 만들어 낸 게 아니야."

"그럼 이미 만들어진 상태로 경찰에 넘겨진 건가요?"

"어쩌면…… 그게 좀 의심스럽긴 해. 그저 의심에 불과하지만."

"당신의 상관 카포도요?"

"아닌 것 같은데. 아니 그런데 당신이 그에게 직접 물어보는 게 낫지 않나?"

그러자 그런데 조르날리스타는 불신과 당혹감을 드러내며 말했다. "내 질문에 대답하지 않기를 기대했습니다. 그런데 당신은 대답을 하셨네요. 내 의심을 털어 내 주기를 기대했건만 심지어 당신의 의심을 덧붙여 말하셨어요. 도대체 무슨 일이 벌어질까요?" 그의 머릿속 생각이 얼굴에서 읽혔다. 온통 스크랩하고 수정하고 반려되고 봉쇄되는 메커니즘. "도대체 무슨 일이 벌어질까요?" 그가 애처롭게 말했다.

"아무 일도 벌어지지 않을 거라고 말하지." 그리고 그의 마음을 상하게 하려고 덧붙였다. "진실에 대한 사랑을 이야기하는 걸 들어 본 적이 없으신가?"

"어렴풋이." 그가 경멸하듯 냉소적으로 대꾸했다. 냉소적으로 동의하는 것만이 못난 상대방의 모욕에 대한 잘난 자신의 유일한 반응이라는 듯이.

비체는 거부하듯 "그렇지, 그럼" 하고 덧붙여 말했다. "아무튼 내일 내가 개인적인 의견으로 당신에게 확인시켜 준 모든 의심과 의문점을 담은 당신 기사를 읽을 수 있기를 바라네."

그런데 조르날리스타는 화가 나서 얼굴이 잔뜩 붉어졌다. 그가 말했다. "내가 그 기사를 쓰지 않으리란 걸 당신은 잘 알 겁니다."

　"아니, 내가 왜 그걸 알아야 하지? 나는 아직 인간 존재를 많이 믿고 있는데."

　"우리는 한배를 탔어요." 그의 분노가 순식간에 굴복과 피로감으로 엇갈렸다.

　"아니 천만에. 난 벌써 무인도에 상륙했네."

인터뷰는 그를 예민하게 만들었지만, 통증은 사라졌다. 그의 몸, 그의 존재에 매복해 있던, 마치 성난 맹수 같은 작고 사납고 역겨운 통증이 사라졌다. 아무튼 무인도를 동경하는 인터뷰의 마지막 대화는 오래된 꿈, 오래된 기억을 일깨우는 지도 같았다. 어릴 적의 기억, 사춘기의 어느 기억들은 너무 오래되고 아득해져 버렸다. 『보물섬』, 누군가 독서는 행복과 가장 닮은 것이라고 말했다. 그는 오늘 저녁 그 책을 다시 읽겠노라 생각했다. 오래전에 선물로 받은 오래되고 낡은 그 책을 여러 차례 다시 읽었던 만큼 그 내용을 정확하게 기억했다. 이 도시에서 저 도시로, 이 집에서 저 집으로 옮겨 다니는 사이에 많은 책을 잃어버렸다. 하지만 이 책은 아니었

다. 아우로라 출판사에서 짚 같은 종이로 만든 『보물섬』 책
은 바짝 건조해지고 인쇄가 흐릿해졌다. 그리고 겉표지에는
영화의 한 장면이 지저분하게 색칠되어 있다. 야단법석을 떨
고 멋이 없는 짐 호킨스, 잊지 못할 존 실버 역의 윌리스 비
어리가 등장하는 흑백영화였다. 판초 비야 또한 잊지 못할
것이다.✦ 그리고 두 영화를 본 뒤에 스티븐슨의 『보물섬』이
나 멕시코 소설가 구스만의 멕시코 혁명에 대한 책을 더 이
상 읽을 수 없었다. 등장인물들이 더 이상 윌리스 비어리가
아니고 그의 몸짓을 하지 않고 그의 목소리를 내지 않았기
때문이다. 영화가 자신 세대에 끼친 영향에 대해 그는 생각
했다. 새로운 세대와 비교될 정도로 대단했다. 그는 텔레비
전에서 보여 주던 그 쪼그라든 영화를 참을 수 없었다.

그는 섬에 대한 이야기로 돌아갔다. 그러자 『보물섬』의 또
다른 등장인물 벤 건이 모습을 드러냈다. 그의 머릿속은 그
렇게 자유로웠다. 벤 건에서부터 한가롭게 떠오르는 대로 생
각을 하던 중에, 갑자기 특이하게도 물에 잠긴 세상을 보여
주던 광고가 생각났다. 또 파르메산 치즈 생산업자 광고도
떠올랐다. 치즈는 전혀 리브지 의사의 코담배 상자를 떠올리

✦   윌리스 비어리(Wallace Beery 1885~1949)는 1920~1940년대에 활약했
     던 미국의 영화배우로, 〈보물섬〉(1934)에서 '롱 존 실버' 역을, 〈비바 비
     야!〉(1934)에서 멕시코 혁명의 주역인 농민군 지도자 판초 비야 역을 맡
     았다.

게 하지는 않는다. 그런데 그의 지면 광고 포스터는 의외였다. 리브지 의사가 안에다 파르메산 치즈 조각을 집어넣은 코담뱃갑을 내밀고 있다. 벤 건에 대한 이야기에서처럼, 치즈를 광적으로 좋아하는 소비자들에게 말이다. 그러면서 그가 "이탈리아에서 만든 영양가 높은 치즈요"라고, 혹은 이와 비슷한 말을 했던 것 같다.

한편 비체는 〈기사, 죽음 그리고 악마〉 그림을 쳐다보는 중이었다. 어쩌면 벤 건은 스티븐슨의 묘사에 따르면 약간 뒤러의 그림 속 죽음과 닮았다. 마치 그로테스크한 뒤러의 죽음을 반영하는 듯했다. 늘 약간 불안해 보이는 피곤한 죽음의 모습은 이미 삶에 지쳤을 때 천천히 다다른다는 의미를 전하려는 것 같았다. 죽음도 지치고, 죽음의 말도 지쳤다. 〈죽음의 승리〉나 〈게르니카〉에 등장하는 말이 아니다. 그리고 죽음은 위협적인 뱀과 모래시계 장식에도 불구하고 승리보다 더 비루한 모습이다. '죽음은 살아갈수록 줄어든다.' 거지 같은 죽음이 구걸을 한다. 악마를 살펴보면, 마찬가지로 지친 악마의 모습은 의심할 여지 없이 너무나 끔찍하게 악마스럽다. 잃어버린 활력을 인간을 통해 회복시키려고 시도하는 순간인 만큼 인간의 삶에서 강력한 알리바이를 가지고 있다. 신학적 충격요법, 철학 관련 소생술, 초심리학 및 심령 연구 실행이 그러하다. 그런데 악마는 자신보다 훨씬 더 잘

할 줄 아는 인간들에게 자신의 역할을 넘겨줄 정도로 많이 피곤하다. 기사는 뒤의 지친 악마를 이끌고 죽음의 구걸을 무시한 채, 그렇게 무장하고 흔들림 없이 어디를 향해 가고 있나? 뒤로 보이는 높은 곳의 폐쇄된 성채를 향해 가는 기사는 최고 진리의, 그리고 최고 거짓의 요새에 도착할 수 있었을까?

그리스도일까? 사보나롤라일까? 아니 그렇지 않다. 그렇지 않아. 기사의 갑옷 안에 어쩌면 다른 뒤러가 진정한 죽음의 화신인 진짜 악마를 집어넣지 않았을까? 그리고 생명은 스스로 안전하다고 느낄 테지, 악마를 가두고 있는 그 갑옷 때문에, 그 무기 때문에.

이런 상념에 휩싸여 있는 사이에 마치 달리기라도 한 듯 정맥이 뜨거워지고 섬망 상태에 빠지면서 그는 거의 졸기 시작했다. 마침 사무실로 들어서던 카포가 그의 상태를 눈치챘다. "자네 정말 아프군." 카포는 이미 비체가 힘들고 고통스러워하는 걸 알아챘을 때부터 그에게 할 말이 있을 경우 더 이상 그를 불러 대지 않았다. 비체를 존중해서가 아니라 긁어 부스럼을 만들지 않기 위해서였다.

"아프고 싶은 순간은 아닙니다." 비체가 말했다. 졸음이 깨자 통증도 다시 깨어났다.

"아니 무슨 말인가?" 누군가 아프고 싶다고 말할 때는 더 이상 아프지 않다는 걸 완벽하게 이해한 카포가 깜짝 놀라는 척했다. 그리고 다른 생각을 깜빡할 정도로 지나치게 흡족해진 카포는 이렇게 물었다. "자네 봤나? 자네 생각엔 어떤 것 같은가?"

"물론이죠." 천천히 즐기듯 불량하게 비체가 대꾸했다. "어떤 처벌이든 내릴 필요가 있죠. 자기 비방 이외에 어쩌면 공공질서를 방해하려는 목적에서 거짓 소식을 누설했다는 오명으로……"

"아니 자네 뭔 말을 하나?" 이번에는 형식적이지 않고 진심으로 깜짝 놀란 카포가 고함을 쳤다.

"제가 처음부터 말하던 거죠. 만약에 우리가 89년의 아들들 놀음에 놀아난다면 그리고 만약에 우리가 그 집단을 만드는 데 일조한다면, 이 집단에 얽힌 이야기는 끝이 없을 것이고, 또 다른 희생자가 나올 겁니다. 살해당한 사망자뿐만 아니라 오늘 잡힌 그런 종류의 희생자들까지요."

"아니 도대체 자네 무슨 말을 하는 건가?" 또다시 진심으로, 애원하다시피 카포가 말했다. "우리 손에 줄줄이 일망타진할 사슬고리를 잡고 있네. 그런데 자네는 그걸 아무것도 아닌 듯 놓아 버리길 바라는군."

"말씀 잘하셨네요, 사슬고리. 그런데 그 사슬고리는 서장님 말씀과 정반대로 멍청하고 고통스러운 사슬이죠…… 참으세요, 잠깐 제 말씀 좀 들어 보세요…… 이 젊은이는 오늘 아니 어쩌면 내일도, 일주일 동안 아니면 적어도 1년 동안 계속 부인할 겁니다. 그러다가 어느 순간 파괴적인 89년의 아들들 혁명 집단의 일원임을 인정하겠죠. 후회한다고, 아주 후회스럽다고 고백이라도 하면서 서너 명 정도 동료나 공범의 이름을 대겠지요…… 자신의 지인들 중에 더 호감이 가는 사람을, 아니면 더 싫어하는 사람을 고를지 모를 일이죠. 연구할 만한 심리학적 메커니즘이지요…… 아무튼 그렇게 되면 우리는 또 다른 사슬고리 몇 개를 더 확보하게 되겠죠…… 이 시점에서 어떻게 될지 추측하는 게 너무 쉽잖아요. 우리 요원들이 이 젊은이 주변의 선생, 수위, 커피 전문점 직원, 클럽 관리인, 빵집 주인에 대해 물어 댈 테죠. 기껏 몸서리쳐지는 새로운 소식이라야, 빵집 주인이랑 도서관 사서가 같이 구린내가 나는 것 같다는 정도겠지요. 신문하면서 그들 중에 이 젊은이가 습관적으로 함께 어울리던 이가 더 있는지 알 수 있겠지요…… 행여 그가 말하지 않기로, 이름을 대지 않기로 고집을 부리는 개탄스러운 상황일 때는 수사를 통해 밝혀낸 목록에서 우리가 누군가를 추려 내겠지요, 그건 일도 아니잖아요……"

"자네 정말로 아프군." 카포가 비체를 배려하며 설득하듯이 말했다. "휴가를 좀 가지게. 한두 달 휴가를 떠나. 자네는 그럴 권리가 있네, 원한다면 당장 허락함세."

"감사합니다, 생각해 보죠."

"모르핀은 멋지지. 하지만 더 이상 참을 수 없을 때 맞을 필요가 있어." 상자 하나를 그에게 건네주며 친구인 의사가 주의를 주었다. 참을 수 없는 고통이 느껴지는 경우에 모르핀의 효과는 더 대단했다. **폭풍우가 지나간 뒤의 고요함, 시골 마을의 토요일, 푸르스름한 깃털 색을 가진 바다지빠귀, 무한.**✦ 뭔가 절대적이고 평범한 이미지에서 느껴지는 위대하고 심오한 감정들을 노래하던 행복한 시인은 역설적으로 불행을 드러내 보였다. 지금은 낡은 것이라 말할 수 있는 그의 시는 오래전에 학교 다니던 즈음에 그리고 그 당시 이후로 이탈리아

✦ 자코모 레오파르디(Giacomo Leopardi 1798~1837)의 시 제목들.

사람들의 기억 속에 영원히 각인되었다. 여전히 학교에서는 그의 시를 읽을까? 어쩌면 여전히 그럴 것이다. 하지만 그 시를 외우는 학생은 물론 단 한 명도 없다. 빅토르 위고의 시를, 거의 항상 빅토르 위고의 시를 과제로 내줄 때 선생님이 말했던 것처럼 **암기**해서 말이다. 비체는 시를 여전히 외우고 있었다. "이따금 정오 무렵 하얀 농가 앞에 한 노인은 덥혀진 문턱에 자리하고 있고…… 아, 얼마나 많은 선원들이, 얼마나 많은 선장들이 긴 여정을 즐겁게 떠났는지, 그들은 이 적막한 수평선에서 사라지고……" 이건 이미 **암기**하는 것 이상이다. 이 근사한 암기란 표현은 '마음에, 마음으로, 마음을 통해'로 바꿀 수 있다. 눈물이 나올 정도로 감상적이었다. 그런데 의사는 수수께끼 같은 모순되는 말로 단지 중독되지 말라고 조언할 뿐이었다.

그런데 더 이상 참을 수 없는 지경이 무엇이었을까? 목표를 향해 가는 의지와 시합하듯 고통이 점점 더 심해질 뿐이다. 중독에 대한 두려움 때문이 아니라 자신의 삶의 대부분을 법, 규제, 금지 규정을 준수하며 살아온 자존심 때문이었다. 병원에서, 의사의 왕진 가방에서, 더 이상 참을 수 없는 지경에 이르러서 하는 모르핀 약물 처방이 무엇인지 그는 알고 있었다. 그렇지만 범죄와 범죄자의 그늘에서 모르핀을 여러 해 동안 보아 온 그는 모르핀을 전혀 합법적인 것으로

볼 수 없었다. 그게 법이다. 설령 부당하더라도 법은 이성의
한 형태라고 그는 생각했다. 모르핀의 극단적인 목적 달성
때문에 부당하다고 정의했다. 모르핀을 원했고 모르핀을 복
용했던 자들은 법을 남용할 수밖에, 법을 위반할 수밖에 없
었다. 자신의 법 자체에서 빠져나가는 파시즘 역시 이랬다.
아니 오히려 스탈린의 공산주의는 더했다.

그럼 사형 제도는? 그런데 사형 제도는 법을 수행하는 것
일 뿐 아무것도 아니다. 범죄에 할애된 것이고 범죄를 봉헌
하는 것이다. 항상 과반수에 해당하는 집단의 찬성이 필요하
다고 말한다. 바로 그 때문에 봉헌이다. 봉헌은, 무엇이든 신
성함과 관계가 있고, 사물과 존재의 어두운 배후다.

아무튼 모르핀이다. 그에게 한 가지 궁금증이 떠올랐다.
제대로 된 호기심이다. 만약에 톨스토이가 『이반 일리치의
죽음』을 쓴 해에 모르핀이 이미 그 용도로 알려져 있었다면?
1885년 아니면 1886년에 벌써? 모르핀이 알려져 있었다고
믿을 만한 대목이 있다. 그런데 소설에서 그런 암시를 했었
나? 비체 생각에 그런 것 같지는 않았다. 위로에 불과했다.
어쩌면 비체와 동일한 감정 때문인지, 톨스토이는 등장인물
에게서 모르핀을 멀리했었다. 비체는 그 소설을 생각하면서
자신과 비슷한 점을 찾아내기 시작했다. 죽음은 폭발할 작은
계곡, 벽감, 요람을 찾아낼 때까지 뼈, 근육, 분비 기관을 돌

아다니는 통증과 관련 있는 것 같다. 먼저 작은 폭발처럼 한 부위에서 이따금 간헐적으로 작렬감이 느껴진다. 그러다가 나중에는 고통이 지속적으로 몰려오면서 점점 더 심해진다. 몸이 더 이상 버티어 낼 수 없을 정도까지 고통은 더 극심해졌다. 고통이 사방에서 넘쳐 난다. 단지 그의 적이었던 죽음이 작은 일시적인 승리를 거둔다는 생각이 들 뿐이다. 그러다가 길고 끝없이 계속되고 모든 것이 추락하는 고통의 순간이 찾아오면서 모든 것이 뒤틀리고 암흑 속에 잠긴다. 그래도 사랑, 즐겨 보던 책, 즐거운 기억에 대한 온갖 즐거움은 여전히 통제 가능하다. 왜냐하면 과거에도 장악했었기 때문이다. 마치 항상 있었던 것처럼, 없었던 적이 전혀 없었던 것처럼, 건강했던 적이, 젊었던 적이, 몸이 즐거움으로 즐거움을 위해 통제된 적이 전혀 없었던 것처럼 말이다. 악성 인플레이션 비슷한, 그러나 끔찍한 내성을 지닌 뭔가가 생겼다. 더불어 살아가던 그 병이 차곡차곡 쌓여 있던 그 작은 즐거움을 인정사정없이 게걸스럽게 먹어 치웠다. 아니 어쩌면 세상에서 모든 일이 인플레이션 현상 비슷하게 벌어지고 있다. 삶의 통화가치는 매일 떨어졌다. 온전한 삶은 더 이상 그 어떤 구매력도 없는 일종의 공허한 행복감이라는 통화가치를 지녔다. 생각 및 감정의 대비는 쓸모없었다. 참된 것은 이미 도달할 수 없는, 심지어 알 수 없는 미지의 가격을 지녔다.

그는 확정 짓지 않은 채 자신의 작은 보물 중에 뭐라도 남아 있는지 점검하기 시작했다. 흘러가는 흙탕물, 시간, 인생을 바라보려고 이따금 멈추어 서던 강가를 따라 걸었다.

비체는 기진맥진한 채 그녀의 집에 도착했다. 닳고 나지막한 계단으로 만들어진 낡은 층계에 불 하나만 켜져 있었다. 어느새 그는 무엇이든 오르기만 하면 숨이 찼다. 그런데 신기하게도 숨이 찰 때는 고통이 사라졌다. 이에 대해 의사와 상담할 필요가 있다는 생각이 들었다. 호흡 치료법이 있을지 알 게 뭔가. 수많은 치료법이 있다, 그 치료법에서 손을 뗀다, 또 다른 치료법이 있다. 그리고 결국 그 치료법에서도 손을 떼게 된다. 몇 가지 요소밖에 없는 자연은 뒤집어 보면 무궁무진하고 모호한 수천 개의 다양한 얼굴로 바뀔 수 있는 것 같다. 의사가 이에 대해 뭘 알까? 아무리 심장, 폐, 위, 뼈에 느껴지는 걸 의사에게 말해 보아도, 의사는 기껏해야 추상적이고 보편적인 이야기밖에 할 수 없다. 위로를 받으려고 치과 대기실에서 자신의 치통에 대해 로디티에게 설명하는 프루스트처럼 아무리 최대한 정확하게 설명할지라도 말이다.

비체는 초인종을 눌렀다. 멀리서 들려오는 카리용 종소리 같은 초인종 소리는 항상 비체의 신경을 곤두서게 만들었다. 지금은 그의 신경을 더 날카롭게 자극했다. 늘 그렇듯이 그녀는 가운을 걸치고 몇 분 뒤에 문을 열러 왔다. 가운은 문을 열러 오기 직전에 걸쳐 입은 것임을 알 수 있었다. **벌거 벗은 채 돌아다니지 마.** 여러 해 전에 로마의 한 소극장에서(그 극장은 인그라발로 극장과 함께 그가 일하던 경찰서가 있는 산토스테파노델카코 거리에 있었다. 비체는 카를로 에밀리 오 가다의 소설 속 등장인물 돈 치초 인그라발로를 책에서 가 아니고 그 경찰서에서 알게 된 것 같았다), 불투명한 나이 트가운을 걸치고 누드가 아닌 채 누드 신을 연기하던 여배 우 프란카 라메가 기억났다. 당시에는 비치지 않는 나이트가 운을 입은 채 누드임을 가장하고 연기했었다. 안 그러면 경 찰이 공권력을 앞세워 연극을 중단시킬 이유가 될 수 있었 다. 요즘에는 그렇지 않다. 오늘날에는 현실에서처럼 연극에 서도 쉽게 훌러덩 벗는다. 그런데 그가 어렸을 적에는 벌거 벗는 것은 광기의 최고봉으로 간주되었다. '아무것도 걸치지 않고 벗었다.' 벌거벗은 모습을 보이는 건, 구속복을 입고 구 급차에 타서 정신병원에 가기에 충분한 이유였다.

집 안에서 그녀는 벌거벗고 돌아다녔다. 프랑스 극작가 페이도의 희곡에서처럼 의심할 여지 없이 건너편 집에 사는 이웃을 즐겁게 한다는 사실이 순간 그에게 격렬한 질투심 을 유발시키곤 했었다. 지금은 속으로 웃었다. 데레제 형제 의 연극 장면이 떠올랐다. 형제 중 한 명이 머리에 붕대를 감고 팔에 깁스를 하고 절뚝거리며 등장한다. 질투 때문에 그렇게 된 것이다. 단순히 느낌이 아니고 높은 세트에서 떨어져서, 질투로 인해서, 아니면 덧문에 부딪쳐서 부상을 입은 게 밝혀질 때까지 두 형제 사이에 부인에 대한 질투를 오해하는 대화가 오간다. 그는 질투라는 고통스러운 감정을 완화시키려고 그 장면을 떠올렸지만 어느덧 그 괴로운 감정에 대해서는 더 이상 아무것도 할 게 없었다. 최근 몇 년 사이에 그 감정이 사라져 버렸다. 아니 어쩌면 다시 돌아오는 중이었다. 하지만 무엇보다 비극적이지 않고 아무런 걱정도 포함되지 않은 듯하다.

깜빡거리다 갑자기 떠오른 생각에 빠져 말없이 있는 그를 그녀가 바로 알아보지 못한다. 그녀는 잠시 머뭇거리다 깜짝 놀란다. 그런 그녀의 모습에서 그는 마치 거울 속 자신을 보는 것 같았다. 그녀가 한때 감탄해 마지않은 늘 치던 장난을 거의 일부러 하는 모습에 그는 괜히 짜증이 확 났다. 잠깐이나마 그녀를 찾아온 걸 후회했다.

"드디어," 그녀가 말했다. "그런데 어디 갔다 왔어요, 요 몇 달 동안 뭐 했어요?"

"먼저 스위스에 갔었어, 당신에게 편지했잖아……"

"엽서 한 장." 그녀가 신경질적으로 정확하게 집었다.

"그렇군, 엽서 한 장…… 그리고 최근에는 사무실에 일이 너무 많아서."

"89년의 아들들 때문에요?"

"89년의 아들들과 다른 일."

"그런데 스위스에는 왜⋯⋯?"

"의료 검진차. 너무 힘들군."

"그래 무슨⋯⋯?"

"아무것도 아니야."

그녀의 눈에서 전혀 의료 검진이 아니고 다른 이유가 있을 거라며 그를 믿지 못하겠다는 게 읽혔다. 그런데 그녀는 더 이상 알려고 고집 피우지 않는 현명함, 섬세함, 어쩌면 사랑을 지니고 있었다. 그녀는 느긋하게 다른 이야기를 하기 시작했다. 그들이 보지 못한 사이에 그녀에게 벌어진 일에 대한 것이었다. 그런 식으로 그녀는 그의 부재와 그의 침묵에 대한 힐책을 생략했다.

그는 얇은 옷 아래 자신이 알고 있던 그 몸을 짐작하면서 그녀를 바라보았다. 여러 해 동안 자신이 원했고 사랑했던 몸이다. 그리고 어쩌면 그녀가 젊음이 가 버렸다고 느끼기 시작했던 때보다 불의와 권력 남용으로 위협받고 속상해하며 더 시들어 버렸을 몸이다. 그 순간 그에게 욕망이 일면서 그 욕망을 분명하게 하는 다정한 감정이 피어올랐다. 욕망과 다정함. 그들의 만남이 온갖 어려움으로 가득했고, 오해와 고집 때문에 고통과 절망이 허리케인처럼 휘몰아쳤던 처음 몇 년 동안의 열정적인 시기 이후 모든 게 평온하다. 그러나 어려움이 사라지자 처음의 열정도 사라졌다. 그녀와 즐거운 시간을 보내는 동안에는 시간 및 요일별로 열이 오르내리면서 명료한 정신과 섬망 상태가 번갈아 나타나던 때 느껴지던 모호함과 강박관념이 사라졌었다. 그들은 항상 즐겁게 만났다. 그들이 서로를 확신할 수 있는 유일한 것은 육체적 즐거움이었다. 더 이상 질문할 필요가 없었다. 그들은 함께 여행하였는데, 가끔씩 예상치 않은 시간에 각양각색의 여행을 했다. 그런데 최근 몇 년 사이에는 점점 더 드물게 여행을 했다. 모든 게 멀어져 갔다. 어느덧 멀어져 버렸다. 그에게는 다정함이 남아 있었다. 그리고 그 다정함은 거의 동정심이 되었다. 그녀도 그의 경우처럼 사랑 혹은 혐오였던 모든 감정이 지금은 동정심으로 바뀌었는지 궁금했다. 기억이 그 아득한 고통과 절망을 아름답게 변모시키는지 더욱더 궁금했다. 모든 것은 거짓말을 한다. 기억도 역시 거짓말을 한다.

"그런데 그 89년의 아들들은……?"

"필요성을 느꼈나 보지." 그는 뒤러의 판화 그림의 악마를 생각했다. "성수聖水가 성스럽기 위해서 악마가 존재할 필요가 있다는."

"자네 더욱 평온해 보이는군." 카포가 말했다.

"아, 평온해 보이는 건…… 특히 여기 안에서 벌어지는 일에 대해서 무관심하게 되어서라고 말할 수 있겠습니다…… 평온해 보이는 이유를 솔직히 말씀드리면 그렇습니다. 이런 말씀 드려서 죄송합니다, 저의 직속상관이신데……" "그런 말 말게. 나는 항상 자네를 친구로 여겼네. 그래서 자네에게 벌어진 일을, 자네가 겪는 고통을 이해하네…… 친구로서 자네에게 단도직입적으로 묻고 싶네. 자네 원하는 게 뭔가? 나한테 아니 이 사건에 관련된 우리 모두에게."

"아무것도 없습니다. 이 시점에서는 아무것도 없어요. 흘러가는 대로 내버려 둘 수 없다는 걸 파악했을 뿐입니다. 그런데 방향을 돌리고, 멈추는 건 불가능합니다."

"진실을 말해 보게. 자네는 아우리스파의 체포 영장을 원하겠지." 카포는 더 이상 프레지던트라고 하지 않고 아우리스파라고 불렀다. 반면에 아우리스파에 대한 체포 영장은 비체의 갈망과 섬망의 표식이었다.

"저기, 다행히도 제가 이곳이 아닌 다른 경찰국에서 체포 영장을 발부해야만 했을 때, 항상 저 자신이 마치 십자가에 매달려고 예수님을 체포하러 다니는 불길한 사람처럼 느껴졌었습니다. 이게 솔직한 제 마음이었습니다…… 체포해야 할 사람이 나쁘기 때문에 체포 영장을 발부하는 게 필요한 것이고 그리고 비록 항상 옳지는 않지만 그렇다고 제가 더 우월하다고는 전혀 생각하지 않았거든요."

"자네가 그렇게 느끼다니 칭찬받을 만하네, 그런데 우리 일이…… 미안하지만 왜 자네는 변호사가 되지 않고 경찰을 선택했나?"

"경찰을 하면서 변호사일 수 있다고 저 스스로 착각했기 때문이겠죠…… 아니 말장난입니다, 사실이 아닙니다. 항상 거짓말이네요, 우리는 거짓말밖에 하지 않아요. 특히 우리 자신에 대해서…… 아무튼 아닙니다, 아우리스파의 체포 영장을 원하지 않습니다. 그저 그에 대한 수사를, 그의 삶과 사업에 좀 더 수사를 집중하고 싶습니다. 그리고 특히 89년의 아들로 추정되는 젊은이를 집으로 보냈으면 합니다······ 지금 그는 어디에 있나요? 세로 2미터 가로 3미터 되는 감방 안에 갇혀 있을 거라는 생각이 드는데요."

"그럼 어디에 있기를 바라나?"

"허락하신다면 친구로서 솔직히 말해서, 정말로 그 젊은 이가 산도츠 변호사를 살해하면서 처음 등장한 체제 전복적 인 단체의 일원이라고 믿으세요?"

"꼭 그렇다고 맹세하지는 못하겠지만, 순차적으로······"

"순차적이지 않죠." 비체가 바로잡았다. 그리고 무의미한 대화를 끝내고자 이렇게 말했다. "서장님의 조언을 따르려고 요. 휴가 신청서를 가져왔어요. 두 달 휴가면 충분할 거라고 여겨집니다."

"뭐에 충분하다는 건가?" 마음 놓고 다녀오라고 흔쾌히 허 락할 준비가 된 카포가 물었다.

"제 건강이 회복되는 데요, 아시잖아요."

비체는 자신의 사무실로 건너와 책상 서랍을 열었다. 편 지, 거의 외우다시피 하는 지드의 수상록 문고판, 담배 한 갑 을 집어 들었다. 다른 담배와 다른 책들은 남겨 두었다. 그다 음에 뒤러의 판화 그림 앞에 멈추어 서서 그림을 가지고 갈 지 아니면 두고 갈지 잠시 망설였다. 그 그림으로 벌어질 기 가 막힌 재미를 위해 그림을 두고 가기로 결정했다. 그의 후

기사와 죽음

임자는 그 그림이 도시 지형도와 공화국 대통령의 초상화처럼 사무실에 기증된 것이라 여기리라. 그러다가 **무주물**임을 알아챈 누군가가 집이나 고물상에 가져갈 것이다. 그 누군가는 고물상에서 토지 경매가보다 다소 높은 그림 값을 알게 될 것이다. 애호가들에게, 아니 애호가에게 그리고 어쩌면 그와 같이 갑자기 애호가가 된 무능한 사람에게 귀한 그림인 걸 알게 될 거다.

그는 이전에 한 번도 느껴 보지 못했던 자유로움을 느끼며 도시를 쏘다녔다. 아직은 아름다웠다, 인생은. 물론 아직 인생이 가치 있는 사람에게 말이다. 가치 없다고 느껴지는 않았다. 일종의 선물처럼 여겨졌다. '하느님께서는 너희에게 얼굴 하나를 주셨는데, 너희는 또 다른 얼굴을 만들어 내는구나'†라는 고함이 터져 나오려 했다. 여성들에 대해 햄릿처럼은 아니지만, 그녀들의 화장품, 머릿기름, 매니큐어에 대해 고함치고 싶었다. 세상을 빡빡하게 채워 가지만 가치 없는 물질에 대해, 살 만한 가치가 없다는 생각으로 뒤덮여 가는 세상에 대해 고함치고 싶어졌다. 그런데 세상은, 인간 세상은 항상 암울하게 가치 없는 삶을 열망하지 않았던가? 세상은 삶과 자기 자신의 교묘하고 사나운 적이다. 그러나 동

---

† 월리엄 셰익스피어의 『햄릿』 제3막 제1장의 햄릿의 대사.

시에 수많은 우호적인 것도 만들어 냈다. 권리, 경기 규칙, 균형, 대칭, 소설, 매너…… '나 자신의 교묘한 적'이라고 알피에리[*]는 자신에 대해, 인간 자신에 대해 정의 내렸다. 그런데 교묘한 친구도 어제까지였다. 늘 그렇듯이 오늘의 좌절과 내일의 절망에 마주했을 때, 무가치하게 세상을 살아온 것을 후회한다면 막 죽어 가는 것에 대한 사무친 한과 남아 있을 이들에 대한 질투가 없을지 자문했다. 어쩌면 남아 있을 모든 이에게 느끼는 것은 걷잡을 수 없는 동정이었다. 그러다 어느 순간 심통이 나면서 그가 청소년이었을 적에 버라이어티쇼의 진행자가 하듯이 마음속으로 반복해서 말했다. '신사 숙녀 여러분 재미있게 즐기세요'라고 조롱의 인사를 던졌다. 물론 재미없을 것이기에 의식적으로는 항상 퉁명스러운 동정이었다.

　그는 이제 공원을 걸었다. 어린아이들이다. 이전보다 무척 잘 먹어서 아주 귀엽고(지금의 노인들은 춥고 굶주린 유년기를 보냈다), 어쩌면 더 똑똑하고 다들 확실히 더 좋은 교육을 받았다. 그런데 그는 어린아이들에게 불안과 연민을 가지고 있었다. 1999년에, 2009년에, 2019년에도 아이들이 있을 것이라고 생각했다. 그리고 이 수십 년 동안에 아이들을 통

---

[*]　Vittorio Alfieri 1749~1803 이탈리아 근세 최대의 비극 시인이며 이탈리아 비극의 창시자.

해 무엇이 전해질까? 그런 생각을 하다가 언뜻 보기에 황량하고 적막한 정원 같은 성당 출입구에 도착했음을 알아차렸다.

어린아이들의 놀이를 따라 하고 어린아이들이 말하던 걸 들으려고 멈추었다. 아이들은 아직 즐거워하고 상상할 능력이 있었다. 그런데 그런 아이들을 즐거움도 상상력도 없는 학교가 기다리고 있었다. 텔레비전, 컴퓨터, 집에서 학교까지 그리고 학교에서 집까지 오가는 차, 풍족하지만 흡묵지 맛과 구별되지 않는 음식이 아이들을 기다리고 있었다. 구구단이 더 이상 기억나지 않았다. '하녀는 시골에서 온다……' '문지방에서 내려선다……' '토스카나의 작은 마을 볼게리보다 사이프러스가 많은 곳……' 기억을 떠올리는 게 고문이다. 기억력은 사라져 가기 마련이다. 기억력. 그리고 그 연습 문제들 역시 약해진 기억을 잡아당기고 붙잡는다.

작은 마을에서는 여전히 어린아이들에게 한때의 자유가 있었다. 그러나 닭장 같은 도시에서는 모든 게 필요와 과학에 따라 정해진다. 괴물 같은 세상을 위해 아마도 거대한 괴물 같은 아이들을 만들어 내려고 준비하는 누군가가 있었다. "그게 우리의 할 일이지." 언젠가 어느 유명한 물리학자가 그에게 말했다. "생물학자들이 하는 일에 비하면 장미와 꽃 같은 정도라고 평가할 만하지." 꽃의 종류에서 장미를 두드러지게 한 듯한 '장미와 꽃' 표현이 살짝 혼란스러웠다. 비체는 물리학자가 꺾이지 않은 장미를 이야기하는가 보다 생각했다. 그런데 사실이 아니었다. 삶은 놓쳐 버린 기회로 이루어져 있다는 건 사실이 아니었다. 전혀 유감스럽지 않았다.

온순하고 지쳐 보이는 늑대개가 금발 머리 아기가 평화롭게 자고 있는 유모차에 다가갔다. 아기를 돌봐야 하는 소녀는 어느 군인과 이야기하는 데 정신이 팔려 있었다. 비체는 벌떡 일어나 유모차와 개 사이에 끼어들었다. 소녀가 군인과 이야기를 나누도록 내버려 두었다. 비체는 불안감을 없애 주는 미소를 짓고 개를 부드럽게 바라보며 개에게 온순하고 늙었고 다정하다고 말해 주었다. 그는 공원에 돌아다니는 개에 주의를 기울이며 자리를 떴다. 그는 개를 세기 시작했다. 개가 많았다. 어쩌면 아이들보다 더 많았다. 노예들을 세어 본다면? 하고 세네카가 물었었다. 그럼 개들을 세어 본다면? 그의 운세를 점치는 카드 패에 대형견인 그레이트데인한테 물린 아이의 공포가 그려진 하루였다. 집에서 기르던 개는 소녀의 늑대개처럼 온순하고 늙고 다정했다. 종말론적 비전을 지닌 그 사건을 떠올리며, 비체는 공원을 뛰어다니던 많은 아이들, 그 아이들과 같이 뛰어놀거나 지키며 함께하던 많은 개들을 바라보았다. 끈적끈적하고 더러운 거미줄 형상이 얼굴에 닿는 느낌이 들었다. 그래서 곱게 죽자고 자신을 책망하면서 거미줄을 떼어 내려고 손을 움직였다. 그런데 개들이 거기에 있었다, 그것도 너무 많이. 사냥하는 그의 아버지를 기쁘게 해 주던, 어릴 적 그의 주변에 있던 그 개들이 아니었다. 그 개들은 시칠리아 사냥개 종의 작은 개로, 사냥보다는 들판에서 뛰어다니는 것 때문에 항상 신나서 꼬리를 흔들어 댔다. 반면에 크고 심각한 이 개들은 접근하기 어려운 비탈길이 나 있는 깊고 어두운 숲이나 아니면 나치의 강제수용소에서 어슬렁거릴 듯하다. 잘 생각해 보면 어디에든 있을 수 있다. 그런데 고양이도 그렇다. 쥐도 그렇다. 그러니다 세어 본다면?

이 생각에서 저 생각으로 옮아가다 보니 강박관념이 떨쳐지면서, 그의 유년 시절의 개가, 개의 이름이 기억났다. 그 개는 그의 아버지가 다른 사냥꾼들과 주고받던 이야기에서처럼 다른 개들보다 용감하고 다른 개들보다 게을렀다. 이전에는 단 한 번도 생각하지 않았는데 지금 갑자기 떠올랐다, 그 사냥개들은 단 한 마리도 집에서 죽지 않았다는 게. 단 한 마리도 죽어 가는 모습을 보인 적이 없고 혹은 밀짚과 낡은 담요로 된 집에서 죽은 채로 발견되지도 않았다. 일정한 나이가 되거나 혹은 기관지염을 앓다가, 먹이도 먹지 않고 뛰어다니는 것도 마다하며 지쳐 보이던 어느 순간 사라져 버렸다. 스스로 겸허하게 죽었다. 이러한 죽음은 몽테뉴의 경우처럼, 거의 칸트의 명령대로, 그 명령의 방식대로 이루어진 숭고한 죽음으로 여겨졌다. 인간의 가장 높은 지성 중의 하나가, 사는 동안 자신에게 가까웠던 것들에서부터 멀어지고 그리고 본능적으로 느끼던 것을 고독 속에서 더 잘 묵상하고 추론하기를 원해서 개가 그렇게 죽어 간다고 설명한다. 몽테뉴의 위대한 그림자를 통한 개에 대한 재인식이 가치 있었다.

다른 날보다 더 조용한 밤을 보내고 난 그다음 날, 무엇인가가 혹은 누군가가 그의 옆구리, 어깨, 목을 쳐 대던 꿈의 끝자락에서 그를 깨운 건 고통이었다. 비체는 신문과 잡지, 책을 읽으며 아침나절을 보냈다. 그런데 조르날리스타가 기사 하나를 썼다. 그 기사는 시체공시소에서 불쌍한 산도츠 변호사의 시신을 확인만 하고, 테러리즘의 잡초를 다시 자라게 했다고 보안 서비스와 경찰을 신랄하게 비난했다. 순례자라는 뜻의 가톨릭 계열 잡지 《펠레그리노》는 저주받은 89년생에 대한 그리고 그 아들들에 대한, 지금은 축복받은 그 아들들에 대한 긴 기사를 실었다. 사실 기사에서는 딱히 축복을 받았다 말하지 않았다. 그러나 기사를 써 대던 순간부터 그들에게 용서에 앞서 어느 정도의 이해와 관용이 주어질 필요가 있었다.

고통이 변색된 것 같았다. 우유가 황백색으로 변색될 때와 비슷하다고 할 수 있었다. 비체는 『보물섬』 다시 읽기를 끝냈다. 행복에 가까운 뭔가가 여전히 느껴졌다. 매일 아침 별로 치울 것 없는 집을 청소하러 오는 여자가 도착했을 때, 비체는 그 책을 책장에 다시 꽂으려는 참이었다. 집에서 비체를 보리라고 기대하지 않았던 그녀는 혹시 그가 아픈지 아니면 휴가 중인지 물었다.

"휴가 중입니다, 휴가 중."

"잘하셨어요." 그녀가 말했다. "아침에 살인이 벌어졌대요. 경찰이 할 일이 많아질 게 뻔한 큰 사건인가 봐요."

비체는 라디오를 켜는 동시에 살인에 대해 물었다. 여자는 이름을 기억 못 하지만 일주일쯤 전에 살해당한 사람의 친구가 살해당했다고 말했다.

라디오에서 흘러나오는 음악과 말소리의 주파수 중에 그 소식을 전하는 것은 없었다. 그는 라디오를 껐다.

라디오가 살인에 대해 침묵하는 것을 보상하려는 듯, 여자가 그 이름을 기억해 내려고 애썼다. "이름인데." "이탈리아 남부에 있는 작은 도시의."

"리에티."

"그래요, 그래 리에티." 여자가 기억을 떠올렸다. 그러자 비체는 그녀가 사건이 벌어지기 전에 알고 있었다는 생각이 들었다. 그녀 역시 이탈리아 남부 출신이 아니라, 경찰에 대해 가혹한 평가를 하는 엄격한 북부 출신이었다.

일주일쯤 전에 살해당한 사람의 친구, 이탈리아 남부의 마을 이름. 그는 즉시 리에티를 생각해 냈다. 지금은 처벌에 앞서 우선 패배감이 그를 뒤흔들었다. 비체는 여자가 추리소설 속에 있는 인물 같다는 느낌이 들었다. 독자를 상대로 작가가 이용하고 남용하는, 불성실하고 조심성 없고 교활하지도 못한 등장인물 말이다. 그런데 이 경우에 불성실한 건 그녀의 실수였다. 리에티에 대해서도 실수였을까? 아니면 리에티는 더욱 직접적이고 흥미로운 유효한 진실의 일부를 비체에게 감추고 있었을까?

비체는 마치 뭔가 잘 풀리지 않는, 끝없이 혼자서 하는 카드놀이를 반복하듯 여러 시간 동안 생각했다. 카드의 짝이 맞지 않았다. 사라진 카드 한 장이 어디에 있는지 찾을 수 없었다.

안개에 흠뻑 젖은 밤이 내려앉을 때 비체는 집에서 나왔다. 딱히 결정을 한 것도 아닌데 어느새 사무실을 향하고 있었다. 이를 알아챘을 때 마구간의 노새 같다고 생각했다.

이전에 헤아릴 수 없이 들던 총성이 그를 맞힌 것 같았다.

그는 예방 조치처럼 관례대로 자신이 쓰러진다는 생각을 하면서 쓰러졌다. 그는 다시 일어설 수 있을 것이라 믿었지만 그러나 그럴 수 없었다. 그는 팔꿈치를 대고 몸을 일으켰다. 가벼워진 생명이 흘러나가고 있었다. 고통은 사라졌다. 망할 놈의 모르핀을 생각했다. 그리고 이제 모든 게 분명했다. 리에티는 그와 말을 나누었기 때문에 살해당했다. 그 순간부터 그를 쫓기 시작했을까?

더 이상 팔꿈치로 버티지 못하고 다시 쓰러졌다. 악의로 활기를 찾은 초르니 부인의 아름답고 평온한 얼굴이 보였다. 비체가 저승의 문지방을 건너며 생의 마지막으로 녹아들어가는 순간, 그다음 날 신문에 실릴 기사 제목이 눈앞에 펼쳐졌다. **89년의 아들들이 또다시 공격했다. 그들의 뒤를 쫓아 수사망을 압박하던 경찰 간부를 살해했다.** 비체는 생각했다, 복잡해지는군! 그러나 영원히 붙잡을 수 없는 이미 녹아 버린 그의 머릿속 생각이었다.

(1988)

작품 해설

샤샤가 세상을 뜨기 한 해 전인 1988년 발표된 『기사와 죽음*Il cavaliere e la morte*』은 무기력한 상황에 처한 작가 자신의 필사적인 절망감을 드러낸 소설이다. 소설 제목은 알브레히트 뒤러의 그림 〈기사, 죽음 그리고 악마Ritter, Tod und Teufel〉(1513)에서 따온 것으로, 여기서 악마가 빠진 이유는 현대사회에서 인간은 악마의 유혹이 없어도 악을 너무나도 쉽게 자행하기 때문에 악마가 불필요한 존재로 전락했음을 의미한다.

샤샤가 실제로 암으로 투병 생활을 하며 죽음을 향해 다가가는 과정 중에 써 내려간 이 소설 속에는, 자신을 전혀 드러내지 않던 다른 작품에서와 달리 그의 두려움과 감정, 욕망이 숨김없이 묘사되고 있다. 실제로 죽음을 눈앞에 둔 인간적인 작가의 모습은 마찬가지로 폐암에 걸려 사망 선고를 받은 주인공 비체에게 고스란히 투영된다. 샤샤는 자신의 생이 스러져 가는 순간에조차 이탈리아 전체를 뒤덮고 있던 암과 같이 파괴적이고 부패한 권력을 고발하는 소설을 완성했다. 주인공 비체는 부패한 권력과의 공모를 거부하다 제거당한다. 『기사와 죽음』은 세상을 파국으로 몰아가는 비극적인 현대사회의 모습을 재현하면서 궁극적으로 미래의 유토피아 지향으로 묵시록적인 경향을 보이는 소설이다. 소멸 이후 진정한 자기 모습을 드러낸다는 의미에서 이 작품의 문학성은 삶의 종말인 죽음은 소멸이 아닌 진정한 완성을 이루어 낸다는 알레고리를 기반으로 한다.

이 작품 역시 샤샤의 다른 모든 소설과 마찬가지로, 겉보기에는 간단하지만 실제로는 복잡하고 수많은 암시로 가득한 샤샤 특유의 패러디가 있다. 먼저 『기사와 죽음』이라는 소설 제목은 정의를 추구하다 순교하듯 죽음을 맞이하는 주인공을 기사로, 그리고 세상의 악을 만들어 내는 파괴적이고 부패한 권력은 악마, 곧 죽음으로 패러디 한다. 이미 정형화된 기사와 죽음이라는 개념에 의해 확보된 가치를 문학성으로 재활용함으로써 샤샤 특유의 지성과 아이러니를 발휘하고 있다.

『기사와 죽음』이라는 중세를 연상시키는 제목과 달리, 소설은 1989년 이탈리아 북부의 어느 마을을 배경으로 한다. 사건이 벌어지는 때와 장소가 정확하게 언급되지 않은 것은 세계 어느 곳에서든 언제든지 벌어질 수 있는 사건임을 의미한다. 아울러 카포, 비체, 그런데 조르날리스타 등 보통명사를 등장인물 이름으로 삼은 것 역시 누구에게든 벌어질 수 있는 사건임을 암시한다.

사건의 줄거리는 다음과 같다. 경찰서의 부서장인 주인공의 이름은 비체로, 그의 상관인 서장은 카포라는 이름으로 등장한다. 비체와 카포는 산도츠 변호사의 죽음을 수사하기 위해 연합산업 프레지던트 아우리스파를 방문한다. 살해당한 산도츠의 호주머니에서 아우리스파의 이름표가 발견되었고, 그 이름표 뒤에는 '나는 너를 죽일 거야'라고 적혀 있었다. 이 글귀에 대해 아우리스파는 장난이었으며, 산도츠는 살해당하던 저녁에 89년의 아들들이라는 테러 집단의 협박 전화를 받았다고 증언한다. 이때 산도츠에게 전화가 걸려 온 것은 사실이지만, 통화 내용 자체의 진실 여부는 증명할 방법이 없다는 사실을 비체는 간과하지 않는다. 산도츠 변호사의 살인을 수사하는 비체는 개인적으로 사건 조사를 진행하던 중 범인을 밝혀내기에 이른다. 범인은 막강한 힘을 지닌 경영인 아우리스파이다. 물론 비체는 구체적인 증거를 제시하지 못한다. 그는 아름다운 데마티스 부인과, 결국 목숨을 대가로 치르게 되는 과거에 비밀 요원이었던 리에티의 도움을 받는다. 정체가 불분명한 아우리스파를 의혹의 시선으로 바라보는 데마티스 부인은 비체에게 결정적인 단서를 제공한다. 동전에 새겨진 것처럼 옆얼굴로만 존재하는 이미지의 아우리스파는 자신의 실체를 드러내지 않고 거대한 비밀을 감추고 있다. 그리고 데마티스 부인은 이탈리아 전역에서 벌어지는 수많은 미제 사건의 배후로 그를 지목한다. 반면에 권력의 앞잡이처럼 복종만 하는 유형의 카포는, 드러난 현상의 진위 여부는 따지지 않고 사실로 받아들인다. 거짓 테러 집단인 89년의 아들들에게 죄를 물어 수사를 진행할 뿐이다. 카포는 소문이 퍼져 나가 공공질서가 혼란스러워지는 것을 경계한다. 반면에 비체는 거짓 테러 집단의 존재를 경찰이 인정하면 결국 거짓 테러 집단의 이름하에 또 다른 범죄가 벌어질 수 있음을 염려한다. 이러한 비체에 대해 우려하는 카포는 오히려 한두 달 휴가를 낼 것을 권고할 뿐이다. 거물급 인사가 혐의를 받으면 야기될 수 있는 추문을 피하고자 진실을 감추는 데 급급한 인물로 표현된 카포는, 부패한 권력에 굴복하여 제 기능을 하지 못하는 제도권을 상징하며, 샤샤가 전하려는 현실 사회의 부정적인 이미지를 드러낸다. 소설 속에서 발생한 세 건의 살인 사건의 마지막 희생자는 진실과 이성을 추구하던 비체이다. 비체는 자신과 말했다는 이유만으로 살해당한 리에티의 죽음 이후 마지막 희생자로, 초르니 부인의 계략으로 살해당하게 된다.

자신들의 힘을 유지하고 키우기 위해 부패한 권력은 진실을 감추고 대다수 시민들의 시선을 다른 곳으로 돌릴 필요가 있다. 불안한 사회 상황에서 대부분의 사회 구성원은 부패한 권력일지언정 안정이 보장된다면, 부패한 권력이 의도하는 방향으로 쉽게 향하기 마련이기 때문이다. 샤샤는 이처럼 충격적이고 소름 끼치는, 즉 악마의 유혹이나 부추김 없이도 더 악마적인 부패한 권력이 지배하는 사회의 추악한 단면을『기사와 죽음』을 통해 고발했다.

소설 속에서 데마티스 부인이 이미 읽은 책 다시 읽기를 독서의 즐거움으로 꼽듯이, 길지 않은 이 소설을 천천히 다시 읽어 보는 과정에서 사건의 새로운 면을 파악하고, 그리고 그림 속 기사가 소설 속 비체를 떠올리게 한다면 과연 우리 사회에서는 누구일지 짐작해 보는 것도 즐거운 독서가 될 것이다.

옮긴이 **주효숙**

한국외국어대학교 이탈리아어과와 동 대학원 졸업. 이탈리아 페루자 국
립언어대학교에서 이탈리아어 교사자격증을 취득했고, 한국외대에서 비
교문학 박사 학위를 받았다. 현재 한국외대 이탈리아어통번역학과에서
강의하면서 번역가로 활동하고 있다. 옮긴 책으로 『단테의 비밀서적』 『고
대 로마인의 24시간』 『보스코네로가의 영원한 밤』 등이 있으며, 조반니노
과레스키의 「돈 까밀로 시리즈」 번역으로 이탈리아 외무부 번역상을 수
상했다.

이집트 평의회 / 기사와 죽음

초판 1쇄 펴낸날 2016년 8월 29일

지은이 레오나르도 샤샤
옮긴이 주효숙
펴낸이 양숙진

펴낸곳 (주)현대문학
등록번호 제1-452호
주소 06532 서울시 서초구 신반포로 321(잠원동, 미래엔)
전화 02-2017-0280
팩스 02-516-5433
홈페이지 www.hdmh.co.kr

ISBN 978-89-7275-794-8 03880

* 책값은 뒤표지에 있습니다.